# 藍《らん》月《げつ》記《き》

土御門帝　もう一つの『承久の乱』

萬　卓子

郁朋社

# 藍月記

――土御門帝　もう一つの『承久の乱』――

承久《じょうきゅう》三年（一二二一年）、十月。

ふと、夜中に目が覚めた。

おりゐの帝は、体を起こすと、寝所からすっと出て、簀子《すのこ》に立った。眠られないからというよりも、月明かりに青白く照らされている簀子に誘われたかのようだった。

見上げれば、御殿の屋根の上に、満月には少し欠ける月が静かに輝いていた。誰かに見られているというわけでもないのに、夜空にぽつんと浮かんで、その存在を静かに叫んでいるかのように輝いている。

皆は眠っているのであろう。御所の中に一人きりのような。この世で、たった一人きりのような。そんな静けさの中だ。

簀子に立つおりゐの帝を月は照らす。御殿の大屋根も、庭の木も、すべて月の青白い光に染まって、白く浮き上がっている。

――明日、ここを出る。

夜が明ければ、流人の身となり、都を遠く去らねばならない。人を殺めたというわけではない。そう指図したわけでもない。ただ、私は無力だった。私の大事な父を救えなかった。

否、私の大事なこの国の民を混乱に巻き込んでしまった。その罪。――

それ故、感傷的になっているのか、というとそうでもない。ただ、こうして月の光の中にいたいと、そう思っただけだ。

この帝、土御門《つちみかど》帝。諱《いみな》を為仁《ためひと》。この時、二十四歳。すでに帝の位も譲り、上皇となって、間もなく十一年になる。

為仁王が帝の位についたのは、わずか三歳の時だった。父は後鳥羽《ごとば》帝。わずか三歳の息子に、帝の位を譲った後鳥羽帝は、我が子可愛さゆえの譲位ではなかった。あくまでも己が治世のためだった。この頃、都の治世は揺らいでいた。

源頼朝があの疎ましい平氏を討伐したまではよかった。しかし、それを機に、ぬけぬけと鎌倉に幕府を開いてしまった。

「腰抜けの朝廷の重臣たちが、頼朝を征夷大将軍に任じたことに調子付いたからよ。」

と、後鳥羽帝はイライラを募らせていた。

「朝廷の許しあっての、鎌倉でございます。武士どもは朝廷の臣下であることに変わりございませぬ。」

重臣たちは、そう高を括っている。

——本当にそうか？　いやいや。

このままでは、この国の政は武家に牛耳られかねない。それは、いままで延々と続いてきた『帝を頂点とした朝廷による政』が崩れ去るということではないか。——

「ありえない。」

後鳥羽帝は、遥か東国で動き出した新たな勢力に、平家とは違う脅威、それはまだ細《ささ》やかなものかもしれないが、「えもしれぬ違和感」として感じていた。そう、平家はかつての藤原氏のように、「帝」には従順だった。己の血族を婚姻という形で、帝に滑り込ませ、その名のもとに、権力を得た。だが、今度の東国での動きは、今までこの国になかった動きだった。

「とって代わろうとしている。」

帝や朝廷に媚びずに、新しい力として台頭してきている鎌倉は、許しがたいものであった。

――まるで、平将門《たいらのまさかど》ではないか。いや、それとも違う。何かもっと組織的な、集団的な大きなものとなりそうな。――

嫌な予感だった。

――何か……。そう、何かしなくてはならぬ。――

後鳥羽帝自身も若い頃、今の為仁帝同様、帝とは名ばかり。長く後白河《ごしらかわ》上皇の治世が続いていた。自分が朝廷を、この国の政を動かしたい。そう思い続けて、やっと自分の時代が来た。そんな時に、鎌倉に幕府が開かれたのだった。重臣たちの意見を聞いているだけでは駄目だ。

あれやこれやと縛りの多い「帝」であるより、「おりゐの帝」であるほうが、今の世では動きよい。それに、この少々気性の荒い後鳥羽帝は政敵も多く、朝廷の中からも、帝をよく思わぬ者も多かった。

表舞台から少し下がったところで、というのが後鳥羽帝の考えであった。長子である為仁王、まだ三歳ということもあり、帝を「補佐」するにはちょうどよい。

あっさりと譲位し、「為仁帝の後ろから」という立場で、自身の政を行った。

為仁帝にしても、幼い頃からそういった立場であったために、成長しても自分の立場に不満を感じなかった。むしろ、何も主張しないことが自分の役目であると感じていた。

御所の一番奥の一段高いところに座らされた自分に対し、「帝よ」「天子よ」と崇め、ひれ伏しながらも、決して自分の目を見て話しかけてくれない大人たちに、一体この人たちは自分に対して心を許してくれているのだろうか。否、そもそも「自分」という人間が見えているのかさえ疑ってみたくなる。やがて自分の目を見て話しかけてくれない大人に対して恐れさえ感じ、「逆らってはいけない」と、身を守る術を身に付けていった。

幼子は、心穏やかな、しかし漠とした不安をかかえたまま少年帝に成長した。


十歳の誕生日が過ぎ、さらに一、二度誕生日を迎えたあとの、早春の頃。

為仁帝は、陽のあたる簀子に座っていた。白い肌に赤い唇が際立った、静かではあるが、凛とした佇まいが、聡明さを感じさせた。

この頃、日陰はまだまだ冬の寒さではあったが、日なたは優しい暖かさで、簀子に吹き渡ってくる風は、ほのかに梅の香を含んでいるようであった。じんわりと陽の光を吸収するかのように、微睡んでいると、

「これは、これは。」

と、橘芳房《たちばなのよしふさ》がやって来た。白髪交じりの髪、同じく白髪交じりの顎鬚《あごひげ》を撫でながら、芳房は、帝の傍にずんずんやって来る。

「さても、良いところをご存じ。この爺めも……」

そう言うと帝の断りもなく、隣に座り込んだ。芳房も帝の横で、同じようにまどろむ。

この男はいつもそうだ、と帝は苦笑いをした。ほかの者たちと違い、この橘芳房は為仁帝の目を見て話すし、何より距離感が違う。まるで自分の子か孫のように接してくる。帝もそれが嫌でなかった。

この橘芳房は、全く出世に興味を示さない男だった。為仁帝が帝になる前から、誰からの指図も受けないまま傍についた。為仁帝が可愛くて仕方がないというように、ただ傍でニコニコしていた。ある時、まだ幼い為仁帝の前で、李白を諳んじ始めた。繰り返し繰り返し、いろんな漢詩を歌うように諳んじていくうちに、意味のわからないまま、為仁帝も繰り返しはじめた。芳房はうれしそうに、また違う漢詩を歌う。そうこうしているうちに、芳房が為仁帝の学問の一切を仰せつかるようになった。もともと博識であることは、皆の知るところであったので、自然な成り行きではあった。しかし、それを足掛かりに出世しようとなると、左大臣、右大臣は面白くない。だが、意外なことに芳房は何の官位の願い事もしなかった。自分には、娘が何人かいたが、先の帝である後鳥羽上皇に娘を差し出すでもなく、帝となった為仁帝にも、娘の後宮入りの話をしなかった。全くもって、出世の意思なし。そう判断されると、芳房が帝の傍に居続けても、誰も何も言わなくなった。

「おっと、そうであった。」

と、芳房は懐から笛を出した。帝がちらりとそれに目をやると、芳房はニッと笑って、笛を構えた。この男が笛を吹くということは聞いていたが、実際に笛を持ってきたのは初めてであった。いつも下がっている目尻があがり、ニコニコ笑っている唇が一文字に結ばれた。いつもと違う芳房がいた。

龍笛《りゆうてき》。

――そうか、まさに龍が啼《な》く。――

穏やかな早春の空気を掻き分けるように、芳房の笛から龍が天に昇っていく。時に静かに、時に力強く。芳房の笛から生まれる一音一音が一つの調べとなっていく。

一瞬、その調べが龍になったかのような強い風が吹き付けたかと思うと、帝の前に白い梅の花びらが、一枚だけ舞い降りた。それを右手でそっと受け止める。

芳房は一曲吹き終わると、頭を下げた。

「芳房。」

「はい。」

さっきまでと変わって、いつものニコニコ顔で答えた。帝は、そのあと、何の言葉も続けず、ただ白い花びらから目を離さなかった。芳房は顎鬚を撫でながら、ニコニコ頷いた。

「梅、でございまするな。」

帝が頷く。

「梅が終われば、次は桃でございまするな。なんとも穏やかなよい春でございます。ずっとこの穏やかな日が続きますればようございますな。」

「さて、それはどうであろうな。」

芳房も馬鹿でない。この帝が感じている御所の中の何やらきな臭さを自分も感じていた。

「上皇様とは、最近お逢いには？」

「父上は私とはお話しなさらん。」

「それはいけません。この爺めが上皇様をお諫め申し上げねば……」

「芳房。」

また風が吹いて、帝の手の中の花びらが飛んでいってしまった。帝はそれを目で追った。芳房は白

髪交じりの顎鬚を撫でながら、

「では、もう一曲。」

再び笛を構えると、今度は静かな風のように吹き出した。

どれほどの時がたったであろう。一曲吹き終えると、再び芳房は深々と帝に頭を下げた。そして、思い出したかのように口を開いた。

「さて、聞いた話によりますと、上皇様は宝剣探索をお考えのようでございまするな。」

帝はその利発そうな目を芳房に向けた。

「ご存じでございましょうか?」

「そんな話を私にするのは、そなたのほかにはおらぬ。」

「ならば、まだご存じではございませぬな。」

芳房は、顎鬚を撫ぜながら、話をするのが嬉しくてならないというように、目尻を下げた。

為仁帝の父である後鳥羽上皇は、帝に即位した時、その即位に必要な神器がなかった。先代の安徳帝は、平家と共に西国へ逃れたまま、そして退位もしていないままの、後鳥羽帝の即位であったためである。やがて、神器のうち宝剣は、安徳帝とともに壇ノ浦に沈んでしまった。後鳥羽帝は、三種の神器無きままの帝だったのである。それが、後鳥羽帝にとって、引け目であり続けた。それゆえ、幾度か宝剣探索を行っている。

「神器無くとも、父上はご立派な冶天の君であらせられた。今も、才の無い私に代わり、政をなされておられる。なんで今更、宝剣探索などと……」

「上皇様の自信の裏付けがお必要なのでございましょう。」

わからぬ、とばかりに為仁帝は首を振った。

「上皇様はお強い方でござります。それゆえ、上皇様と考えが違う者や、上皇様に無能者と嫌われた者たちからは、反感を買っておしまいになる。そんな者たちが言い出すのは、神器無き帝、という言葉。それゆえ、そう言わせぬため、神器をと。」

為仁帝は溜め息をついた。

「それに、」

芳房は言葉を続ける。

「鎌倉にも、揺るぎなき治天の君であると、示さねばなりませぬ。」

芳房は、為仁帝に顔を近づけると、小声で続けた。

「上皇様のお嫌いな鎌倉の源殿や北条に、でございます。」

芳房はニッと笑った。

為仁帝は空を見上げた。

「ならば、神器の代わりとなるものがあればよかろう。」

芳房は、興味深げに為仁帝の言葉を待った。

「宝剣の代わりとなるもの。たとえば、鎌倉の武力。父上の言葉を借りれば、朝廷に取って代わろうとしている鎌倉の勢力を逆手に取るのじゃ。摂関家に次ぐ尊き家柄として、将軍家の誉れを上皇様の名のもとに源氏に与える。今、勢いのある鎌倉も、所詮は上皇様の臣下であり、朝廷の東国での出先機関、と朝廷の重臣たちに印象付けるよう持っていくのじゃ。」

「いや、しかし」という顔の芳房に為仁帝は続けた。

「実朝はあっさりと受け入れよう。あれは、そういう男だ。いにしえより続く朝廷の力をよく知っている。そもそも武官は朝廷あっての身、守るべきものがあっての武家。源氏はそれを知っている。それを忘れた平家がどうなったか。誰よりも知っていよう。問題は、北条よ。源家を押し頂いた鎌倉しか知らぬ。源家と北条家しか見ておらぬ。はたしてどこまで上皇様と朝廷の名を有難く思うか。」

為仁帝は、そこまで話すと、考え込むように黙った。

「むべなるかな。」

橘芳房は声を上げた。

――このお方はやはりただの子供ではない。帝なのだ。鎌倉の力を抑え、朝廷に対しては、その鎌倉の勢いは上皇のものであり、またその力を制御しうるのは上皇のみ、と印象を与えようとしている。――

橘芳房は、為仁帝のその横顔を食い入るように見つめながら、そう思った。そして、深々と帝に対し頭を下げた。

「今のお話を是非とも上皇様にお話しなされませぬか。」

為仁帝は寂しげに微笑みながら、芳房の方に振り向いた。

「たかが子供の話よと、一笑に付されよう。」

「いやいや、今のお話は是非とも朝廷で協議をされるべき、いや、すぐにでも詔を。」

為仁帝はクスクスと笑いながら、

「だから私は芳房が好きさ。」

そう言うと為仁帝は立ち上がり、のびをするかのように、空を見上げた。

「たかが子供の話よ。」

為仁帝は独り言のように呟いた。

橘芳房は、弾かれたようにまた深々と頭を下げた。

――今の帝の話は、後鳥羽上皇に大いに歓迎される話に違いない。うまくいけば、帝にとっても、ぎくしゃくとした親子関係がうまくいく良い機会になるやもしれぬ。――

「上皇様にお話し申し上げねば。」

そう決意すると、芳房は帝の前から下がった。


為仁帝が暮らすのは、広い御所。紫宸殿や清涼殿、その他多くの御殿が渡殿で繋がっている。殿上人はもちろん、彼らに仕える者たちも、この御所の中でそれぞれの役割を果たしている。その高い天井の大きな部屋も、小さな小部屋にも、多くの人の声や足音が響いている。

しかし、ここは違う。

為仁帝の周りでは、足音を立てず、顔も上げず、静かに仕える者たちばかり。庭の木々も、池の泉の流れさえ、音を立てることを憚っているかのようだった。

御所の中で、一番その広さを感じられるのがここであろうな、と為仁帝は思っていた。静けさだけではない。ここには、その広さゆえに、昼間でさえ、部屋の隅には薄暗がりがある。渡殿にさえ薄暗がりがあり、夜ともなれば、なおさら闇は深くなる。

帝が今よりまだ少し幼かった頃。

帝のもとに仕える女官たち以外に、何かしら気配を感じていた。部屋の隅の暗がりや、几帳《きちょう》の陰に何か感じていた。しかし、いつもそこに「いる」わけではなかった。芳房が李白を唸るように吟じている時であったり、また、女官たちと双六をしている時だったり。ふとした時に「それ」を感じた。それを怖いとは思わなかったが、それを感じていることを芳房や女官たちに話すことは憚られた。眼には見えなかったが、確かにその存在は帝の中であり続けた。

橘芳房が簀子で笛を披露し帰っていったあと、人払いをして誰もいなくなった部屋で一人。目の前には、帰り際に芳房が置いていった龍笛があった。

「笛を始められるなら、まずはこれを吹いてごらんなされませ。素朴な作りでございまするが、吹きようございます。まずはこれから始めましょう。次より、手取り足取り詳しくお教えいたしまする。」

芳房はそう言って、古い龍笛を一竿置いていった。いつも芳房は、

「まずは一度お試しなされませ。」

と、何でも強引に勧めてくる。この龍笛もそうだ。確かに芳房の吹く龍笛の音色は噂通りに素晴らしかった。だが、「やってみたい」とか「教えよ」とは一言も言ってはいない。だが結果、芳房に龍笛を教わることになってしまった。帝は苦笑いしながら、その古い笛を手に取った。

「確かこのように持っていたな。」

と、龍笛を構えると、歌口に唇をあてた。

ふう

息の音が微かにするだけで、笛の音色ではない。もう一度。

ふう

――こうなれば、なんとしてでも笛を鳴らしてみせよう。そういえば、芳房は唇を固く引き締めていたな。――

帝はきりりと一文字に唇を引き締めると、腹の底から一気に息を吹き込んだ。

ぴぃ！　と笛がそれに応えるように音を出した。

「おお、これよ！」

もう一度、息を吹き込む。

ぴぃー！

為仁帝は嬉しくなって、思わず声に出して、笑っていた。あの白髪頭に勝てたようで、嬉しいような、楽しいような、クスクスと笑いが込み上げてくる。

と、いる。また、いつもの気配を感じた。振り返るように、帝は部屋の中を見廻した。

すると誰もいない部屋の隅に、ぼんやりと白く光を滲ませたように浮かび上がる人のような影を見た。

「見間違えか？」

夕暮時だったため、庭から差し込む低い残光に錯覚を起こしたのかもしれない。しかし、やはりそれは部屋の隅の暗がりの中に立っていた。十二、三歳くらいの白い水干《すいかん》姿の童子だった。白い光を闇に滲ませるかのように、静かにこちらを見て立っている。見覚えのある顔のような、無いような。しっかりとその顔を見てはいるのだが、あとになっては思い出せぬ。そんな様子で、ただその眼だけが印象に残る。

「誰？」

その問い掛けに答えることなく、白い童子は立っている。自分を見つめているようにも、自分を越えて、庭を見ているようにも見えた。遠く、何もかも見通しているような眼。心まで見通されているような眼だった。

「ああ、そうだ。きっと彼だ。」

幼い時から感じていたのは、彼だ。帝はやっと会えた友のように思えた。慌てて立ち上がり傍に駆け寄ると、その姿は光に溶けるかのように、消えてしまった。

「待って！」

辺りを見廻したが、どこにも白い童子の姿は無かった。どこからか、ふわりと伽羅《きゃら》の香が漂い、幻のように消え去った。

その後も、時折、白い童子は姿を見せた。いつもその姿を変えず、闇の中に浮かぶように佇み、帝を見ている。不思議なことに、自分以外の人間はこの白い童子の姿が見えていない。誰も全く気付いていないようだった。しかし、少しも怖くはなかった。そばに人がいない時、帝は童子に話し掛けることもあったが、返事は無かった。ただ、楽しかったことを話せば、笑っているようで、哀しい話をすれば、泣いているように見えた。いつも闇の中で、白い童子は何でも話を聞いてくれていた。じっと自分の目を見て話を聞いてくれている。それだけで満足だった。時折襲ってくる孤独から救ってくれる存在であった。

誰なのか、何者なのか。

それを知ることは、さほど大切とも思えず、知らぬまま時が経っていく。

橘芳房はいつになく急いでいた。この男にしては珍しいことだった。

――今日は特別だ。何が何でも上皇と話がしたい。――

その一念で足が速く動く。先程、為仁帝から思いもかけぬ提案を聞いた。朝廷と鎌倉の関係をきちんと明らかにする良い案であり、これをきっかけに上皇と帝の仲も良い方向に向かうやもしれぬ。

そう、上皇と為仁帝との間には溝がある。それがいつからなのか、芳房でさえわからない。ただ、幼い帝にとって、上皇は愛すべき父であり、尊敬する先の帝であったが、上皇にとって、為仁帝は可愛い我が子というよりも、自分にとっての駒のひとつとしか感じられない。後鳥羽上皇と為仁帝との関係を橘芳房はそう感じていた。

「はてさて、この世に我が子を可愛く思わぬ親がおろうとは思えぬがな。」

芳房は首をすくめると、従者を急がせ、上皇の御所へ向かった。


上皇の住まいの御所に着くや、衣服を正しもせぬまま、取次を願い出た。

「上皇様に是非会いたい」と、何度もその白髪頭を下げられると、取次の者も無下にはできない。暫く待たされたあと、後鳥羽上皇にお目通りが叶うこととなった。

久しぶりにその姿を間近で見た。がっしりとした体格。眼光鋭く、人を威圧するには十分過ぎるほどだった。気の弱い者ならば、一瞬で竦んでしまう。だが、橘芳房は飄々《ひょうひょう》としたまま、一礼をした。

「芳房、めずらしいの。」

芳房はもう一度礼をし、口を開いた。

「お姿を拝見いたし、誠にもって有難く……」

「よいわ。そんな畏まった挨拶は芳房らしくなかろう。」

整えられた髭の中で、上皇の唇がニヤリと笑っていた。

「今日はどうした？　為仁がぐずって、お前を使いに出させたのか？」

「いえいえ、とんでもございませぬ。帝は聡明で、変わらずお健やかにございます。」

後鳥羽上皇は、ふふんと鼻を鳴らした。

「ならば、何か面白い話でもあるというのかの？」

「はい。この爺は目の覚める思いでございました。」

「ほう、博識のそなたがの。」

上皇は身を乗り出すようにして、芳房の言葉を待った。

「たとえば、上皇様の御一声で……」

と、橘芳房は為仁帝が先ほど自分に話したことをそのまま、誰の提案とは言わず、話した。後鳥羽上皇は、芳房の目をじっと見ながら最後まで聞いていた。

「故に、鎌倉は朝廷の出先機関。上皇様の臣下に他ならず、ということにございます。」

芳房の話を聞き終えると、上皇は持っていた扇をパチリと鳴らした。暫く表情を表すことなく、遠くを見ているようだった。芳房は、上皇の様子を窺いながら、最後の一言を言う機会を待った。上皇は、庭の木に眼をやりながら、呟くように言った。

「鎌倉を抱え込むということじゃの？　排除するでなく……」

どちらも一言も発せず、そこに静かに座っていた。時が熟すのを待つかのように、上皇は庭に眼を向けたまま、芳房も上皇の考えがまとまるのを静かに待った。やがて、後鳥羽上皇はゆっくりと芳房の方を向いた。

「面白いの。」

芳房は目尻を下げ、ニコニコと一礼をした。

「面白うございましょう。なかなかの妙案。私めは感服いたしましてございます。」

「お前を感心させたのは誰じゃ。」

橘芳房は一呼吸おくと、この時とばかりに、

「帝にございます。」

後鳥羽上皇は眉間に皺を寄せると、大きく舌打ちした。

「帝は上皇様のお役にたてまいかと、そう願われまして……」

上皇は再び扇を鳴らすと、芳房を遮るように言った。

「わしも同じことを考えておったわ。」

「……！」

「それを、自分だけしか思い付かぬようだから、芳房を使いにして、わしに教えてやろうとでもいうのか。さすがは帝よ、とわしに言わせたいわけじゃの。たかが、十二、三の子供の思い付きではないか。」

――嘘だ。先程まで、上皇は感心したように頷いていたではないか。――

「滅相もございませぬ。私がよいお考えと思いましたので、帝にお断りもせず、勝手に参ったわけにございまする。」

後鳥羽上皇はそれには答えず、天井を見上げ、イライラしたように激しく扇を動かした。

芳房は小さく溜息をつくと、そっと切りだした。

「何故でございましょう。何故、上皇様は帝を邪険に扱われます？　幼き頃より帝は、為仁様は、帝として上皇様のお力になれるように、と御心を砕かれておられます。」

上皇は、扇をぽいっと放り投げた。芳房はその扇が落ちたのを見てから、再び続けた。

「為仁様に落ち度があるとするならば、この橘芳房がきちんとお伝えし、お戒め申しあげまする。」

芳房はさっと床に手をつき、頭を下げた。

上皇はジロリと芳房を見ると、ふんっと鼻を鳴らした。

「芳房。」

橘芳房はさらに低く、額を床に擦り付けるようにした。

「芳房。なぜそこまで為仁に肩入れするのかの？」

芳房は頭を上げない。

「のう、芳房。」

橘芳房は伏せたまま、口を開いた。

「為仁様は……帝は聡明で、御心優しく、いつでも上皇様のお役に立ちたいと、そう願っておいでです。決して表に出ることを良しとせず、上皇様を後ろよりお支えするのが、ご自身の役割であると、小さき頃より、」

「わしを支えるとな。」

芳房は「しまった」と心の中で自分自身に舌打ちをした。

「随分と偉そうじゃの。」

「いえ、今のはわたくしの言葉の選び方が悪うございました。」

「為仁はそう思うておるのじゃな。」

芳房はこれ以上、上皇の自尊心を傷つけるような言葉を選ばぬよう慎重に話し出した。

「いいえ、そうではござりませぬ。小さな幼子が懸命にその役割を果たそうとしている。その御姿に、この芳房は感銘を受けたのでございます。」

「ほう、今度は情に訴えてくるか。」

後鳥羽上皇は芳房の眼を見据えて言った。

「わしはの、帝になったのは四歳の時だった。政は当然のごとく後白河上皇がなされておった。安徳帝があのような最期であられたので、神器も揃わず、帝としての誇りも、拠りどころとするものも、わしには何も無かった。わかるか、芳房。為仁は生まれながらの、何不自由ない帝よ。帝ならば、わしに遠慮せず、帝であればよかろう。下手に気を使って、腑抜けた帝は今の世では不用よ。」

後鳥羽上皇はきっぱりと言い切ると、芳房の言葉を待った。

いつのまにか、燭台に明かりが灯されている。

「帝……であるならば、まこと上皇様のおっしゃるとおり。されど、親子の情はいかがでございます？父と子の触れ合いはあまりにも少ないように思われます。」

「わしの顔色ばかりを窺っている奴を可愛いと思えるか？」

芳房は言葉に詰まった。しかし、なんとしてでも、この親子の間にある溝のようなものを埋めたい。思いつく言葉の無いまま、橘芳房は口を開きかけた。

「芳房、わしは芳房のことは好きじゃ。ここへは顔を出して、自慢の笛を聴かせてくれたらいい。だがの、決してわしの前で為仁の名を口にするな。」

芳房は深く頭を下げた。ゆらゆらと揺れる灯明に、芳房の影が揺れる。

後鳥羽上皇は下がれ、とばかりに手を振ってみせた。芳房はふらふらと立ち上がり、その場を辞した。

すっかり遅くなってしまった。空は既に深い藍色になっている。今日は、鎌倉の扱いについて語られた帝の妙案を、上皇に伝えに来ただけだった。きっと、上皇は大いに喜んで、為仁帝と話をする機会を設けるはず、と思っていた。それなのに、後鳥羽上皇と為仁帝の親子の間にある暗く深いもの、いや、どちらかと言えば、後鳥羽上皇一人の胸の中にある底知れぬ闇を垣間見てしまった。

おぼろに浮かぶ月を見上げながら、橘芳房は溜め息ひとつ、闇に滲ませるかのように吐いた。


鎌倉沖の海は、梅雨明けを機に、灰色から本来の青い色を取り戻していた。波の一つ一つが陽を受けて、きらきらと輝いて見せている。初夏。いや、もうすっかり夏の気配であった。

トンビが「ぴぃーっ」と、高い声を上げて、山の上から獲物を狙い、飛び続けている。

そのトンビの声に誘われるかのように、少年は空を見上げた。日焼けした顔に汗が光っている。

「時氏《ときうじ》！　気を散らさんと、もう一遍、馬に乗ってみよ。」

「親父様、もう馬が暑さに負けて、疲れております。馬を思うて、ここらで休憩いたしませんと。」

時氏と呼ばれた七歳ほどの少年は言った。

わはは、と豪快に笑いながら、少年の父、北条泰時《やすとき》は息子の傍に立った。

供の者二、三人を連れ、北条泰時は息子の時氏と共にこの丘に来た。馬術と弓を息子に教えるためだった。もうすっかり一人で馬にも乗れるし、弓も七歳児と思えぬほど、巧みに操った。だが、泰時は息子に何かを教えることで、父と息子の時間が欲しかった。

「言うわ。」

そう言うと、ひょいと息子を抱え上げ、肩車をした。

「やれ、お前を肩車するのも今日が最後になるかもしれんな。すっかり重たくなって、かなり堪えるわ。」

そういうと、再び「わはは」と泰時は豪快に笑った。親子は、振り向くと、遠くに海を見た。青い波は静かで、ここからはその音も聴こえない。

「時氏、昨日、朝廷から使者が来たわ。源家を将軍家として、その地位を朝廷が正式にお墨付きを与えるということらしい。」

北条泰時は、再び大声で笑った。

「何のことやら、そんなお墨付きなど、さして重要とも思えんがな。」

「親父様、朝廷からの御使者は帝からの御使者様でござりましょう。そのように大声で笑ったりしてはなりませぬ。」

「帝からではないわ。上皇からじゃ。」

泰時は、ふふん、と笑ってみせた。

「時氏、これから新しい世の中となる。この国の中心は京の都ではなくなるのだぞ。この鎌倉こそ国の中心となるのだ。わしはの、必ずや、そうさせてみせる。早う大きゅうなれ時氏。この父を手伝ってくれ。」

少年はよくわからない様子だったが、それでも、「はい」と勢いよく答えた。

馬の蹄の音がして、泰時の家臣である三浦親長《ちかなが》が息子を連れてやって来た。丁度、時氏と年恰好が同じくらいの男の子である。親長は息子を馬から降ろし、自分も降りた。泰時の供の者がその手綱を受け取った。

親長の子はまっすぐに時氏の傍へ駆けていくと、時氏も父の肩車から下りて、駆け出した。笑いながら、鬼ごっこが始まっている。

その二人の様子を、泰時は目を細めて眺めている。三浦親長は泰時の傍へ来ると、深々と礼をした。

「仲が良いのう。」

「御挨拶もせず、誠にお恥ずかしい限り。」

と、親長は言うと、息子を呼んだ。それに気付いた時氏と親長の子は駆け寄ってきた。息を弾ませながら駆け寄ってきた親長の子に泰時が尋ねた。

「名は?」

「茂親《しげちか》にございます。先日、父より、名と刀を頂戴いたしました。」

茂親は泰時に深く礼をした。親長はやれやれというふうに口を挟んだ。

「時氏様と同じ歳でございますので、この子も元服させました。」

と言うや、茂親に向かって言った。

「いつまでも子供のように遊んでいてどうする。」

「いやいや、まだ遊びたい盛り。時氏も同じじよ。」

「親父様、茂親と弓の稽古をしてまいります。」

時氏が間に入った。泰時は手を振ると、

「もうよいわ。遊んでこい。」

その声を聞くや、時氏と茂親はあっという間に駆け出していった。

「少しでよいから、時氏様のように、武家の子らしくなれぬものかと、頭を悩ましておる次第にございます。」

「なんの。三浦の息子は利発と聞く。仲も良いようだし、歳も同じとくれば、将来、時氏の一番の相談相手となろう。このままでよい。」

二人は、遠くで遊ぶ子らを、目を細めて眺めていた。

「で、何用で来た？」

しばらくして、泰時が尋ねた。親長は頷くと、話し出した。

「昨日、都より参られた朝廷の御使者を、実朝様は厚くもてなされ、朝廷からの話をそのまま受け入れられそうなご様子とか。」

泰時は眉間に皺を寄せた。

「困ったお人じゃな。あれほど、何事もこの北条泰時に御相談なされよ、と申し上げておるのに。」

「朝廷の使者は既に発たれたようでございます。」

「構わん。実朝様のところへ行く。供せい。」

親長は頷いた。

泰時は、遠くで遊ぶ時氏らに声を掛けた。

「時氏！　わしは用ができた。お前たちには誰か一人家の者を残していくゆえ、あとで帰ってこい。」

時氏と茂親は、その声に振り返ると、駆け寄ってきた。

「私も参りましょうか。」

と、急に大人びた様子で時氏が聞いた。

「構わん。」

「泰時様。実朝様のところに行かれるのでござりましょうか。」

三浦茂親は利発そうなその眼を泰時に向けた。

「これ！」

と、父の親長はたしなめる。

「そうじゃ、茂親。じゃが今日はお前の父の親長と行く。お前は時氏ともう少々弓の稽古じゃ。」

そう言うと北条泰時は豪快に笑って、馬に跨った。傍にいた従者の一人に、二人の少年を託すと、三浦親長と実朝の邸に向かった。


源実朝は、二人の重臣が代わる代わる話をするのを、眼で追いながら聴いていた。二十歳そこその、この若者の風貌は、鎌倉武士の棟梁というよりも、都の公達といった様子で、目の前の二人が自分を責めたてるようなことにならないかと、気が気でない様に見えた。時折、北条泰時が、

「上様、いかにいたしましょう？」

と、じっと自分を見つめる時などは、慌てて持っている扇で顔を隠すようにし、目だけそっと覗かせた。

源実朝の父は、鎌倉幕府初代征夷大将軍・源頼朝。実朝は頼朝と北条政子との間に生まれた二男坊

にあたる。父亡き後、将軍職は、兄・頼家が継いだが、建仁三年、将軍職を追われ、伊豆に逃れた。実朝は、そのあとを継ぎ、十二歳で将軍の位に就いた。

——そもそも泰時のことは苦手だ。なんだかんだと私の決めたことに難癖を付けてくる。今日だってそうに違いない。それに、以前患った疱瘡の痕を見られるのも恥ずかしい。じっと、私の顔を見ているのは、疱瘡の痕が可笑しいからに違いない。——

そう思えて、この北条泰時という男は苦手だった。だが、この男がいないとどうにもならぬ。十二歳で征夷大将軍を継いだ頃から、この泰時は摂政のように、自分を導いてきた。最近、自分で考え、政にも興味が湧いてきたが、泰時はまだまだ自分を一人前には扱ってくれない。

——そして、まただ。——

「有難くも朝廷から、鎌倉将軍家のお話を頂いたのだ。それをお受けして何がいけないのだ？」

「実際の話。既に我ら鎌倉幕府は東国の朝廷とも言うべき力を持ちつつあります。」

——今、『我ら』と言ったな。——

「今ここで、朝廷から将軍家という名を頂くようなこととなりますれば、鎌倉はあくまで朝廷の臣。朝廷と肩を並べることは叶わなくなります。将軍は、帝と代わらぬ存在であると言えなくなるのです。」

「なんと！」

実朝は泰時の言葉に絶句した。

——この北条泰時という男は、鎌倉幕府を都の朝廷に取って代わるものにしようとしているのか。

じんわりと嫌な汗が首筋に流れてきた。

「いや、そ、それはいかがなもの。」

実朝は、扇から覗かせている眼を決して泰時に合わせないようにして、何とか言葉を発した。

「古来、この国は帝のもの。」

「今よりは鎌倉幕府のもの。」

泰時は小声だが、しかし、太い声で言った。

「ならん、ならん！」

実朝は、自分がこの男に担ぎ上げられ、とんでもないことに巻き込まれてしまうのではないかと、本能で拒否をした。そもそも、母の政子をはじめとした北条一族は、なぜそんなにも鎌倉武士による政権を欲しがるのか。

「我が名は、有難くも上皇様より頂いたものぞ。」

源実朝が征夷大将軍の地位についた時、「実朝」と名を授けたのは、後鳥羽上皇であった。

実朝は、喘ぐように言葉を続けた。

「そして、官位も授かり、鎌倉にこの身はあろうと、朝廷ではそれなりの……」

「実朝様を抱き込もうという朝廷の策略でございます。」

「何たる言いぐさじゃ！」

泰時の朝廷に対する態度に我慢ならん、とばかりに実朝は扇を投げ捨て、大声で叫んだ。

「この国は帝が御造りになられたもの。この世が始まって以来、帝に、朝廷に仇《あだ》をなす者などおらんかったわ！」

実朝は自分でも驚くほど、唇を震わせながら叫び続けた。

「泰時！　お前は、私が帝や朝廷を有難がって額《ぬか》づく様を笑うておったわけだな。だがな、この国の歴史は変わらぬ。」

実朝の態度とは対照的に、北条泰時は静かに口を開いた。

「平家はどうでございました？」

「帝になろうとして滅びたではないか！」

「そして、源氏が成敗いたしました。」

「だからと言うて、源氏が帝に成り代われまい！」

「成り代わられるやもしれぬ。」

泰時は一呼吸置いた。

「成り代わられるやもしれぬ危険な存在なら、敵対するよりは、いっそのこと抱き込むべき、と。」

泰時は小声ではあるが、腹の底から絞り出すような太い声で言い切った。

「上様の官位も、上皇が喜んで贈ったものやらわかりませぬ。上皇の周りの知恵者が一計を巡らしたものかもしれません。」

実朝は、くらくらと目眩を感じた。

——この男は本気だ。——

この男は本気で、「鎌倉幕府が新しい世を統治する」と考え、動き出そうとしている。

「泰時。帝を越えようとする者には必ず天罰が下る。帝を盛り立ててこそ、この国の繁栄があるのじゃ。」

実朝は、さっき自分で投げた扇を手に取ると、再び顔を覆った。

「決して驕ってはならぬ。」

「驕りではございませぬ。帝はそのままに、朝廷もそのままに。ただ、新しい秩序によって、この国を統治していくべき。と、申し上げておるのです。」

泰時はにこやかに言い切った。そして、堂々と構えている様に、実朝は寒気を感じた。この男に付いていくべきなのか。いや、この危険な男のことをそっと朝廷に伝えるべきなのか。

――今はまだわからぬ。――

ごくりと唾を呑み込むと、下がれとばかりに手を振った。

「上様。」

泰時は声を掛けたが、実朝は手を振り続け、答えなかった。

泰時は、口元に微かな笑みを浮かべながら、親長と出ていった。

嫌な汗が止まらない。初夏の気候のせいばかりではない。

――この私になんという話をしたのだ。朝廷の耳に入ったらどうする。

今、私は決して、泰時に賛同などしていなかった。そう、たとえ朝廷の密使がこの場にいたにせよ、私は決して、朝廷を裏切ってなぞいない。――

実朝はそう、自分に言い聞かせ、少しずつ落ち着きを取り戻した。

庭の木で鳴く蝉の声に、実朝は泰時がもうそこにいないことを知らされた。

東の空は、すでに濃紺色に覆われていた。西の空は、低いところに白い光を留めてはいたが、やがては紺色に染まることを糸のような細い三日月が教えている。

そして、その濃紺の闇は、涼しさと共に降りてきた。昼間の暑さが嘘のように、ひんやりとした風が御所の中を巡っていく。

どこからか笛の音がしっとりと聞こえてくる。静かに、だが、どこか甲高い音色であった。

為仁帝は、そっと膝に笛を置くと、ちらりと横に座っている橘芳房の方を見た。二人は簀子の上にいた。芳房は満面の笑みで為仁帝に応えた。

「むべなるかな。」

芳房はそう言うと、今聴いたばかりの笛の音を思い出すかのように、目を閉じた。

「ただ惜しいのは、その笛にござりまするな。」

芳房は閉じていた眼を、ぱっと見開くと、為仁帝が持っていた龍笛を指して言った。

「もはや、帝が御使いになるには、少々……」

「何を言う？　これは、そなたが私に置いていったものぞ。」

「さようでございます。あの時、帝は笛を始められたばかりでございました。その笛は、そういったお方が吹くにはちょうど良いもの。吹き良いように作られておりまする。されど、これから、秘曲、難曲を奏するには、ちと音が軽く、甲高うございます。」

「私は、笛吹きを生業《なりわい》にしてはおらぬ。」

「この爺が知る限りの秘曲と言われる曲、また難曲と言われるものも、全てお伝えいたしまする。」

橘芳房は、帝の話を聞いてはいない。

「やはり帝のために笛を御造りいたしましょう。こんなにお早く上達されるとは思いませなんだ。匠には、少し急かしておきましょう。」

芳房はニコニコと笑いながら言う。

——やれやれ、この笑い顔には叶わぬ。何を言っても、芳房の思ったとおりに、話は進む。——

為仁帝は苦笑しながら言った。

「笛のことはわからぬ故、芳房に任せるが、あまり華美なものは好かぬ。良い音がしてくれれば、それだけで良い。」

「まさに、その通りにございまする。」

芳房はそう答えると、今度は自分が笛を吹きだした。落ち着いた低音が、心のどこかに沁みる。高音が、天高く誘《いざな》うように聴こえる。

為仁帝は、西の空に消えていった三日月を探すかのように、夜空を見上げた。ちりちりと、星が一つ、二つと輝き出している。

芳房の笛の音は、しばらくすると余韻を残し終わった。芳房は深々と礼をし、帝の方に向いた。

「すっかり遅くなってしまいました。今日はこれにて失礼いたしまする。」

「もう帰るのか。」

「明日、早速匠に申し付けて、笛を御造りいたします。」

芳房は、吹いていた笛を丁寧に懐へ仕舞うと、帝に礼をし、最後に満面の笑みを見せ、その場を辞した。

「帰るか。」

為仁帝はもう一度呟いたが、芳房は気が付かなかったのか、戻っては来ない。

濃紺の空は深い闇へと変わり、庭の木々が影のようにしか見えぬほどとなっている。

誰が植えたのか、帝のいる簀子の下に夕顔が咲いていた。白い清楚な花は、その闇の中でポツリと存在を示している。帝は、夕顔の花を見つめていた。

どこからか、微かに伽羅の香が漂ってくる。誘われるかのように振り返ると、簀子の上にあの白い童子が静かな佇まいで座っていた。きちんと膝を折り、背筋を伸ばし、帝と同じように夕顔の花を見ているようだった。

「久しいの。」

為仁帝はそう声を掛けた。童子は振り向きもせず、夕顔を眺めている。

「どれ。たった今、芳房に習ったばかりの曲を吹いてみよう。」

帝が再び笛を構え、静かに曲を奏で始めた。白い童子は身じろぎもせず、その場にいる。

それは、夕顔の静けさを写し取ったかのような曲であった。童子はゆっくりと帝の方へ振り向き、笛を吹く帝の顔を見ているようであったが、やがて伽羅の香を残すと、姿を消した。

曲が終わり、一人になった帝であったが、芳房の時のように、童子を引き留めるでもなかった。


京の都の闇の中を、黒い影が走る。

月の無い闇夜の中、静かに、そして迷いなく進む。

それは僧のなりをした影であった。鋭い眼差しを前方に見据えたまま、歩いている。だが、ただの僧とは思えぬほどの足の速さだった。暗い都大路をただひたすら前に進んでいく。この夜中に、一体どこへ行こうというのか、ただ歩く。

時折、女のもとに通うためか、貴人の牛車が近づいてきた時は、歩く速度を落とした。擦れ違いざまには、にこやかに恭しくお辞儀をし、牛車を見送った。そして、再び滑るように歩き出す。

鋭い眼差しは狼のそれに似ていた。

やがて、後鳥羽上皇の御所の近くまで来ると、透かさずあたりの気配を探るかのように眼だけをぎょろつかせ、御門の中に消えた。

月のない夜、御所の庭は墨のように真っ黒で、植込みの木々も池も闇の中で一つであった。僧の影は、そんな中でさえ、まるで昼間のように庭を進み、御所の一番奥にまで進んでいった。

ぼんやりと灯明の明かりが灯る部屋の前まで来ると、ぴたりと足を止めた。確認するかのように明かりを見上げると、懐から数珠を取り出し、カチャカチャと鳴らしてみせた。その音に呼応するかのように、灯明の明かりが微かに揺れ、中から、

「玄洲《げんしゅう》、遅いの。」

声の主は、後鳥羽上皇であった。玄洲と呼ばれた男は、その声に何の反応もせず、その場に立っている。

その部屋の御簾に、灯明に浮かぶ影が微かに映っていたが、人の姿かどうかは判別しにくい。だが、そこから聞こえてくる声は、太く、はっきりと伝わってくる。

「玄洲、ここへ。」

玄洲は、足元の埃を払うような素振りを見せると、沓を脱ぎ、簀子へ上がった。御簾越しに見える

灯明に向き合うかのように座ると、その鋭い眼を部屋に向けた。

「相変わらず坊主か。」

部屋の中から聞こえる後鳥羽上皇の声は、少し小馬鹿にしたようにも聞こえたが、玄洲は意にも返さず、黙って座っている。

「まだ遠いわ。」

上皇の影が手招いているように見えた。玄洲は御簾を少し上げると、中へ慣れた様子で入った。

後鳥羽上皇の脇で、灯明が揺れていた。傍には誰もおらず、脇息にもたれながら、後鳥羽上皇は、玄洲が入ってくるのを見ていた。やがて、玄洲が上皇の前に座ると、再び上皇は口を開いた。

「ほう、そのなりはかなりの高僧じゃの。」

上皇はニヤニヤしがなら、声を掛けた。

「御殿に参上いたしますゆえ、それなりに。」

「気を使うた、とな。」

上皇は笑った。

「こんな夜更けでは、誰であろうと怪しいわ。」

無表情の玄洲を前に、後鳥羽上皇はひとしきり笑うと、

「で、東国はどうであった？」

と、尋ねた。

「実朝公は朝廷からの使者に対し、全て有難く承る、とのこと。朝廷如いては帝、上皇様を拝し、鎌倉における幕府、これ即ち東国においての律令国家の要とす。」

玄洲は淡々と話し続けた。

「されど、」

「北条よ。実朝のことは、鎌倉に送った使者からの返事で聞いておるわ。問題は北条じゃ。義時と泰時の親子じゃ。親も親なら子も子。かなりの曲者であろう。」

上皇の言葉が終わると、玄洲は再び言葉を続ける。

「その義時は年齢のせいか、このところ余り幕府の執政に加わらず、息子の泰時が中心となっております。」

「誰でもよいわ。同じ貉《むじな》であろう。」

「この泰時が実朝公の後ろに控え、何かと実朝公を支えております。むしろ、実朝公はこの泰時には逆らえぬ、そんな具合で。」

後鳥羽上皇は、おやっと顔を上げた。

「では、この度の実朝の返事はその泰時の意向ということか？」

「いえ。実朝公のお考え。幕府中心と考える北条泰時はかなり立腹しておるようで、実朝公に物言いをつけられた様子。」

なんだ、とばかりに上皇は乗り出した体を元に戻した。

「話のわかる北条がおるわと思うたにな。所詮、東夷《あずまえびす》は東夷。」

後鳥羽上皇はそこまで言うと、持っていた扇を左の掌にとんとんと打ちながら、言葉を探すように宙を見ている。

「では予定通り、次の手といこうか。」

灯明の灯が玄洲の瞳の中で、ゆらゆらと揺れている。

後鳥羽上皇は扇を打つのを止めると、口を開いた。

「むしろここからが大事。」

上皇は玄洲の目を見据えると、声を落として言葉を続けた。

「鎌倉に将軍家の誉れなぞ、ただの表向きの餌じゃ。そんなことは子供でさえ思いつく。要はここからじゃ。餌に食らいついた実朝は、いよいよ北条の厄介者。北条にとって、源の名は有難いが一人歩きは困る。あくまでも鎌倉幕府の傀儡《かいらい》でなくてはならぬ。」

後鳥羽上皇の眼が灯りのせいかぎらぎらと輝いている。

「さればこそ。」

さらにその声は小さくなる。

「一人歩きを始めた実朝に用はない。」

後鳥羽上皇は言葉を切った。そして、身動《みじろ》ぎもせず上皇の話を聞いている玄洲を見据えた。ちりちりと油を吸う灯りの音が上皇の言葉を促す。

「さて、玄洲。」

玄洲はそれに応えるかのように、口を開いた。

「朝廷が源家に将軍家の誉れを与えたとなれば、その関係は良好。実朝公に何事かが起こるとするならば、それは鎌倉の中でのことでありましょう。」

後鳥羽上皇は我が意を得たりとばかりに、ニヤリと笑った。

「何が起こるのかのう。」

後鳥羽上皇は玄洲の顔を覗き込むようにしながら、問うでもなしに言った。

「北条は、決して源家を絶やすことはできませぬ。あくまでも北条は。されど、源の血を継ぐ者の中にも、実朝公をよく思わぬ者もおりましょう。」

思わぬことを言う。上皇は扇を打つ手を止めると、玄洲の言葉を待った。

「こちらは鎌倉幕府を潰すため、まずは源を断つ。一方、北条は意のままに幕府を動かすためには、朝廷に尾を振る実朝公が目障り。僅かながらも、利害が一致しております。」

上皇は眉をひそめた。それを見た玄洲は付け加えるかのように続けた。

「決して、北条と手を組むのではありませぬ。時間を頂くことにはなりましょうが、将軍家の跡目争いを源家の中でしていただきましょう。そして、その後ろで糸を引くのは北条執権。朝廷は存ぜぬこと。」

後鳥羽上皇は、ふふっと声に出して笑った。

「そう、このことは、朝廷は知らぬこと。それが大事。で、いかにする？　実朝に子はいまい。跡目争いとは……。」

「先の将軍頼家公に御子がおられましたなぁ。」

「ああ、何といったかの？」

「名なぞ思い出されずとも。」

「だが、出家させたとか。いや、どうじゃったか。いずれにせよ、まだ幼かろう。」

「上皇様、これ以上はお知りにならぬ方が。早急にことを運ぼうとすると、綻びが出やすうございます。じっくりと、この玄洲にお任せくださりますように。坊主は坊主同士、わかり合えることでございましょう。」

玄洲はそう言うと、澄ました顔で上皇の顔を見た。

「そなたが坊主とな。」

上皇はニタリと笑うと、

「この世に本当の坊主なぞおらんわ。坊主のなりをしている者はおってもな。みな他人の血を啜り、肉を食らって生きておるのよ。仏に手を合わすのは、死を間近に見た者だけよ。」

上皇はまた続けた。

「その点で、そなたは仏に手を合わすことが多かろうよ。人の世の表と裏を行き来しておるからの。」

玄洲は何も応えず。上皇の言葉を聞いていた。

「では、これより鎌倉へ参り、一人のまだ幼き僧侶を育ててまいります。いずれ上皇様のお役に立てるように。」

玄洲は深々と頭を下げると、腰を上げた。

「随分と先になるのかの？」

「刺客はまだ十になるかならずでございますゆえ。」

「ふん。気の長い話よ。」

上皇は不満げに呟いた。

「上皇様。」

玄洲は思い出したかのように、再び腰を下ろした。

「いずれ……の時のために、上皇様の御側に御味方を固めておおきくださりませ。朝廷内で分裂などおきませぬよう。まして、帝とお考えが異なると、話が上手く進みませせぬ。」

「あれこれと細かいことに気が回るの。」

後鳥羽上皇は脇息にもたれながら言った。

「玄洲よ。わしを煙たがる者は多かろうよ。だがな、この国を、武力のみで成り上がった者が統治するなどと、誰が許そう。それは本当の政ではない。」

後鳥羽上皇は、一旦言葉を切ったが、再び話し出した。

「わしはの、平氏も源氏も嫌いじゃ。弓や刀で行う政は必ず綻びが出る。政は力で捻じ伏せるものではない。朝廷はそのように動くはずじゃ。」

後鳥羽上皇はきっぱりと言い切った。そして、再び脇息にもたれると、玄洲の眼を見据えた。玄洲は頷くと、深々と頭を下げ、するりと部屋を出ていった。


――玄洲、お前を見つけたのは、どこであったろうな。比叡山での修行が辛いと逃げ出したお前を……ああ、そうじゃ。熊野に詣でた時じゃ。参詣途中の山の中じゃったな。まだ小さかったお前が、どこでどう生きてくれば、あのような技を身に付けられたのか。思えば、よい拾い物をしたもんじゃ。公家の出と聞いたことがあるが、果たしてどうやら……。素性を詳しく聞いたわけではないが、確かに使える。鎌倉に行き、その地に馴染んでことを進めさせるには、この男にしかできぬこと。危険が伴うのは承知の上。まずは様子を見て、あの男を使うことが危険とあらば、その時は……――

後鳥羽上皇は玄洲を見送るように、御簾を見つめていたが、再び扇を掌に打ち出した。

「味方を固めるとな……」

ふと、長子である為仁帝の顔が浮かんだ。

――いやいや、あれはそういうことには向かぬ男だ。鎌倉と正面切って戦うなど絶対できぬ。『争わず話し合い』だの、『共に政を』などと、愚にも付かぬことを言うはず。

ならば、どうする？――

後鳥羽上皇は、油が少なくなってきた灯明の火を見つめながら、なお扇を打ち続けた。

夜中に目が覚めたのか、遠くで鳥が鳴くのが聞こえてきた。その声に合わせるかのように、灯は揺らいでいる。

――そうよ！　守成《もりなり》がおるわ！――

後鳥羽上皇の顔がぱっと明るくなった。守成王は為仁帝の異母弟で、歳も一歳ほどしか違わない。

――守成はわしがやろうとしていることに、関心を示し、賛同しておった！　なぜ、今まで気付かなかったのか！　やれやれ、わしとしたことが！――

後鳥羽上皇は、押し殺すかのように、低い声で笑った。

「そろそろ帝には譲位していただこうかの。」

そう呟くと、再び低い声で笑った。


この年の夏は例年のごとく、蝉の声に急かされるように過ぎていった。朝夕が涼しく感じられるようになり、やがて、肌寒ささえ感じられるようになった。

橘芳房は懐に笛を忍ばせて、参内した。

早くに朝廷での職は息子に譲ってはいたが、長年の癖が抜けないのか、朝は必ず参内する。ちらりと息子と職場の様子を眺めると、納得したかのように腰を上げる。そして、そそくさと帝のもとへ向かった。

このところ、いや、夏頃からだろうか。帝は何かを待っているような素振りをされる。笛を吹いている時や書物を読んでいる時、ふと何かに耳を傾けられる。庭の植栽の葉が揺れる小さな音、池の魚が跳ねた音。微かな空気の揺らぎにさえ、振り向かれる。

そして時には、部屋の中をぐるりと見渡すようになさる。

落ち着きがない、とも違う。

「はて？　何事に気を付けられておられるのか。」

――今日は新曲をご伝授しながら、そこら辺りを探ってみようかの。――

芳房は、懐の龍笛をポンポンっと叩くと、御殿の奥へ奥へと進んでいった。

為仁帝の部屋が見えてきたが、今日はなんとなく落ち着かない雰囲気が漂っている。帝の周りの女官や警護の者たちが動き回っている。芳房はその一人を捕まえて、話を聞いた。

「芳房様、帝がおでにあそばされるのです。」

「行幸なさるとな？　どこへ？　何もわしは聞いておらんぞ。」

男は困ったように続けた。

「急なお話で。」

男は声を潜めると、芳房の耳元で呟いた。

「上皇様から、帝にお話があると。」

「上皇様からとな！」

男は芳房の声を慌てて止めるように、話を続ける。

「そうなのです。今朝早く、大事な話があるので罷り出でよ、との仰せで。」

「帝に来い、とな。」

警備の男はそう言うと、芳房に頭を下げ、その場を離れた。

急に帝を呼び付けるなど、如何にも後鳥羽上皇らしい。我が子の顔が見たくなったたか。いやいや、そのようなことは、あの上皇に限ってありえない。

——ならば、何故？——

あまり良い考えは浮かんでこない。

芳房は速足で帝のところへ向かった。

為仁帝は身支度を整え終わったところであった。芳房が来ているのを知ると、振り返った。

「早いの、芳房。」

「上皇様のところに、おいでなさるとか。」

「耳も速いの。」

そう言うと、為仁帝はクスリと笑った。

「私も御供させていただきとう存じます。」

為仁帝は、少し困った顔をしたように見えた。

「……ならぬ。」

「為仁様？」

「私に直に話をしたい、との仰せじゃ。父上のこと、他の者は連れてくるなということじゃ。」

為仁帝は、困ったような寂しげな様子で言った。

――ますます気になる。――

「この爺ならば、毒にも肥やしにもなりますまいて。どうぞお側に。」

芳房は頭を下げた。帝はますます困った様子で、

「芳房。上皇様からの話は一番にそなたに伝えよう。だから、すまんのう。」

為仁帝は、くるりと芳房に背を向けた。

確かに、なぜそこまでして帝に食い下がるのか。芳房は自分でも不思議に思えた。父が息子を呼んだ。ただそれだけだ。だがしかし、しっくりこない。普段からそうであれば、こんなに思うこともなかろうに。あの上皇が、何の用というのだろう。しかし、帝に付いてくるなと言われた以上、どうにもならぬ。帝の御帰りを待つのみ。

芳房は深々と頭を下げ、帝を見送った。

御簾をくぐり、簀子に出ると、帝はちらりと庭を見やった。松のうねった枝の下で、白い童子がこちらを見ていた。為仁帝は、軽く頷くと歩き出した。微かな伽羅の香りだけが付いていった。


後鳥羽上皇の御所。

そこは、為仁帝には少し近寄りがたい。というか、来てはならぬ禁断の地のようにさえ感じられるところであった。父の許に足繁く通い、いろいろと話もしたいと思っていたが、父は決してそう思ってはいないらしい。そう感じて以来、来ることに躊躇いを感じていた。

恭しく帝を迎える者たちをねぎらいながら。奥へと進んでいった。やがて、一段と多くの家臣が額づく部屋の前に来た。上皇のいる間であった。導かれるまま、中へと入った。そのまま、手をつき、深々と頭を下げた。

「為仁にございます。御用命を受け、罷り出でました。御尊顔を拝し、この上なき喜びと存じます。」

ふんっ、と後鳥羽上皇の鼻が鳴ったような気がした。

「ここへ。」

一礼をすると、為仁帝は上皇の方へ膝を進めた。

「顔を上げよ。」

顔を上げると、そこに久しぶりに見る父の顔があった。期待していた我が子を迎える父親の笑顔はそこに無く、鋭く刺さるような眼があった。親子の対面ではなく、上皇と帝の会談であることを示していた。その父の横にもう一人、自分と同じ年恰好の少年が座っていた。異母弟の守成王であった。兄であり、帝である為仁帝に礼をするでもなく、ただ父の横にちょこんと座っている。

「守成。久しぶりじゃな。」

為仁帝は笑顔で声を掛けた。守成王はそこで初めて気づいたかのように、慌てて異母兄に頭を下げた。

「息災か？　父上のところにはよく参るのか？」

守成王は頷くと、何か言おうと口を開きかけた。が、話し始めたのは後鳥羽上皇であった。

「帝よ。」

為仁帝は上皇の方へ向き直り、頭を下げた。

「今日は、帝に話があっての。」

帝はさらに深く頭を下げ、上皇の次の言葉を待った。後鳥羽上皇は脇息にもたれながら、帝の様子をじっと見つめている。

「帝もご存じであろう。東国の夷どもが、鎌倉で政の真似事をしておる。些か物事の道理がわかっておらぬようじゃ。今までに再三注意しておったのにの。やれ、帝ならば、この夷どもをどうなさる？少しお考えを聞きたくての。」

後鳥羽上皇の口髭の奥で、その唇が笑っている。

「わたくしは……」

為仁帝は、口籠った。上皇の期待する答えとは、きっと違う。父を怒らすことになろう。しかし、この国の帝として、譲れぬこともある。

「まずは、この国の民のこと。田畑を耕し、国土を潤す。この大事な理は、国中の人々によるもの。そして、それらを守ることがわれらの務め。その務めを全うできるのであれば、朝廷であろうと、武士であろうと、なんのこだわりもございません。」

上皇の顔から一切の表情が消えた。

為仁帝は言葉を選ぶかのように、一呼吸おいた。

「まずは鎌倉の力をも認め、争わず、互いに力を合わせて政を行っていく。朝廷には長い長い歴史を持つ経験と知識がございます。」

じわじわと後鳥羽上皇の眉間に皺が寄ってきた。それを承知で帝は続けた。

「鎌倉には、武力と長年農民と共に暮らしてきた知恵もございましょう。これからは、新しき政の形として」

上皇の顔が赤くなってきていた。眼が血走ってきている。帝は構わず話を続けようとした。上皇の様子のただならぬことは、周りの者たちも気づいている。その気性を知っている故に、はらはらと気が気でない。

「我らが互いの手を取り、」

突然、パシッという音がし、帝の眼の前に、扇が落ちた。後鳥羽上皇の扇であった。為仁帝は、その扇を拾おうと手を伸ばした。と、ポタッと、何かが目の前に落ちた。

血。

そっと額に手をあてると、赤く手が染まった。ズキリと額に痛みが走った。ざわつく家臣たちを片手で制し、為仁帝は顔を上げた。父の顔は、帝の額から流れる血の色と同じくらいに赤く上気していた。その血を拭いもせず、為仁帝は真っ直ぐ上皇に向き合った。

「父上。」

後鳥羽上皇はわなわなと怒りに震えている。

「父上。」

為仁帝は、後鳥羽上皇に呼び掛けた。

「今より、永年《えいねん》の慣習に囚われず……」

「まだ言うか！」

後鳥羽上皇は立ち上がると、怒りに任せてこぶしを振り上げた。

「上皇様！」

「上皇様！」

その場にいる者たちは、其々に声を上げた。ただ、為仁帝は静かに続けた。

「上皇様がこの国の帝の考えを聞きたいと仰せられました故、お話し申し上げておるのです。」

余りの怒りに言葉にさえならず、後鳥羽上皇はぶるぶると体を震わせていた。その横で守成王はポカンと、父の様子を見ている。

「父上。私も武力による政は好ましく思いませぬ。しかれども、権力を振りかざし、服従させることのみでは、前に進んでいきませぬ。どうぞ、御心穏やかに、今一度お考えくださりませ。」

帝は上皇に、恭しく頭を下げた。ズキンと額が疼いた。

後鳥羽上皇は振り上げた拳をゆっくりと下ろすと、小さな声で言った。

「譲位じゃ。」

誰もがその声を聞きとれず、上皇の方に向き直った。

「譲位せい、為仁。」

一斉にざわつく家臣たちとは対照的に、為仁帝は静かに口を開いた。

「父上は……」

その声に再び静けさが呼び戻された。誰もが息をのむ中、為仁帝のまだ幼さも残る、が、静かな凛とした声が、その場に染みるように響いた。

「父上の御望みとは如何なるものでございましょう。才の無い私如きには到底思い及ばぬことなのでございましょう。」

その場の者たちは、食い入るように聞き入っている。

「私は、ただこの都を、人々の涙や、ましてや血で汚すようなことにならぬよう、ひたすら祈ることしかできませぬ。父上、この国の行く末は……」

「帝よ。」

後鳥羽上皇は、言葉を探しているかのように口を開いた。周りの家臣たちは、息をのむように二人の会話に耳を澄ましている。

「お前にはわからぬ。」

上皇の声は意外なほど静かだった。

「幾百万ほどの時間の流れの中で、変わっていくものもあろう。消えていくものもあろう。だがな、これだけは譲れぬというものもあるのじゃ。そなたはいつも全てにおいて、受け身じゃ。それが、わしには理解できぬ。おのれの考えを貫き通す。そうでなくて、どうしてこの国を守っていけよう。ふらふらと流されるままでは、守るものも守れまい。」

上皇の顔は父であった。為仁帝はその顔をじっと見つめていた。

「お前はわしが鎌倉と戦をするのではないかと思うておろう。」

後鳥羽上皇は静かに首を振った。

「わしもそれほど愚かではないわ。」

上皇はそう言うと、口を閉じた。誰も何も言わず、全ての音が消えてしまったかのようだった。冬支度を始め出した百舌鳥《もず》が、贄のために獲物を追う声だけが響いていた。

そのままでどれほどの時間がたったであろう。沈黙を破ったのは為仁帝であった。

「私は何をすれば、父上の御力になれますでしょうか？」

上皇は眉間に皺をよせ、舌打ちをしたあと、口元に薄ら笑いを浮かべた。

「譲位じゃな。」

再び、周りがざわめく。

「この守成を次の帝とす。」

守成王は、突然自分の名が出たので、弾かれるように父を見た。が、承知の上だったらしく、慇懃に座りなおした。

「守成はの、この父の話をよく理解しておる。この国の行く末は、わしと守成に任すがよいわ。」

後鳥羽上皇は、口髭の奥でニヤリと笑った。その横で、守成王はうんうんと頷いている。

為仁帝は、暫くそのままに座っていたが、大きく一息つくと、

「承知いたしましてござりまする。」

深く一礼をした。

周りから、「うおっ!」と、声が上がったが、上皇付きの家臣とは違い、為仁帝付きの家臣は、その驚きの中に大きな落胆があった。

「守成。父上を……」

帝はそう守成王に告げると、上皇と守成王に深々と頭を下げた。ズキンと、また額が疼いた。その場を去ろうと仕掛けたが、思い留まるように、再び膝を下ろした。

「父上。私が退位いたした後、またこの御所へ参ってもよろしいでしょうか?」

後鳥羽上皇はちらりと帝へ眼をやった。そのまま、何を言うでもなく、脇息にもたれた。

百舌鳥がまた舞い戻ったような声がした。

為仁帝はしばらく上皇の言葉を待っていたが、諦めたように立ち上がった。

帝に従ってきた者たちは、再び少年帝を守るかのようにして、上皇の御所を去った。


どうやって、父の御所を出たのか記憶がない。朝早く出掛け、今やっと帰ってきた。陽の短いこの頃だが、なんとなく今日は長く感じられる。

御所の慣れた廊下を進んでいくと、微かに笛の音が聞こえてくるようだった。

「芳房か？」

少し歩みを早め、渡殿を進むと、果たして橘芳房がいつものように、簀子で笛を吹いていた。帝が帰ってきたのに気付くと、芳房は笛を止め、深々とお辞儀をした。

「おかえりなされませ。」

「芳房、待っていてくれたのか？」

橘芳房は満面の笑みで頷いた。

「今日は何が何でも新曲を、と思いましてな。」

芳房のいつもと変わらない様子が、なぜか今日は遠いものに感じられた。何か熱いものが鼻の奥にキーンと来たかと思うと、次に眼が霞んできた。

芳房はその時、帝の額の傷に気が付いた。

「ややっ！　そのお顔の傷、いかがなされました？」

ほろりと一粒涙がこぼれた。慌てて袖で拭うと、為仁帝は何事もないような様子で答えた。

「うん、大事ない。」

芳房は帝の顔をじっと見た。為仁帝はそれに気付くと、気まずそうにその場に座った。芳房以外の者たちを下げると、一呼吸置いてから、静かに話を始めた。

「芳房、私は譲位することにしたのだよ。」

それはまるで自分のことでないような、遠い国の話をしているかのようだった。

橘芳房は黙っている。

「父上とお話をしてな。」

ぽつりと間があいた。

そしてまた話が続く。

「父上の見ておられるこの国の行く末に、私がお役に立つことは無いそうだ。」

為仁帝の眼は、庭を通して遠くを映している。透き通るような青い空の彼方、行く末を探すかのように、黙って見つめている。

橘芳房は帝に付き合うように、黙って空を見上げた。

晩秋の陽は瞬く間に落ちていく。赤みを帯びてきた陽の光は、冷たい風を呼んでくる。

芳房は無言で笛を構えると、静かに吹き出した。静かに風となっていく音色を追うように、二人は空を見続けていた。

「芳房。」

ぽつりと帝が呼び掛けた。芳房は笛を置くと、いつもの柔和な顔で答えた。

「はい。」

再びの沈黙。

だが、芳房は帝に次の言葉を急かすでもなく、空気のようにその場にいる。

「芳房。私が父上の長子ではなく、帝でさえなければ、父上のお側でもっともっとお話しできただろうか。」

「これから後、その機会はたんとございますとも。」

また、鼻の奥でキーンと熱いものが込み上げてきた。見る見る眼は霞んできて、一粒涙がほろりとこぼれたかと思うや、止めどなく涙が出てくる。帝はそれを隠すことなく、空を見ている。だんだんと暗くなっていく空に、星が一つ、二つと姿を現してきた。

橘芳房は、為仁帝の方に向き直ると、小刻みに震えている肩を抱いた。途端、帝の嗚咽が大きくなった。

植栽の隙間から名残りの虫たちが、東の空に細い月を呼び出すかのように啼き出した。ただただ芳房は、少年帝を労わるかのように胸に抱き続けていた。

承元四年（一二一〇年）十一月、
　土御門帝退位。
同年十二月、守成王即位。
　諡号、順徳帝。

鎌田晃盛《かまたのあきもり》は嫌な男であった。少なくとも、自分には嫌な男である、と三浦茂親は思っていた。否、主筋の北条時氏でさえ、眉をひそめているのを見て知っている。

その男・鎌田晃盛は自分より十ほど年上であったが、時氏と一緒にいると、いつもへらへらと愛想笑いを浮かべながらやって来る。

「えっと、えっと、」と、話し出すが、話の途中にも「えっと、ええっと、」が入ってくるので、何を言いたいのか今一つ伝わってこない。

家でもそんな調子の話ぶりなので、家人たちもよくわからない。下人が気を利かせて、そうであろうと推測で物事を進めると、「主人の言うことを無視するか！」と、怒鳴り散らす。そしてそれを、主の泰時、その息子の時氏に「使えぬ家来はどうにもこうにも」と愚痴って見せた。

——鎌倉幕府の執権ともなれば、そういった家来たちも上手く束ねていかねばならぬ。——

そう思っているのか、時氏が我慢して晃盛の詰まらぬ話を聞いているのを知っている。

自分は幼い頃から時氏とは親しく兄弟のようにしているが、晃盛は出世を望んでなのであろう。時氏に取り入ろうとしているのがわかった。

それゆえ、この鎌田晃盛という男が好きになれないのだ。

——主筋とはいえ、高々十五になったばかりの若輩者。芯の或る家来なら、若者を育てていこうという気概があって良さそうなものを——

と、その同じ十五の青年は思っているのだ。

三浦茂親は晃盛を見掛けるたび、小さく溜息をついた。

そして今日も、目ざとく時氏の姿を見つけると、小太りの腹を揺すりながら、へらへらと寄ってきた。

「これはこれは、時氏様。こんなに早うどちらへお出掛けでござりますかな。」

まさに今、馬に乗ろうとしていた北条時氏は、その声に振り返った。晃盛は額から汗を流しながら、近づいてくる。その晃盛の声を消し去ろうというのか、蝉が鳴き出した。

時氏と共にいた茂親は、やれやれとばかりに軽く舌打ちをした。時氏はそんな茂親をたしなめるかのように目配せすると、晃盛の方に振り返った。

「今日も暑くなりそうで。蝉がまあ喧しい。」

晃盛は首筋の汗を拭きながら言った。

「それが蝉の仕事じゃ。」

時氏は笑ってみせた。

「どちらへ？　よろしければ、いやいや、是非とも拙者も御供させていただきまするぞ。」

腹を揺すりながら、鎌田晃盛は愛想笑いをした。

「今日は公暁《くぎょう》様のところじゃ。親父様の代わりにな。」

「公暁様の！」

晃盛は大げさに驚く。

公暁は、鎌倉幕府二代将軍頼家の忘れ形見であった。

「公暁様のご機嫌伺いじゃ。何かと入用なものがあれば、お助けしないとな。」

「えっと、ええっと。確か京より参られた位の高い御坊さまと修行の毎日と聞き及んでおります。」

「うん。京の都からこの鎌倉の寺を巡りに来られた玄洲様が、公暁様のことをお聞きになられてな。

出家を勧められたそうな。以後、御自分で引き取られて、修行を付けられているのだ。公暁様を伴って、京に戻られておったが、大伯母様が公暁様を呼び戻されてな。で、今再び鎌倉に玄洲様と帰ってこられたのだ。」

「えっと。それならば、わしも是非お会いしたいもので。」

茂親の眉間に皺が寄った。時氏はちらっとその皺を見た。茂親は言葉少ない。が、物事を冷静に瞬時に判断する能力は、同年齢の誰よりも優れている。

時氏は首を振った。

「親父様から、茂親と二人で参れ、と言われておる。あまり仰々しくならぬように、とな。」

時氏は咄嗟に嘘をついた。鎌田晃盛はぶつぶつと口の中で文句を言っているようであった。

「三浦の倅が帰ればよい。」

と、茂親には聞こえたが、聞こえぬ素振りをした。

「ではな、晃盛。」

と、言うと、時氏は馬に乗ってさっさと走り出した。それに茂親が続いた。

二人を見送りながら、鎌田晃盛は大きく舌打ちをした。

鎌田晃盛の姿が見えぬところまで馬を走らせると、時氏はようやく速度を落とした。茂親もそれに従う。ゆっくりと馬を進めながら、時氏はクスクスと笑いだした。

「……？」

「茂親。お前もあの鎌田晃盛が苦手なのだな。」

こくんと茂親は頷いた。

時氏は声を上げて笑った。

「そうよな。」

クスクスと笑いが止まらぬ時氏に、茂親は黙って従った。

暫く夏空の下を進んでいったが、ふと茂親は何かに気付いたように、時氏に声を掛けた。

「時氏様、この道では遠回りになりまする。公暁様のおられる鶴岡八幡とは、方角が……」

「よいのだ。少し遠回りをしよう。」

そのあと茂親には隠せないと思ったのか、

「どうも公暁様は苦手でな。晃盛とは少し違うがな。」

と、照れたように笑った。

二人はゆるゆると馬を歩かせた。馬が止まればそれに従い、川で水を飲みたそうにすれば、水を飲ませた。

そんな風で随分と遠回りをしたようであったが、実際にはほんのわずかな寄り道であった。

二人が向かったのは鶴岡八幡宮で、会いに行く公暁はそこで若いながらも別当を努めていた、
時氏は、鶴岡八幡の大きな門の前に着くと、ふうと大きく息を吐いた。そしてちらりと茂親の方を見た、茂親はニヤリと笑うと、時氏を促した。

参道の石段前で八幡宮の下人に声を掛けた。馬を預け、案内を乞うた。三人は、沁み込むような蝉の声を背中に受けながら、石段を登り、門をくぐった。そこへ時氏が来たことを知った公暁付きの下人が飛び出すように現れた。何度も頭を下げ、先程の者に代わって案内するという。時氏と茂親はそ

れに従った。

青い楓が程よい日陰を作っていた。相変わらずの蝉は急き立てるかのように啼いている。

案内は奥まった部屋の前で止まった。

「こちらでどうぞお待ちくださりませ。公暁様は間もなく参られます。」

深々と頭を下げ、男は下がっていった。

北条時氏は部屋の中程に座った。その天井や襖絵を見渡した。

茂親は、部屋の前の簀子に静かに控えている。兄弟同様にしていても、そこは主人と家来であることを忘れてはいない。

その茂親が弾かれたように深々と頭を下げた。

——公暁だな。——

と、時氏は悟った。

実際に姿を見せたのは、三十を少し過ぎたほどの僧であった。柔和な笑顔を見せてはいたが、隙のない身のこなし、時折見せる鋭い眼差しは、都の高僧ならではなのかと時氏も茂親も思っていた。

「時氏殿、お久しゅうござります。」

「これは玄洲様。」

時氏は頭を下げた。

玄洲と呼ばれた僧は笑顔を見せた。

「茂親殿も、さあここへ。」

玄洲は茂親を手招いた。茂親は頭を下げたが、部屋には入らず、その場に控えている。

玄洲は笑顔のまま、時氏の上座に座ると二人の顔を見渡した。

「この前に参られた時は、確か御父上とご一緒でござりましたな。泰時様は息災に過ごされておられますかな。」

時氏は、おかげさまで、と頭を下げた。その答えに玄洲は、うんうんと頷くと、

「公暁様は間もなく参られます。」

と言った後、少し困った様子で、

「このところ、少し公暁様は気難しゅうになられましてな。御立場上、人の出入りも多く、このようなことではなりませぬとお諌め申し上げておるのですが。」

玄洲は苦笑いをしてみせた。

「この玄洲の教育の仕方が悪うございましたかな。いやこれは内緒で。」

と、笑ってみせた。

時氏もつられて笑った。

しばらくすると、簀子の茂親が頭を下げるのが見えた。ゆっくりと公暁が姿を現した。スッと背の高い青年であったが、痩せているせいか眼がギョロリとした印象であった。部屋に無言で入ってくると、時氏を一瞥した。

時氏は深々と頭を下げた。公暁は玄洲の横に座ると、煩わしそうに口を開いた。

「北条時氏。」

時氏は頷いた。

「北条が何用じゃ。」

「本日は父の名代で参りましてございまする。」

まるでその語尾を掻き消すかのように、部屋のすぐ近くで蝉が鳴き出した。公暁は眼だけを動かし、

「で？」

と言うが、蝉の声に負けている。

「公暁様の御姿を拝見し、何ぞ御用の筋が御座いましたら何なりと、と」

公暁はその蝉の声を掃うかのように袖を振りながら、

「わしはここにおる。ちゃんと北条の眼の届くところにおるわ。安心なされよ、と泰時に伝えよ。」

そのあと、自分の言ったことが可笑しかったのか、クスクス笑いをした。

「安心……安心か？　反対に不安な材料であろうよ。」

そう言うと、ぷいっとそっぽを向いた。

「公暁様。」

玄洲は静かに窘めた。

時氏は困ったように口ごもりながら言った。

「何か御不自由はござりませぬか？」

「不自由？」

公暁はギョロリとした眼を時氏に向けた。

「そうだな。」

しばらく空《くう》を見つめたあと、公暁は口を開いた。

「夢を見ることを諦めた一生じゃ。不自由も自由も何もないわ。求めるものとて何も無い。ただ生き

ておる。それだけじゃ。」

そう言うと再びそっぽを向いた。

玄洲はやれやれとばかりに溜め息をついた。

「時氏様。」

時氏は玄洲に頷いた。

「では、時折、家の者に米や野菜などを持たせましょう。着物など、季節にあわせてお持ちいたします。」

時氏は公暁の顔色を伺った。公暁はぴくりとも動かない。蝉がジィーと大きく啼くと、木の葉を揺らして飛び立った。

玄洲は沈黙を包み込むかのように、そっと話し出した。

「人に訪ねてきていただけるということは誠に有難いことです。人に思われ、人を思う。そしてその思いを伝える。これぞ人の喜び。時氏殿、泰時殿の御心も、公暁様に伝わったことでございましょう。」

玄洲は合掌した。

「またここへお越しくださりませ。この玄洲、楽しみにしております。」

と言うと、柔和な笑顔で締めくくった。

時氏はほっと小さな溜め息をつくと、二人に礼をした。相変わらず公暁はそっぽを向いていた。

時氏は退出し、茂親が従った。玄洲も門の外まで二人を見送りに出た。時氏たちの姿が見えなくなるまで、笑顔で見送り続けた。

時氏たちは玄洲の姿が見えなくなるところまで馬を走らせると、ほっとしたのかどちからとなく、クスクスと笑いだした。

「何を笑っておる？　茂親！」

「時氏様こそ、なぜ笑っておられる？」

二人は声を上げて笑いながら、馬を走らせた。

「やれ、親父様の使いはこりごりじゃ。」

「今度は鎌田晃盛に行かせましょう。」

二人はどっと笑うと、来た時とは反対に颯爽と馬を走らせ帰っていった。


玄洲は北条時氏一行を見送ったあと、公暁の待つ部屋に戻った。不機嫌そうに膝を揺する公暁の傍に座ると、玄洲は公暁の手を取った。

「よくぞ我慢なされましたな。」

公暁は変わらない。

「痛ましや。」

そう言うと、玄洲は袖で目頭を押さえた。

「頼家様の御子なれば、本来鎌倉武士を束ね、指揮、統括なされる御立場でございましたのに。」

公暁は聞いているのかいないのか、庭の木々を見ている。

「されど、」

玄洲は一人続ける。

「あのような態度は御心が透けて見えまする。今のこの世を生きるには、如何なる御心かは秘めておくことです。あらぬ嫌疑を掛けられ、御父上の二の舞とならぬとは限りませぬ。心静かにこの玄洲と仏の道を行きましょうぞ。」

しばらく公暁は黙っていたが、やがて口を開いた。

「玄洲様。なぜ北条に対してあのように話ができるのです？」

公暁は玄洲に向き合うと、理解できぬというふうに尋ねた。

「私は北条の顔を見ると、父のことに思い馳せます。幼くして亡くしたので、薄っすらとしか思い出せませぬが、それでも父を思うと、その次には、その父を殺めたであろう北条の……」

「それ以上言うてはなりませぬ。」

玄洲は公暁を遮った。

「どこぞに間者がおるやもわかりませぬ故、付け入る隙をあたえてはなりませぬ。」

公暁はその気迫に黙った。

「御父上様のことも、あなた様の御立場のことも、何度も何度も繰り返しお話し申し上げてまいりました。お話しするのではなかったかもしれませんが、今となっては……。」

玄洲は再び公暁の手を取った。

「よろしいですか。決して御父上様の敵討ちなどお考えなされますな。この玄洲が御身をお守りいたします故、生涯をかけて、仏の道を共に究めましょうぞ。」

と言うと、玄洲はさめざめと涙を流した。

公暁は、玄洲の姿にほろりと一粒の涙を流したが、思い直したように涙を拭った。

「心配なされますな。この公暁、決して玄洲様の御恩は忘れませぬゆえ。」

玄洲はほっとしたように公暁の顔を見た。公暁は頷いて見せた。

玄洲は言っていいものか迷っている風であったが、意を決したように口を開いた。

「北条は源氏に頭が上がりませぬ。所詮、幕府の駒の一つ。源家の家来でしかありませぬ。」

「そうでしょうか？」

玄洲は頷いた。

「たとえどのように見えたとしても、この鎌倉は源家のもの。北条が前面に来ていようが、その後ろに控えているのは、源氏の棟梁。故に、そのように北条を眼の仇になさいますな。あなた様には北条の血も流れておるのでございますよ。」

公暁は納得いかぬ様子であったが、確かに源家あっての鎌倉幕府であろう。

「では、父上を殺めたのは、実のところ実朝……。」

「しっ！」

玄洲は指を口に当てた。

「それ以上は絶対……」

と言うと、首を横に振った。公暁は呆然と玄洲の顔を見つめた。

——北条がこの幕府を動かしているように見える。が、しかし、北条は源家を担ぎ上げなければ、幕府を動かせない。そうだろうか？　実朝を見ていると、上手く北条泰時に使われておるだけでないのか？——

「表面だけを見ていては、ものの本質はわかりづらいもの。」

「では、本当に父上を殺めたのは、北条ではなく……」

玄洲は眼に力を込めるように、頷いた。

「恐らく、指示をしたのは。」

公暁はどうにも納得いかぬ表情で、玄洲を見た。

「経を唱え、仏に念じることです。人がしたことでございます。が、しかし、同じことを繰り返せば、人は人以下の者となってしまいましょう。ここで、恩讐を断ち切るのです。」

公暁は頭を抱え込んだ。

「幾ら経を唱えても、未熟者の私には、なかなか断ち切りたくても断ち切れませぬ。」

公暁は縋るように玄洲に向かって手を合わせた。

「御一緒に。」

と言うと、玄洲は経を唱え始めた。公暁も続くが、やがてしゃくり上げ、声を上げて泣き出した。

玄洲は幼子を抱くように、公暁を胸に抱きしめた。

「源の血も、北条の血も、あなた様の中にござります。それらの血を清められるのは、あなた様以外にございますまい。」

そう言うと、公暁を抱く玄洲の瞳の中に、何やら怪しげに揺らぐ光が灯った。


北条時氏と三浦茂親は、昼過ぎには屋敷に戻ってきた。屋敷の門の前に鎌田晃盛がいた。袖をまくりあげ、腕を組みながら、不機嫌そうに下人たちに当たり散らしているのが、随分遠くからも見えた。

やがて、時氏の姿を見つけた晃盛は急に笑顔を作って、時氏を迎えた。

「お、お帰りなされませ。」

へらへらと笑いながら、近づいてくる。時氏たちは、馬から下りて門をくぐった。

「えっと。首尾よういかれましたかな。」

「うん、まあな。」

「次回は、ええっと。三浦の倅でなく、何かと経験豊富な、この鎌田晃盛が御供いたしましょうかな。その方が、」

「その方が？」

時氏はむっとしたように尋ねた。

「えっと、ええっと。何かと円滑に進むやも……」

「ああ、この次に公暁様のところに行く時は、晃盛にお願いするとするよ。」

「これはこれは、有難きこと！」

「わしには、公暁様へのお使いは荷が重すぎる。」

時氏は茂親に目配せをすると、

「親父様のところへ行くぞ。」

と、茂親を促して立ち去った。晃盛は恭しく見送ると、手応えありとばかりに、豪快に笑った。

時氏と茂親は、北条泰時のいる部屋に向かった。泰時は茂親の父・三浦親長と共にいた。それぞれの親子は、向かい合うように座った。

「ただいま帰りましてでございます。」

時氏は、泰時に頭を下げた。泰時はもっと近くにというように、手招いた。

「暑いがの、もう少し近くへ。」

それだけで、大きな声で話せぬこととわかる。

「公暁はどうであった？」

「以前、親父様と御一緒した時と変わらず、気難しい感じのおひとでした。」

横で、茂親が頷く。

「そうか。まあ、あの尼御前《あまごぜ》が呼び戻したのじゃ。」

泰時は北条政子を尼御前と呼ぶ。

「あの男勝りのような御方でも、孫は可愛いと見える。じゃがな、それだけではあるまいよ。」

「？」

「まあちょくちょく様子を見ておかねばな。」

「気難しいお方ではありましたが、そんなに頻繁にお訪ねせずともよろしいのではありませんか？」

泰時はニヤリと笑った。

「苦手か？」

時氏は照れ臭そうに頷いた。泰時は腕を組むと、続けて尋ねた。

「玄洲はどうじゃ。」

「玄洲様は穏やかなおひとで、それに助けられました。」

泰時は、ふんっと鼻を鳴らした。それに茂親が反応した。泰時の声を聞き漏らすまいといった様子で、ぐいっと膝を寄せてきた。

「あやつの事がよくわからぬ。」

泰時は腕を組んだ。

「都から来られた名のある僧、でござりましょう？」

時氏は訊く。

「今から思えば、公暁様を傍に置くために京から来られたようにも……」

三浦親長が口を挟んだ。時氏、茂親が親長の顔を見た。それに応えるように泰時が話し出した。

「頼家公が亡くなられ、公暁をどうするか、という時に都合よくふらりと京からやって来て、公暁のことを知ると出家を勧めて、おのれの傍で修行させだしたのじゃ。」

「何かおかしいですか？」

「都の高僧がわざわざ鎌倉に下ってくるか？」

「いやしかし。」

「玄洲様がおられたという京の都の寺は？　御調べに？」

茂親が口を挟んだ。それには、親長が答える。

「勿論、確かに籍が御座います、という答えだったわ。」

「だがな、」

再び泰時が話を続ける。

「その寺というのが、上皇が建てた寺じゃ。」

時氏と茂親は、「あっ！」と小さく声を上げた。

「わかっておろう？　後鳥羽上皇はこの鎌倉を眼の仇にしておる。鎌倉のことも、武士の力も認めてはおらぬ。そんな上皇の息の掛かった寺なら、上皇の意のままに答えよう。」

「では、玄洲様は上皇が遣わしたおひとだと？」

泰時は溜め息をついた。

「それがわからん。」

「玄洲様の素性はしっかりとしたもの。尊い修行を積んだ阿闍梨、となっておるのです。」

三浦親長は答えた。暫く四人とも黙ってしまった。

「では、公暁様を鎌倉に呼び戻されたというのは……」

茂親は泰時の眼を見据えて訊いた。

「うむ。果たして尼御前が何か疑いを持ったのか、いや、ただ可哀そうな孫を傍に置きたくなっただけなのか、それはわからん。訊けぬでの。」

泰時は腕を組んだまま、鼻先で笑った。四人とも、額にじわりと汗が浮いてくる。それを泰時はぐいっと拭うと、続けた。

「いずれにせよ、公暁と玄洲は要注意じゃ。」

泰時以外の三人は頷いた。

暑さに蝉も啼かない。

「この暑さの中ではたまらん。何か動くにしてもな。」

泰時はまた腕を組むと、軒越しに夏空を見上げた。

何か動く、とは上皇のことなのか、それとも鎌倉が上皇に対して何事か仕掛けるのか、時氏は泰時に聞けぬまま、その横顔を見ていた。

鎌田晃盛はクスクスと笑っていたが、やがて声に出して笑いだした。

「次に公暁のところへはわしに頼む、とな。」

――これは出世への足掛かり！　さすがに泰時様に気安く声は掛けられぬが、倅の時氏ならば、年若く取り入りやすいと、見込んだとおりだったわ。――

そう思うと笑いが止まらぬ。

――このまま時氏の傍に離れずにいよう。泰時様のお気に入りの時氏じゃ。時はかかるが、必ずや北条の棟梁になろう。それまでに、時氏の一番の家来になっておらねばな。あの三浦の倅より何事にも経験豊かなわしの方が、役に立つというもの。――

そう考えれば考えるだけ笑いが込み上げてくる。

鎌田晃盛は腕を組んで歩き出した。この男にしては珍しく思案している。

「何ぞないか？」

今まで、言われたことしかできぬ男であったが、ここへきて少し欲が出てきたのか、珍しく考えているのである。

夏の炎天下であることを忘れているのか、晃盛は腕組みをしたまま、自分の屋敷まで帰ってきた。門の前で、何やら揉めているような様子である。一人は家の者であったが、もう一人は、大きなざる一杯の野菜を売りに来た男であった。どうやら何としてでも野菜を売りたい男と、「そんなにはいらぬ」と言う家人との言い争いのようであった。

暫くその様子を見ていたが、やがて飽きたのか、二人に割って入った。

「な、なんだ、なんだ？」

晃盛に気付いた家人は、軽くお辞儀をすると、晃盛に訴えるように言った。

「旦那様、この者がしつこく売れ残りの野菜を売りつけようとするのです。」

ざるを持っている男は首を振りながら、

「売れ残りだなんて！」

「こんな時分に来るなんて、売れ残りに決まっていようが！　ほれ、菜は萎れている！」

再び二人が言い合っている。

晃盛は、再びその言い争いを眺めていたが、何か思い付いたのか、また割って入った。

「待て待て。」

そういうと、男が持っているざるの中の野菜を見やった。

「よ、よし。買ってやろう。」

驚いた家人とは反対に、男は笑顔になった。

「ありがとうございます。」

家人は軽く舌打ちをしたが、慌てて晃盛に気付かれなかったかと、口を押えた。

「持ってきたのはこれだけか？」

「まだ、向こうでかかあが売りに歩いとります。」

男は期待でますます笑顔になる。

「うむ。そ、それも全部、か、買ってやろう。」

さすがにそれはどうか、と家人が口を出した。

「旦那様、そんなにたくさん無駄になります。」

晃盛はうるさい、とばかりに手を振った。

「早よう、かかあも呼んでこい。」

男は大喜びで駆けていった。晃盛は家人に振り向くと、鷹揚に口を開いた。

「う、うちの分を先に選んで取れ。残ったものは別の籠にまとめて入れておけ。」

「それをどうなさるんで？」

「持っていくところがある。」

家人は、「こんな萎れたような野菜をどこへ持っていくのか。」と訝しがりながらも、男が置いていった野菜を選別し始めた。

やがて、男は自分のかかあを連れてくると、持ってきた野菜の代わりに晃盛から代金を受け取り、ホクホク顔で帰っていった。

晃盛の家人は野菜を選別し終えると、必要な野菜を持って、さっさと家に入っていった。替わって、別の家人が出てきた。

「お呼びで？」

「おっ、菅丸《すげまる》か。これから出掛ける。そ、その籠を持って付いてこい。」

菅丸と呼ばれた男が振り向くと、足元に萎びた野菜が入った籠が置いてある。腰を屈めてその籠を抱えると、主に問うた。

「どちらまで？」

「鶴岡八幡宮の公暁様の許へ行く。」

その答えを聞くや、「ひえっ！」と、驚いた。

こう言ってはすまないが、自分の主が公暁様に直接会えるほどの御仁とは思えない。ましてや、こんな萎びた野菜を持っていくなんて、少々怖くなってくる。菅丸は、恐る恐る主に再び尋ねた。

「この野菜を持って？」

「おう、そうじゃ。」

そう答えた晃盛の姿は、暑さではだけた胸元、汗びっしょりの襟元。袖は肩までたくし上げている。とても公暁様のところへ行けるような恰好ではない。

それを菅丸の視線から感じたのか、自分の身なりを見てから言った。

「着替えてくるのでな。少々待っておけ。」

そう言い捨てて家に入ろうとしたが、思い出したかのように戻ってくると、

「この前捕った猪肉の干したのがあったろう？　それも入れておけ。」

菅丸はびっくりしたように言った。

「御出家なさっている方に、干し肉はさすがにいかがなものかと。」

晃盛は遮るように言った。

「か、構わん。見栄えがするであろう。要は、持っていったかどうかが肝心。あとはあちらがお好きになさるであろう。」

そう言い放つと、晃盛はさっさと家の中に入っていった。

当惑気味の菅丸は、言われたまま猪肉の干したものを持ってくると、すまなさそうに籠に入れ、主を待った。

しばらくすると、ちょっといつもよりいい着物を着た晃盛が家から出てきた。少し興奮気味なのか、顔が赤く、呼吸が荒い。家にいるうちからこんな状態で大丈夫なのか、と思いながらも菅丸は晃盛に付いていった。

晃盛は馬に乗っているが、菅丸は重い籠を抱え、ふうふう言いながら、小走りで付いていく。

やがて、鶴岡八幡宮に着いた。

この頃になると陽も傾いてきたが、それでも日差しはまだまだ衰えない。晃盛の額には汗が滲んでいたが、菅丸の方はぐっしょりと汗を掻き、ふらふらになって、なんとか主に付いてきた、といった状態であった。

晃盛は馬から下りると、ごくりと唾を飲み込み、八幡宮の社に近づいていった。

菅丸には、晃盛が目一杯体を反らし、虚勢を張っているように見える。

晃盛は少し上ずった声で呼びかけると、案内を乞うた。

菅丸は籠に入っている干した猪肉を見ながら溜め息をついた。

晃盛に案内を乞われた男は、ちらりと菅丸の持っている籠に眼をやった。菅丸には、それが非難されているようで、居心地が悪い。なんだか眉を顰められたようにも見える。

「少々お待ちを。」

そう言うと、男は静かに二人のもとを離れた。

やれやれと思っている菅丸に晃盛が声を掛けた。

「あ、あの男は籠の中の干し肉を見ていたな。うっかり渡すと公暁様に渡さず、自分のものにしかねん。必ず、公暁様本人にお渡しせんとな。」

晃盛は、男の後ろ姿を目で追っている。菅丸は呆れたように、晃盛の横顔を見ていた。

すると、晃盛はさっきの男が一人の僧にぶつかりそうになるのを見た。

丁寧に謝る男に、その僧は笑顔で遮っている。それを見ていた晃盛は、はじめて自分が公暁や玄洲の顔を知らないことに気が付いた。勇んで鶴岡八幡まで来たものの、果たして面識のない自分に公暁が会ってくれるのか。

――はて、どうしたものか。――

しかし悩んだところで、もうここに来ている。

――ええい。ままよ！――

菅丸の手前もあって、晃盛は平静を装っている。

――それにしても、あの案内を頼んだ男は誰と話しているのだ？――

公暁の許へ案内を乞うた男は、まだぶつかりそうになった僧と話している。ちらりと、僧がこちらに向いた。すると、案内役の下人に下がるように言ったのか、男はどこかへ行ってしまった。入れ替わるようにその僧が近づいてくる。柔和な笑顔に目が離せない。

僧は晃盛の前までくると、静かに礼をした。

「お、おう。」

誰だか知らんが、舐められてはいけない。晃盛はぐっと背筋を伸ばした。

「玄洲と申します。」

静かな物腰であった。

「あっ！」

晃盛は「しまった！」と思ったと同時に、冷や汗がどっと出た。菅丸は晃盛の後ろで小さく控えている。

「公暁様は、本日来客がありましたもので、少々お疲れのご様子。私でよければ、御用の向き、お聞きいたしますが。」

自分の思っていた展開とちょっと違う。ここで玄洲に会うとは思わなんだ。ましてや初対面で横柄な態度をとってしまった。

追いつめられると、晃盛はすぐに考えがまとまらない。あわあわしていると、玄洲が助け舟を出した。

「ここは暑うございます。どうぞ私の庵へ。」

「い、いやいや。」

「いえ、どうぞ、どうぞ。」

玄洲は先に立って歩き出した。

「い、いやいや。げ、玄洲様。」

玄洲は穏やかに振り向いた。

「何か？」

晃盛はたじろぎながらも言葉を続けた。

「こ、この菜を公暁様に。」

菅丸が籠を差し出す。玄洲はその籠に初めて気付いたかのように、小さく声を上げた。

「これはこれは。」

しかし、干した猪肉を見つけると、袖で口元を押さえた。

「有難いこと。いやしかし、これだけは頂けませぬ。」

晃盛は菅丸の頭を拳でポカリと叩くと、

「ほ、ほれ見たことか！　公暁様も玄洲様も干し肉など、食されぬわ！」

晃盛は尚も菅丸を叩こうとする。菅丸も晃盛の豹変ぶりに戸惑いながらも、頭を押さえている。慌てて、玄洲が止めに入った。

「折角の御志なのに申し訳ござりませぬ。」

頭を抱えて座り込んだ菅丸を玄洲が起こした。

「これはどうぞお持ち帰られませ。菜は有難く頂戴いたしましょう。」

玄洲は籠を受け取ると、菅丸に干し肉を持たせた。再び晃盛に向き合うと、付いてくるように促した。晃盛はそのあとに従った。

――公暁に会いたかったが、今日はそうはいかぬらしい。しかしこの僧が玄洲ならば、うまく取り入ることができよう。――

晃盛は玄洲のあとに続いた。鶴岡八幡の山門を出て、しばらく行くと、森の中に小さな庵があった。おそらく公暁が玄洲のために作らせたものであろう。

菅丸を庵の前で待たし、晃盛は玄洲に促されるまま中に入った。庵はこざっぱりと片付けられ、玄洲一人の慎ましやかな暮らしぶりが見て取れる。

「狭い住まいでございますが。」

玄洲は、晃盛とにこやかに向かい合った。

「公暁様は鶴岡八幡さまの別当。私はただの僧侶ですので、ここに住まわせていただいております。」

玄洲は一呼吸おくと、

「で、あなた様は？」

晃盛はまだ名乗っていなかった。慌てて居住まいを正し、小さく咳払いをすると、口を開いた。

「えっと、北条時氏様の一の家来、鎌田晃盛と申す。」

玄洲の顔がぱっと明るくなり、心得たとばかりに頷いた。

「時氏様の。それは、それは。今朝方、時氏様がいらっしゃいまして、大層なお心遣いをいただきました。」

玄洲は座ったまま、深々と頭を下げた。

「い、いやいや。」

反対に、晃盛は反り返る。

「時氏様は心根の優しいお方でございますな。公暁様の許へ度々顔を出してくださいますが、その物腰にお人柄が現れております。」

晃盛はますます反り返り、自分のことのように笑った。

「で、その時氏様のお使いでございますか？」

晃盛は我に返った。

「い、いやいや。この鎌田晃盛は主人に言われのうても、その御心は知れる。それで、えっと、えっと。」

言葉が詰まる。

「ええっと、」

「時氏様の御心に添うようにと、ここへ菜を持ってきてくだされたのですね。」

「そ、そう。」

晃盛の額から汗がどっと出てきている。

「有難きこと。」

玄洲は手を合わせて拝んだ。

「菜のほかに、なんぞ不自由はござりませぬか？」

玄洲は拝む手を下ろし、晃盛を真っ直ぐに見据えた。

「何も。」

そのまま晃盛の顔を見据えたまま、暫く考え込んでいたようであったが、困ったように首を傾げた。

「なんでござります？」

晃盛は吸い込まれるかのように、玄洲の眼を見た。そこが知りたいのだ、とばかりの晃盛の顔は熱を帯びてくる。反対に、問われて困ったような玄洲は、晃盛のその暑苦しい顔を突き放すように、口を開いた。

「守り刀……を。」

玄洲の声はやっと聴きとれるくらいの小ささだった。

「えっ？」

玄洲は辺りを伺うかのように見廻すと、小声で続けた。

「出家なされてから数年。とはいえ、源氏の血、北条の血。その武家の血の為せる業なのでござりましょうか。それとも、我が身を守ろうとする本能なのでござりましょうか。刀を手元に置きたいと仰せられて。」

玄洲はそこで深い溜め息をついた。

「とはいえ、お立場上、そのようなものを持っていると、いらぬ嫌疑が掛かりましょう。何度もお諫めいたしておりますが。」

玄洲はそこで言葉を切った。暫くの沈黙の後、玄洲は晃盛の顔を見た。ぽかんとしているような晃盛だったが、その視線に気付いて座り直した。

「そ、それは。」

「わかっております。無理なお願いでございます。」

「い、いやいや。」

晃盛は大袈裟に手を振った。そして、腕を組んで、ううんと唸った。その間、玄洲は晃盛の顔を見つめている。

やっと思い切ったかのように、晃盛は膝を叩くと胸を反らして、答えた。

「わ、わかり申した。この鎌田晃盛が手配いたしましょう。」

「なんと！」

「わしは時氏様の一の家来！　た、たやすいことじゃ。」

晃盛は大仰に胸を反らしている。玄洲は自分のその薄い唇に指をあてると、晃盛の顔を見据えて言った。

「有難きこと。ただし、このことは内密に。私は何が何でも守り刀を手に入れよ、と公暁様に言われてのことでなく、あなた様も時氏様に命じられてのことではありませぬ。お互い主の思いを汲んでのこと。公暁様に刀をお渡ししても、いざとなってはお断りなさるかもしれませぬ。その時はあなた様のお名前、時氏様のお名前を出していては、反対に公暁様の時氏様への心象が悪くなるかもしれませぬ。」

晃盛はうんうんと頷いている。

「もしも、」

玄洲はさらに声を潜める。

「もしも刀をご用意いただけるとしても、公暁様がお喜びになった時のみ、晃盛様のお名前をお出しいたしましょう。よろしゅうございますか？」

「お、おう。」

晃盛は何か悪事に加担してしまったかのような気になった。

——いやいや違う。公暁が欲しがっているものを差し上げよう、というだけだ。これがうまくいって、公暁が喜んだら、わしの、そして時氏様の覚えめでたいこととなろう。——

「か、刀か。」

「守り刀。小刀一振りでようございます。」

「おう、おう。」

そもそも公暁は源氏の棟梁の子。今は日陰の身となっていても。小刀くらい持っていても問題あるまい。

そう思うと腹をくくった。

「く、公暁様に気に入っていただけるような一品を探そう。いや。鍛冶師に一振り申し付けよう。」

「いいえ！」

玄洲はきっぱり言い切った。

「いいえ。ごく普通でようございます。凝った造りなど不要にございます。いかにも源氏の名を継ぐ者が持つような一品など不要。僧侶の護身用といったものでようございます。」

「いや、しかし。」

それでは、公暁に取り入るにしてはお粗末。

「くれぐれも。」

玄洲は真っ直ぐに晃盛を見つめて言った。

「くれぐれも質素な造りのものを。」

何度も言われると、晃盛も従わざるを得ない。

「わ、わかり申した。」

玄洲は満足げに頷いた。晃盛はすっかり玄洲に踊らされるかたちになっていたが、気にも留めず、むしろ、公暁に一番近い玄洲と密約を交わせたことを嬉しく思った。

「では。」

と玄洲は言うと、数珠を持った手を合わせた。晃盛は額の汗をぐいっと拭い、玄洲の言葉を待っていたが、彼はただ微笑んでいるだけであった。やっと、「もう用は済んだのだ」と気が付き、立ち上がった。

晃盛が玄洲の庵を出ると、菅丸が蚊に喰われながら、待っていた。晃盛の顔を見るとほっとしたようにあとに従った。

「う、馬はどうした？」

晃盛のその言葉に菅丸はあわてて、鶴岡八幡まで取って返し、預けていた馬を引き取った。

帰る道々、菅丸はずっと晃盛に文句を言われ続けていた。

薄っすらと月が西の空に顔を出した。

鷹は何かの合図を捉えたのであろう。ぐっと脚に力を入れると、翼を一気に広げ飛び立った。音もなく風をきり、真っ直ぐ進む。やがて大きく翼を煽ぐと、鋭い爪を野うさぎの背に向けた。全く音のない一連の動作であった。が、その殺気にいち早く気付いたうさぎは、間一髪巣穴に飛び込んだ。目標を失った鷹は地面に下りると、気まずそうに辺りを歩く。再び何かの合図があったのか、勢いよく飛び立った。その翼の向かうところは、野に立つ男の腕であった。鷹は迷うことなく男の腕を捉えると、翼をたたんだ。

「ふふん、捕えられなんだか。」

そう言いながら、鷹の背を撫でているのは、後鳥羽上皇であった。

微かに秋の気配が感じられるこの頃であったが、上皇の額にはじんわりと汗が滲んでいる。

その上皇の少し離れたところで、警護の者たちの声がした。くたびれたなりの旅の僧が男たちに囲まれ、怯えたように地面にひれ伏している。

「道に迷うてしまいました。申し訳ござりませぬ。」

という怯えた声が聞こえてくる。

上皇は興味をそそられたかように眺めていたが、やがて近づいていった。

「恐れ多い奴め。」

「上皇様の狩場と知ってか！」

口々に警護の者に責めたてられ、旅の僧はガタガタと震えている。

「一体、どこから来たのだ？」

責めたてられながら、恐る恐る僧は答えた。

「東国より京の都を目指して参りましてございます。」

上皇は興味を持ったのか、どんどんと近づいてくる。その上皇に気付かない警護の男たちは矢継ぎ早に訊いた。

「何しに都へ参った？」

「都のどこへ行こうというのだ？」

もう泣き出す寸前の旅の僧は、何から答えていいのかもわからなくなり、頭を抱え込んでしまった。

「一生に一度、都を見てみとうございました。」

やっと、涙を拭いながら答えた。

「都をのう。」

後鳥羽上皇であった。

「東国からとな？」

僧は答える気力さえ失っている。

「答えよ！」

警護の者たちは容赦ない。

「は、はい。東国より参りました。」

僧は完全に泣き出している。

後鳥羽上皇はその泣きながらひれ伏している旅の僧を見下ろしていたが、やがて手を振って警護の男たちを下がらせた。男たちは意外な展開に戸惑いながらも、少し下がった。上皇は「もっと下がれ」とばかりにまた手を振る。警護の者たちは、ずっと下がった。そこからは、上皇とひれ伏す旅の僧が見えているが、声は聞こえない。

「何に興味を持たれるか、全く付いていけない。」

そう思いながら、警護の男たちは上皇を見守っている。

「ふふん。」

後鳥羽上皇は鼻を鳴らした。怯える旅の僧は眼だけを上皇に向けた。相変わらず遠目には怯えて見えているが、上皇を見上げる眼は、殺気を帯びた鈍く光るそれであった。

「久しいのう、玄洲。今日は趣の違うなりじゃの。」

髭の奥で、ニヤリと上皇は笑った。玄洲はこくりと頷いた。身なりも眼の光も違うが、公暁と共にいる玄洲その者であった。

「高僧のなりをすれば、そう見える。くたびれた旅の僧のなりをすれば、そう見える。ふふっ。面白い。」

玄洲も唇の端で笑ったように見えた。

「で、ここへ来たということは、良い知らせであろうな。」

玄洲はちらりと上皇の腕に留まっている鷹に眼をやった。

「雛はよう育ちました。今にも飛び立たんばかりに。」

「ならば、飛ばせばよかろう。」

「いえ、無闇に飛んだだけでは何の役にも立ちませぬ。折角大事に育てたからには、役に立ってもらわねば。」

「何か考えがあるのか？」

「考えというほどではありませぬ。ただ、その時は密かに迎えるのでなく、大勢のいる前で、実朝公と北条への恨みを叫んでいただきましょう。」

後鳥羽上皇はくっくっと笑った。

「その場にいたいものよ。」

上皇は空を見上げた。玄洲はその横顔に声を掛けた。

「実朝公に位を授けられましたな。」

後鳥羽上皇はニヤリと笑うと、玄洲に振り向いた。

「ふっふっふ。面白かろう？　あやつめ、大喜びで飛びついたわ。」

源実朝は朝廷において左近衛大将と左馬寮御監の地位に就いていた。やがては右大臣の地位に就くこととなる。

「これでますます実朝公は北条との確執が深まりましょう。」

「馬鹿がひとりで踊っておる。」

上皇は声を出して笑った。

一頻り笑ったあと、上皇は玄洲に問うた。

「何か必要なものはないか？　用意してやるぞ。」

「とんでもございませぬ。上皇様と関わりを匂わせるものなぞ、危険。」

「そうであったな。」

「ましてや。北条は私を怪しんでおります。」

「ならば、急がねばなるまいよ。」

「お楽しみは焦らず、騒がず。」

「ふんっ。」

上皇は鷹を飛ばした。

「次に御尊顔を拝せるのは、事が終わった頃。今日は、私が頃合いを見計らって事を進めることへのお許しを頂きに参りました。」

上皇は構わん、とばかりに手を振った。

「わしよりお前の方がそういったことに長けていよう。」

玄洲は頭を下げた。

二人が見上げた空に、上皇の鷹が飛んでいる。吸い寄せられるように上皇の腕に戻ってきたが、獲物はない。

「また仕損じたか。」

上皇は鷹を見やりながらそう言った。

「いや、そうでもないな。」

その鷹の爪には少し血がついている。

「一撃喰らわせてやったか。」

上皇は髭の奥で笑った。玄洲は再び頭を下げた。上皇がまた手を振った。

警護の男たちには、怯え恐縮する旅の僧が許しを得て、その場を離れるように見えた。それを合図に、「もう良いか」と上皇の許へと戻っていった。


夏の終わり近くになって、橘芳房の許に待ち続けていたものが届けられた。為仁帝のために、匠に作らせていた龍笛であった。今までにも幾竿か作らせてはいたが、どれも芳房は満足せず、何度も作り直させていた。それゆえ、随分と時間が掛かってしまっていた。そして今回の作となった。

出来栄えは見事であった。外観は黒漆で仕上げられたもので、決して華美なものではなかったが、試奏した芳房はその音色に驚嘆した。

高音も低音も、芳房の思うがままの音色で、これならば為仁帝の持ち物として充分その役割を果たせる。

「これはお見事！」

その言葉に、匠は満足そうな笑顔になった。

その龍笛を抱え、芳房はいそいそと為仁帝の御所に向かった。

為仁帝はチラリと芳房の顔を見てから、龍笛を構え、そっとその歌口に赤い唇をあてた。

途端に柔和な笑顔が消えた。そして、空《くう》の一点を見据えるかのような眼差しとなり、きりっとした空気を纏った。その緊張感のある空気は帝の唇から龍笛へ流れていき、やがて形のない矢が放たれたかのように一気に音となった。高く低く、鋭く柔らかく。

それは、この世のすべてを包み込むために天から下りてきたようであった。その調べに包まれて、時が止まった。

為仁帝はその調べに乗って、宙を舞う心地がした。静かに空から見下ろすように、天を舞う。

やがて、為仁帝は歌口から唇を離した。その余韻が消え去ってから、ゆっくりと龍笛を置いた。つるりと緊張感を脱ぎ去ったその顔に、再び柔和な笑顔が戻った。

何か問い掛けるような表情で、芳房の顔を伺った。

芳房は眼を閉じて聴いていたが、ゆっくりと眼を開けると、呟くように言った。

「むべなるかな。まさに妙音天《みょうおんてん》が笛を吹かれておるような。」

芳房は感心したように続ける。

「為仁様。誠にお見事にございます。」

為仁帝もその龍笛を見ながら言った。

「うん。見事な出来栄えじゃ。」

芳房は為仁帝に向かってきっぱりと言った。

「では、これより。この芳房の知る限りの秘曲、難曲の全てをご伝授いたしてまいりまする。」

為仁帝は困ったような顔をしたが、やがて、二人の笑い声が聞こえてきた。

建保六年（一二一八年）の晩夏。

訪れる秋の名月を愛でる余裕もないまま、京の都と鎌倉に大きなうねりが、やって来る。

鎌倉は一つの話題に沸いていた。左大臣・九条良輔の薨去《こうきょ》により、源実朝が右大臣となったのである。再びの昇進であった。

実朝の喜びようはまるで子供のようで、最初は皆つられて喜んではいたものの、だんだんと鼻白んできた。それに何よりも、北条泰時が苦虫を嚙み潰したような顔をしているのを見ると、途端にその喜びは吹っ飛んでいった。

「右大臣だと？」

一言言ったきり、泰時は口をへの字に曲げてしまったのである。

実朝にしてみれば、父・頼朝でさえなれなかった右大臣になったことは、この上ない喜びで、たとえ北条泰時がへそを曲げようが、これを拒否する理由はないのである。

故に、北条との溝がはっきりとしてしまった。

正月前には、都の後鳥羽上皇から装束などの祝いの品が贈られてきた。実朝は有難く使者を歓待し、恭しく賜った。

当然のこと、北条泰時の耳に入る。

自分の屋敷の廊下を今までにないほどの足音を立てながら泰時が帰ってきた。顔を真っ赤にし、鼻息が荒い。三浦親長がそのあとを遅れまいと付いてきている。

部屋に入ってどすっと座り込んでも、まだ一言も発せず、むっつりしている。口を開けば、怒鳴り散らしかねないのをわかっているからだった。

遅れて北条時氏と三浦茂親が駆けつけてきた。一緒に出掛けてはいなかったが、泰時の帰りを知ってやって来たのだった。

四人が揃った。

泰時はじろりと皆の顔を見渡すと、ムスッとしながらも口を開いた。

「なんなんだ！」

やはり声がでかい。

「浅はかにも程があろうが！」

こめかみの血管が切れそうになっている。

「右大臣職如きにしっぽを振りおったわ。おまけに上皇の使者の言いなりになっておる。」

「誰が」という言葉がなくとも、皆は理解している。鎌倉武士の棟梁として、幕府を堅固なものにしていかなくてはならない。そんな時に、実朝は朝廷の官職を有難がり、上皇に尾を振った。と、泰時は怒っているのだ。

「ですが、親父様。」

時氏が口を開いた。

じろりと泰時の眼が自分に向けられた。

「親父様、朝廷の官位を断ることなどできるのでしょうか？」

ふんっ、と泰時の鼻が鳴る。

「要は受け取り方でございましょう。」

三浦親長が答えた。親長は自分の息子と同い年の時氏にも、丁寧に臣下の礼を忘れない。

「実朝様は子供のようにはしゃいでおられましたが、果たしてそれが御家人たちにはどのように見えたのか。武士の世の中を作るはずが、朝廷の官位に大喜びしている武家の棟梁の姿は、我ら鎌倉武士の士気を阻害しかねませぬ。」

舌打ちした後、泰時が話に入ってきた。

「一度くらい断って見せておけばな。」

一息ついて続けた。

「あれでは結局、鎌倉は朝廷の下と言うことになろう？　そうではない。我らが目指しているのは、朝廷に並ぶ武士の世、いや、もっと上を見ておる。」

泰時はそこで口を閉じた。暫くすると、思い出したように問うた。

「で、公暁はなんとした？」

泰時にとっての公暁の守役は親長らしく、彼が答えた。

「何もおっしゃられませなんだ。一応、お伝えに参りましたが、既にご存じだったようで。」

親長の答えに、時氏が割り込む。

「恐らくは晃盛。」

茂親が大きく頷いた。

「どういうことじゃ。」

泰時と親長が同時に訊く。

「夏頃から、鎌田晃盛は公暁様の様子をよく私のところに報告に来るのです。会わずに遠くから様子を見ているだけの報告の時もあれば、明らかに公暁様かあるいは玄洲様に直々お逢いしたとしか思えぬ話もあります。」

時氏は同意を求めるかのように、茂親の方を向いた。茂親も大きく頷いた。

今度は、泰時と親長が顔を見合わせた。

「考えられんな。」

泰時は呟くように言った。三浦親長は息子に問うた。

「例えば、どんな話をした？」

「どんな菜を持っていった。とか、それをどう料理すればよいか、とか。書物も所望されたようですが、晃盛殿には難しくて手に入れられなかった、とか。とても泰時様に報告申し上げる程のこととは思えませず、」

そこまで言うと、時氏の方を向いた。時氏も頷き、付け足すように言った。

「公暁様の許に行っているとなれば、私が晃盛を重宝がるであろう、という晃盛の魂胆に思えて、あまり真剣に聞いておりませなんだ。」

若い二人は再び眼を合わせた。

「晃盛の考えはそんなもんであろうよ。」

三浦親長は答えた。

「お前が晃盛に、公暁の許に行くよう言ったわけではないのだな。」

泰時は時氏に問うた。

「はい。」

泰時はもう興味を失った、とばかりに親長の顔を見た。三浦親長は泰時の代わりに口を開いた。

「鎌田晃盛はそういうところに頭が回る男。泰時様でなく、若い時氏様に取り入るつもりなのでしょう。所詮、薄っぺらい男ゆえ、公暁様の方から、そのうちにお会いにならなくなるでしょう。」

「それならよいのだがな。」

北条泰時は腕を組んだ。三人は問うように泰時の顔を見た。

「玄洲のことよ。まだ尻尾が掴めぬ。都の化け狸だとすれば、晃盛ごときは上手いように化かされる。おだてられて、玄洲の思惑通りに手足となっていなければよいのだがな。」

三人は黙ってしまった。

「晃盛のせいで、肝心の実朝様のことから話がずれてしもうたわ。」

泰時は、「ふん」と鼻を鳴らした。

「さて、今の浮かれた実朝様はわしに会おうとなさるまい。わしが小言を言うのがわかっておるからな。暮れも押し迫っておることだし、年が明けてから、ゆっくり話をしに行くかのう。今後の朝廷との関係をしっかりと協議せんとな。」

泰時は大きく溜息をついた。ゆっくりと外に眼をやると、冷たい北風に飛ばされてきたのか、枯葉がくるくると回っている。

ふと思いついたように、時氏が口を開いた。

「親父様。公暁様のところへはあまり行くな、と晃盛に言い付けようかとも思ったのですが、反対に、玄洲様のことを報告せよと、申し付けておきましょうか？」

泰時は腕を振って遮った。

「やめとけ、やめとけ。晃盛が玄洲に敵う相手と思うか？」

茂親がクスリと笑った。

「下手に北条が関わったということになれば、禍となりかねん。晃盛のことは放っておけ。よしんば、晃盛が玄洲に上手く使われておったとしても、大きなことができる男と思うか？」

泰時は鼻先で笑うと、再び「放っておけ」を繰り返した。

皆が頷く中、時氏だけが思案顔でいた。

――それはそうである。だが、心に掛かるのはなぜであろう。――

三浦茂親が時氏のその様子に気付いたが、時氏は大丈夫とばかりに、茂親に笑って見せた。


その鎌田晃盛。

皆の心配をよそに、いそいそと公暁のいる鶴岡八幡へ、ではなく、今日は真っ直ぐに玄洲の庵に向かった。そもそも鶴岡八幡へはおいそれと行けず、専ら彼が向かうのは玄洲の庵であった。

今日は「特別」であった。本来なら鶴岡八幡の公暁の許へ、直々会いに行きたいところであった。というのも、「密命」のような公暁の願いを玄洲から聞いている。それを果たしに来たのである。夏頃に玄洲から「頼まれた」小刀を手に入れたのである。小刀など、入手するに手間は掛からない。だが、それなりにやんごとない御方が持つもの。そこら辺にあるもので良いわけがなかった。少なくとも、晃盛はそう思っていた。そして、それを用意した自分の器の大きさが問われよう。如何に玄洲が「質素なものを」と言っていても、安い造りのものなど、どうして持っていけよう。だが、本当に「質素なもの」が良いとすれば、そうせねばなるまい。その葛藤にしばしば襲われ、そのたびに刀鍛冶に再々注文を変更した。鍛冶屋にすれば、これほど面倒な客はない。おまけに注文は口外を良しとしないという。面倒な客だった。そんなこんなで、ここまで遅くなってしまったのである。

やっと、注文通りの小刀ができたところで、鍛冶屋は、晃盛から「遅い」だの、「負けろ」だのと散々言われ続け、この揉め事でまた納期が遅くなった。最後には根負けした刀鍛冶から、晃盛が手頃の値段で買い取った。そんなこんなも、晃盛にしてみれば、「鍛冶屋が悪い」ということであった。

そういう経緯で遅くなってしまったが、今日、やっと玄洲に公暁様の守り刀を届けに行ける。

晃盛は、「仕事の遅い」刀鍛冶から受け取った小刀を懐に忍ばせ、いそいそと玄洲の庵に向かった。下人も付けず、朝の冷え込む道に馬を進めた。

頭の中は、玄洲を通して公暁に気に入られ、それをして、やがては鎌倉幕府の執権になる時氏に気に入られ、一の家来となって出世街道をひた走る。

自然と顔がにやけてくる。

寒そうに歩を進める馬は、やっとの思いで主を玄洲の庵に連れていった。

晃盛は馬から下りると、小さな庵の門をくぐった。勝手知ったように、奥へ進み、庵の入り口辺りで、咳払いをひとつ。それが合図かのように、奥から玄洲の柔和な顔が覗いた。晃盛の顔を見つけた玄洲は、満面の笑みを湛えると、晃盛を中へと入れた。

「この寒い中、ようお越しくだされましたな。」

それには、「いやいや」と一応謙遜してみる。

玄洲は火桶を晃盛の方に近づけると、居住まいを正して、晃盛に向き合った。

「今日は？」

玄洲はニコニコと笑みを湛え、客を促した。

晃盛は懐に手をやりかけたが、思い直したように、玄洲に向かい合った。

「冷えますな。き、今日は菜など、持っては来ておらんのです。えっと、ええ。」

玄洲は、ちらりと晃盛の膨らんだ懐に眼をやったが、何も気づかなかった様子で応えた。

「いつもいつも、お気遣いいただいております故、申し訳なく思っておるのです。ここへは、ふらりと気楽にお寄りいただいて結構。一人暮らしの身には、世間話などがよい土産となるのです。」

玄洲は穏やかにそう答えた。鎌田晃盛は「ふむふむ」と、頷きながら、勿体ぶって話し出す。

「ま、まだ暑い盛りの頃。えっと、玄洲殿を通じて。公暁様の密命を受けましたが、」

「はて？」

と、声には出さずに、玄洲は首を傾げた。

「ほ、ほれ、あの、守り刀の……」

「ほう！」

と、玄洲は大袈裟に頷いた。

「えっと、刀鍛冶に作らせ、ようやく公暁様にお渡しするに値するものができ申した。」

晃盛は懐をポンと叩いた。

「わざわざ御造りいただいたのですか？」

玄洲は微かに眉をひそめた。

「左様、左様。」

晃盛は得意げに笑って、話を続けた。

「こ、この刀鍛冶は良い仕事をするという評判だったんじゃが、仕事が遅いうえに、業突く張りで、本当に困りもので。」

「わざわざ作ったものでなく、どこにでもあるものでよかったものを。」

玄洲はぴしゃりと言って、晃盛の話を止めた。その玄洲から漂ってくる空気が「まずい」ものであることを晃盛は敏感に感じ取った。

「公暁様の名、私の名を刀鍛冶に出されましたのか？」

まずい、まずい。

晃盛はどこがまずかったのか、必死で思い巡らしたが、答えが出ない。ただ、公暁や玄洲の名は刀鍛冶に出してはいない。

「い、いやいや、そ、それはござらん。えっと、えっと、ただ小刀一振りの注文をしたのみ。」

玄洲の眼は晃盛をずっと捉えている。

「く、公暁様にわしの使い古しの小刀なぞ、さ、差し上げれませぬのでな。」

なんだか息苦しくなってきた。

玄洲はまだ暫く晃盛を見つめていたが、晃盛の話を真実と感じたのか、もとの穏やかな玄洲に戻った。

「さようでございましたか。それはお気を遣わせてしまいました。」

そういうと玄洲は深々と頭を下げた。

晃盛は、ほっと胸を撫でおろした。

「一体、今の威圧感はなんだったんだ？」

寒いはずなのに、額から汗が一筋流れてきた。そんな晃盛を、玄洲は静かに見据えている。

晃盛はこれ以上無駄な話はしまい、と汗を拭った。そして懐から小刀を取り出すと、恭しく玄洲に差し出しながら、こう告げた。

「く、公暁様の、お、御守り刀となされませ。」

「失礼。」

と言って、玄洲は小刀を受け取った。するりと鞘から刀を抜くと、しばらくその刃を見ている。その眼は、玄洲が僧侶であることを忘れてしまいそうになる。だが、晃盛には玄洲の目付きよりも、小刀の評価が気になる。公暁に気に入られたい。上手く取り入りたい。それだけだ。

玄洲が晃盛から受け取った小刀は、注文通りの質素な造りであったが、その刃は刀鍛冶の腕がいかに確かなものであるか、冬の凍える海を思わす刃文が、それだけで切れ味が如何なるかを伝えてくる。

玄洲は鞘に納めると、穏やかに口を開いた。

「坊主には、刀の良し悪しはわかりかねますが、見事なものでございます。」

「公暁様はお気に召されましょうか？」

「もちろん。」

「おお！」

――それが大事！――

途端、急に余裕がでてきた晃盛は体を反らし気味に付け加えるように言った。

「えぇっと、少々時間が掛かり申したが、良いものを作るには、えっと、じ、時間が必要。」

「もちろんでございます。」

玄洲は、両手を付くと、深々と頭を下げた。

「ありがとうございます。公暁様も必ずやお喜びのことと存じます。」

玄洲のその言葉に、ますます晃盛の態度が大きくなっていく。

「いやいや。よ、喜んでいただけるならば、何よりじゃ。」

と、体を反らして笑った。

ニコニコといつもの笑みを浮かべながら、玄洲は、晃盛のその様子を見ている。

「ほ、北条時氏様の、えっと、一の家来であるこの鎌田晃盛。えっと、ええっと、できぬことはござらん。」

そして、豪快に笑う。

玄洲の唇の端に冷たい笑みが浮かんだのを、もちろん晃盛は気付かない。

「頼もしいことにございます。さぞかし時氏様もそのように思われておいでのことでありましょう。」

「お？　おお、そうじゃ、そうじゃ。」

晃盛は満面の笑みで応えた。玄洲はそれには答えず、小さな庭越しに見える森に眼をやった。さらさらと小さな音を立てながら、灰色の空から雪が降ってきている。

「今年もあとわずか。新しい年が良い年となりますよう。」

晃盛も釣られるように、外に眼をやった。

「そう、じゃな。」

晃盛の眼には、自分の馬の背に雪が積もりだしているのが見えた。

「やや、馬の背に雪じゃ。」

「それは御可哀そうに。では、そろそろ。」

と、玄洲が先に立ち上がった。晃盛も続いて立ち上がる。

「いつでもお立ち寄りくださりませ。晃盛様ならいつでも大歓迎にございます。」

そう言いながら、晃盛を戸口まで先導している。しかし、晃盛は玄洲の言葉に満足し、「自分は特別」と、ほくほくしながら、玄洲に別れの挨拶をした。

まだ昼前だというのに森の中は薄暗く、灰色の雪が益々勢いを増していく。馬上の晃盛は、ちらりと玄洲の庵を振り返った。門前に立つ玄洲が、深く礼をした。その姿がだんだん小さくなっていくのと反対に、晃盛の中に小さな不安が灯った。

「良いことをしたのだ。」

そう口に出すと、その小さな不安は消えていった。ぶるっと身震いをし、首をすくめながら、晃盛は家路についた。

その雪は、さほど積もることもなく夕刻までには降りやんだ。

ゆっくりと、年は暮れてゆき、まもなく元号が変わる。


その年の初めは、雪であった。

都は薄っすらとおしろいを施し、新しい年を迎えた。

帝は古式に従い、八百万の神々に祈りを捧げた。

元号は承久。

為仁帝もこの一年の安寧を祈った。

静かではあるが、キーンと張りつめたような緊張感は、新年を迎える時ならではであった。

几帳の隙間から冷たい空気が流れ込み、指先から冷えてくるのを感じながら、一心に祈り続けた。

誰も近寄りがたい空気の中に、微かな伽羅の香が滲んでくる。

去年の暮れ頃から、香を焚かずとも、部屋の中には、いつも微かな伽羅の香りがした。姿は見せなくても、そこに白いあの童子の気配があった。常に見守ってくれているようで、決して一人ではないのだ、というような感じが為仁帝を包んでいた。

ふと、為仁帝の唇の端に笑みがこぼれた。振り向かずとも、そこに童子がいるのが感じられる。

「願わくば……」

祈りの最後の言葉だけ声に出すと、床に手を付き、深々とお辞儀をした。程無く為仁帝は顔を上げ、ゆっくりと振り向くと、白い童子が部屋の隅にちょこんと座っていた。元日の明け方、薄暗がりの部屋の隅に滲むような姿がある。ここには、為仁帝と童子だけであった。

「ほう、新年のあいさつに来たか。」

為仁帝は微笑んだ。ぼうっと白く滲むような童子と対峙する形になった。どちらとも声を発するでもなく、ただ向き合っている。

次第に明るくなっていくのを感じながら、無言であった。それが別段、苦でなく、むしろ心地よささえ感じていた。自然と心が落ち着いて、時の流れさえ感じなくなるようであった。

白い童子はそのままの姿で座っている。

「まもなく芳房が来よう。」

頷くでもなく座っている。為仁帝も応えを期待しているわけでもない。ただ独り言のように呟いた。

果たして芳房がやって来た。遠くからでも芳房の足音はわかる。最近は、その歩調がゆっくりとなってきた。ゆっくりではあるが、確実にこちらへと向かってくるのがわかる。

やがて、部屋の前で足音が止まった。為仁帝は童子の方を向いて、「ほらね」とばかりに微笑んだ。

「橘芳房にござります。」

そこで一呼吸おいてから、

「芳房、新年のご挨拶にまかり越しましてござりまする。」

衣擦れの音が、芳房の深く丁寧な礼を伝えている。

「芳房、ここへ。」

再び衣擦れの音がし、橘芳房が御簾をくぐって入ってきた。烏帽子の下はすっかり白髪となってはいるが、その笑顔は変わらずで、為仁帝に会えることを楽しみにしていたことがうかがえた。

新年の挨拶を終えると、どちらかともなく視線は庭に移った。薄っすらとした雪が薄衣のように庭を覆っている。火桶の炭がきりきりと鳴っているのが聞こえてくるほどの静けさだった。

「寒うはないか？」

最初に口を開いたのは、為仁帝であった。

「有難きこと。されど、この歳になりますと、暑さ寒さとは無縁でござりまする。鈍うなって、どうともわかりかねまするな。」

そう言うと、芳房は笑った。為仁帝もつられて笑った。

「父上のところへは参ったか？」

「帝や上皇様へは、倅がご挨拶に。」

芳房は帝と上皇の名を口にだすと、恭しく頭を垂れた。

「隠居の爺は、ただただ行きたいところにしか行きませせぬ。」

また笑う。そして、為仁帝もつられる。

「この静かなままであればよいのだがな。」

「昨年の暮れに、上皇様は鎌倉の実朝に官位と祝いの品を送られたとか。」

為仁帝は「聞いている」、というように頷いた。

「為仁様の御心をくんで、鎌倉と仲良うなさるおつもりとは、残念ながら思えませせぬ。」

芳房は首を振った。

「実朝は朝廷に従順のようでありますが、果たして上皇様はそんな実朝をどのように見ておられるか。」

芳房は小さく溜息をついた。じっと、芳房の話を聞いていた為仁帝も小さく頷くと、視線を再び庭に戻し、呟くようにぽつりと言った。

「御心は窺い知れぬ。」

部屋の隅には、それとは気付かれず、白い童子が座っている。

「爺めの歳ともなりますれば、いらぬ心配をしてしまうもの。此度のことも、嫌な予感……」

と、言いかけたところで芳房は口を噤んだ。新年の挨拶に来たのに、相応しくないと思ったのだろう。

為仁帝もそれには答えず、静かに降りてきだした雪の音を聞くかのようだった。

しばらくすると、橘芳房は遠慮がちに口を開いた。

「為仁様は上皇様のところへは？」

為仁帝は少し間を置いてから答えた。

「少し遅れてから行くよ。今は皆が行くであろう。私が行くと父上を困らせてしまうだろうから、少しあとで。」

と言うと、ふふっ、と寂しげに笑った。

「遅ければ遅いで、また不機嫌になられるかもしれぬが。」

どちらにせよこの親子の確執は根深い。

芳房は為すすべもないと、黙ってしまった。どこからか漂ってくる伽羅の香りを楽しみながらも、この青年を救いきれないというもどかしさを感じていた。

少し重いその空気を振り払うように、為仁帝は切りだした。

「芳房、新年に相応しい曲はないのか？」

芳房は我が意を得たりとばかりに、膝をポンと叩くと、

「左様、左様。今日は笛を持ってまいりませんでしたが、これがまた良い曲がございましてな。」

芳房は膝を乗り出して話し出した。嬉しそうに話す芳房を見、為仁帝も救われたように感じていた。ちらりと部屋の隅に眼をやると、白い童子がその姿を消すところであった。

雪は御所の庭を白一色に変えていこうとしていた。


この正月は鎌倉も雪であった。暮れからの雪は松が取れる頃まで断続的に降り、正月下旬には膝がすっぽりと埋まるほどまで積もった。

源実朝にとって、この正月はこの上ないものであった。右大臣昇進の祝いがあり、そして、それを兎や角言いそうな北条泰時が、意外なほど静かであったこと。さすがに右大臣ともなれば、泰時も文句の言いようがなかったのであろう。否々、泰時のことゆえ、正月の祝いが過ぎた頃に、「鎌倉の総大将が朝廷の官位を有難がるとは何事ぞ」とやいやい言ってくるのかもしれぬ。そう思うと、

「祝い気分が吹っ飛んでしまうわ。」

と、実朝は首を竦めた。

正月二十七日に鶴岡八幡宮拝賀と決め、準備をさせた。装束やら車は京の後鳥羽上皇より贈られてきたものを有難く使うこととし、太刀持ちは北条泰時の父であり、執権の北条義時が付くこととなった。

全ては順調であった。あとは、正月二十七日を待つだけとなった。


一方、その実朝を迎える鶴岡八幡宮も準備に追われていた。必要なものは実朝から用意されてきていたが、何分初めての大きな祝い事であるため、皆々が緊張を覚えるのは仕方のないことであった。

その八幡宮の片隅で、別の思いを感じている者がいた。

公暁は、八幡宮を包む独特の空気に息苦しさを感じているようであった。何がどうというわけではないが、興味なさげに実朝の拝賀の準備が整っていくさまを眺めていた。

「どうなされました？」

玄洲は、そんな公暁の様子に声を掛けた。それに応えるように、公暁は「ふん」と、鼻を鳴らした。

「別に。」

出家して幾年にもなるのに、どこか未だに俗世へのこだわりが垣間見える。

「ふふふ。」

と、玄洲は声に出さず、笑った。

――そう。それでよい。――

公暁の心の深い部分に植え付けた怨念が、首をもたげる機会を伺っている。玄洲は成長した我が子を愛おしむように、公暁の背中を見つめた。

「おお、そうでありました。」

突然思い出したかのように、玄洲は葛籠から、一振りの小刀をとり出した。そして、しずしずと公暁のもとへ歩み寄った。

「昨年の暮れに、時氏様の家来である鎌田晃盛殿がお持ちくだされたものにござります。」

そう言うと、玄洲は公暁に恭しく小刀を差し出した。ちらりと公暁は小刀に眼をやった。

「落飾なされたとはいえ、鎌倉武士の統領の御血筋。小刀の一振りなりともお持ちくだされ、と。」

玄洲はズイッと、小刀を公暁の方へ差し出した。

「確かにその通りかもしれませぬが、御立場上、些かいかがなものかと今日までお渡しするのを控えておりました。」

公暁はその小刀を凝視している。

「されど、晃盛殿の御心もわかりますゆえ。」

玄洲はそう言うと、小刀を凝視する公暁の前に置いた。公暁はそれを見据えながら、無言でいる。

「守り刀とされるも良し、北条一門に有らぬ嫌疑を掛けられぬようお返ししても良し。如何なされましょうか。」

二人は小刀を挟んで、黙っている。

「そうだな。」

暫くすると、公暁がそれだけ呟いた。そして、徐に小刀を手に取ると、鞘から刀を抜いた。

この冬の氷を思わす刃は冷たく輝いている。それをじっと見つめたあと、公暁は鞘に納めながら言った。

「鎌田晃盛か。面白い男だな。」

唇の端に笑いを含むと、懐に小刀を入れた。

「守り刀といたしましょう。」

公暁はそう言うと、再び庭に眼を移した。

玄洲は深く礼をしたが、その伏した顔には見たことのない笑いを含んでいた。


承久元年（一二一九年）一月二十七日　雪。

一度は溶けかけた雪も、再び膝まで覆うほどに積もった。白い鎌倉は、それはそれで清々しく実朝の眼に映った。

源実朝は京仕立ての瀟洒な装束を身に纏い、鏡を覗いた。いつもは、その痘痕のせいで決して鏡を覗くことなどなかったのだが、今朝はすこぶる機嫌が良い。痘痕も気にならず、京の公達風に化粧まで施した。

出立の時刻が来ると、実朝はいそいそと車の人となった。

今日は頭の中に泰時の顔も浮かんでこない。太刀持ちをする義時は、息子の泰時のように口うるさくなく、もうよい歳であった。とにかく、今朝は気分が良い。

ゆっくりとした行列は、やがて鶴岡八幡宮に到着した。山門の前で、実朝は車から降り、徒歩でその門をくぐった。正殿へと向かう雪の道をゆったりとした足取りで進む。踏みしめた雪のきゅっと啼くような音さえ聞こえてくる静けさの中であった。

正殿の前には、鶴岡八幡宮の神職たちがずらりと並んでいた。実朝の姿が現れると、一斉に深々と頭を垂れた。実朝の姿はその奥へと消えていった。


その中に、公暁の姿を見ることはなかった、彼は自分の部屋にいた。事の次第を耳からの情報で得ようとしているのか、部屋は静かであった。彼の横には玄洲がそっと寄り添うように座っている。

「参られましたようにございます。」

玄洲のその言葉に公暁は頷きもせず、じっと考え込むように微動だにしない。玄洲も心得たように返事を求めるでもなく、静かに控えていた。

冷え込んではいたが、その日、新たに雪は降らず、だんだんと高く昇る冬の陽が、積もっている雪を輝かせていった。

暫くすると、徐に公暁が立ち上がった。

「……？」

公暁は玄洲の方に振り向きもせず、ぽつりと言った。

「実朝に挨拶せねばなりませぬな。」

玄洲はその言葉に軽く微笑みながら応えた。

「左様でござりましょう。」

公暁は、すたすたと歩き出した。と、立ち止まると、玄洲の方に振り返るでもなく呟いた。

「……玄洲様は、どのように？」

「……？」

咄嗟に返事が思い浮かばなかったのか、玄洲が言葉に窮していると、公暁は返事を待たずに部屋を出ていった。

「……。」

玄洲は、その後ろ姿を追うように見つめていたが、やがてその唇の端に微かに冷たい笑いが浮かんだ。


午を過ぎた頃、公暁の部屋にいる玄洲の許に八幡宮の神職の一人が訪ねてきた。

「公暁様？　はて、実朝様が見えられて間もなく、『御挨拶を』とおっしゃられて、ここを出ていかれましたが。」

男は困ったように、再び玄洲に同じことを繰り返した。

「どうか公暁様もお越しくださりますよう、とのことにござります。」

と、言われたところで、公暁は出ていったきりである。

「どうにも困りましたねえ。」

玄洲は、

「それでは辺りを探してみましょう。」

と答え、部屋を出た。はじめはその神職の男と一緒にあちこちの部屋やら庭やらを探していたが、同じところを二人で探しても埒が明かないということで、分かれてそれぞれ思い付くところを探した。

広い鶴岡八幡の境内の中で、再び二人がばったり出会ったが、二人とも公暁を見つけることはできなかった。

「やれ、困った、困った。」

と、独り言のように男は繰り返しながら、帰っていった。

玄洲は八幡宮の公暁の部屋に戻ると、公暁がいつも座る場所に座った。いつもの見慣れたはずの部屋をぐるりと見渡すと、唇の端にじんわりと薄い笑いを含ませた。

「さて公暁よ、どうする？」

ふふふっと笑い、暫くそこに座っていたが、陽が西に傾き始めた頃、その部屋には誰も居なくなっていた。


公暁はいた。

八幡宮の山門近くの大きな銀杏の木の根元にじっと座り込んでいた。一日中そこにいたわけではない。自分の部屋を出てから、当てもなく境内をぐるぐると回っていた。公暁を探す玄洲たちに出会わなかったのは、まさに奇跡的であった。

積もった雪の冷たさに、足の指は真っ赤になっている。冷え切って固まってしまったかのように微動だにしない。ギョロリとしたその眼は一点を見つめていたが、何を見てるのかわからない。

西に傾いた陽はますます力を落とし、東の空は紺色に染まり始めていた。

カサッと鳥が飛び立つ音がした。そろそろねぐらに帰るのであろう。公暁は相変わらず座ったままだ。その両腕は胸元で組んでいる。腕には、着物越しに懐に潜めている固いものが当たっている。

ふと思い出したように、公暁は懐のそれを取り出した。小刀であった。鎌田晃盛が公暁の為に、守り刀として匠に作らせたものである。刀の鞘を撫でるように擦り、それからすっと刀を抜いた。弱い冬の夕陽がその刃に当たり、きらりと光った。公暁のギョロリとした眼は相変わらず視点が定まらない様子で、果たして刃の光を見ているのかわからない。そのままでまた動かなくなった。もはや足の感覚など無い。

陽は瞬く間に沈んでいった。その頃から、再び雪が降り出した。はらはらと音を立てながら、公暁の上にも降る。頭にも肩にも、冷え切った足はやがて雪に埋もれてしまうのではないかと思えるほどであった。

その頃、実朝は拝賀の一連の儀式を終え、正殿から出てきた。辺りはすっかり夜の闇に包まれていた。篝火が焚かれ、山門まで揺れる灯りが続いている。

実朝は振り返り、恭しく一礼をすると、神職一同もさらに深い礼をした、見送られながら、歩き出した。朝とはまた違う神聖な気持ちで、顔付きさえ違ったように見える。

「良い一日であった。」

心の中で実朝は繰り返し思った。

実朝を中心とした行列ができた。太刀持ちの北条義時は体調を崩し、源仲章《なかあきら》に代わっていたが、実朝は気にも留めなかった。

暗い冬の夜空から、雪は花吹雪のように舞い降りてくる。実朝にはそのように思えた。

「雪さえ有難く思えることよ。」

独り言が口をついて出た。それが面白かったのか、クスリと笑えた。

篝火と供の者が持つ松明が相まって、人々の影が揺れている。

山門への下り階段を転ばないようにゆっくりと下り始めた。一歩一歩を踏みしめるように下りていく。大銀杏のところまで下りた時、何かに驚いたのかキキィと啼きながら鳥が飛び立った。それに連鎖するように枝から積もった雪がザザッと落ちた。皆が枝を見上げた時、大銀杏の根元辺りの暗闇から転げるように何かが飛び出してきた。獣のような唸り声を上げながら飛び出し、そのまま実朝に向かって駆け寄ると、

「親の仇の最後じゃ！　見よ！」

吠えるように叫び、その勢いのまま両手に掴んだ小刀を実朝の首元に突き刺した。

公暁だった。

ギョロリとした眼は血走り、返り血に染まった姿はもはや人ではなく鬼であった。

実朝は公暁の顔を間近で見た。この一瞬が理解できなかった。なぜか擦れていく意識の中で、公暁の赤い眼だけが見えている。足に力が入らなくなり、誰かを呼ぼうとしたが声にならない。

「た、誰かある？」

そう言ったきり、どうっとその場に倒れ込んだ。

倒れた実朝とそれを見下ろす公暁の姿を見ても、誰も何が起こっているのかわからなかった。公暁はギロリとあたりを見渡すと、太刀持ちの源仲章のところに跳んだ。怯む隙も与えず実朝の血を含んだ小刀を仲章の首筋に突き立てた。

「ぎゃ！」

という仲章の声に、やっと皆は我に返った。だが、その時、既に公暁はその場から走り出していた。あとは修羅場であった。実朝や源仲章に駆け寄る者、公暁を追うよう指示を出す者、それに従い走り出す者。いろいろな叫び声が飛び交い、混乱した。

公暁は夜の闇に溶けるように姿を消した。

知らせは、すぐに北条泰時の許にも届いた。

「公暁が！」

驚いたものの、他の者たちと違い、泰時の指示は素早く的確であった。時氏もあまりの出来事にじっとしていられず、泰時に自分も公暁探索に参加する意を申し出た。泰時は暫く考えていたが、

「いや、お前はここにいろ。公暁のことは他の者に任せておけ。大事なのはこれからのことじゃ。」

と言うと、家来に細かな指示を出した。

時氏は、駆けつけた三浦茂親と共にその様子を見ていた。

泰時の許から公暁探索に出た者たちは、鶴岡八幡宮を中心に公暁を追った。八幡宮近くの玄洲の庵にも出向いた。しかし、そこには公暁はおろか、玄洲の姿さえ見当たらなかった。

探索は続く。

その頃、公暁はひたすら夜の中を歩いていた。考えあっての事ではない。足の赴くままであった。二人の返り血をべっとりと全身に浴びている。その上雪の積もった道を歩けば、すぐに跡を辿られる。そうならないように、まるで本能がさせるかのように、八幡宮から続く藪の中を歩いていた。ここを進んでどこに行くのか。それを自分自身がわかったのは、ちらちらと灯りが見えてきだした頃だった。

「義村の家じゃ。」

三浦義村の妻は公暁の乳母であった。

公暁の足は、勝手に義村の家に向いていたのだった。吸い込まれるようにゆらゆらと公暁はその門の中へと入っていった。

「義村ぁ。」

絞り出すように、公暁は叫んだ。門の中には篝火が灯っている。

「?」

と、ざざっと数十人の刀を構えた男たちが公暁を取り囲んだ。その中から、一人の男が出てきた。三浦義村であった。

「泰時様のおっしゃったとおりにございますな。公暁様、やはりここへおいでなされた。」

「義村ぁ。」

公暁を囲む円陣がじりりっと狭くなった。

「残念にございます。」

それが合図だった。公暁を取り囲んだ円陣は一斉に公暁の許に集まった。獣の咆哮のような公暁の叫びが上がったが、それも一瞬で消えてしまった。

公暁。

鎌倉幕府第二代将軍頼家の三男。源氏の血を受けながら、わずか十九年の生涯であった。


「尼御前の嘆きようは見てられんな。」

北条泰時は大きく溜息を吐いた。一夜明けての泰時の館である。時氏と連れ立って、御家人たちと一連の顛末を北条政子に報告してきたのだった。

「されど、鎌倉のためにどのようにすべきか、ちゃんと前を見ようとなされているのはご立派。ただただ敬服いたしました。」

三浦親長は感心したように言った。泰時はふんっと鼻を鳴らした。

「幕府に将軍が不在となると、上皇がなんと言ってくるかの。」

泰時は腕を組み、深く息を吐いた。

「そうじゃ！　玄洲は見つかったか？」

思い出したように泰時は尋ねた。

「実は、」

と、時氏は茂親と眼を合わせながら口を開いた。三浦茂親は父と共に泰時の館に来ていた。

「実は、親父様が公暁様探索の指示を出されているのを見ているうちに、矢も盾もたまらず茂親と共に館を出たのです。」

時氏は申し訳なさそうに続けた。

「公暁様は他の者たちが探している。ならば、我らは玄洲様に会わねばなるまいと思い……」

時氏の話はこうであった。

公暁のそばにはいつも玄洲がいた。実朝を殺すに至った陰には必ず玄洲がいたに違いないと思い、茂親と玄洲を探すことにした。しかし、既に玄洲の庵は片付けられ、主がいなくなっていた。となれば、二人で京へ向かう道を探した。それは以前、泰時が「玄洲は上皇と繋がっているかもしれぬ」と話していたことを覚えていたからだった。

「大きな街道は使うまい。」

二人は道とはいえぬほどの狭い山道を進んだ。馬も嫌がる険しい山道で、遥か向こうに黒い影がかなりの速度で移動している。暗闇の中で、人か獣かもわからない。ただ白い雪道にそれが浮き上がって見える。

時氏は茂親の方を振り向くと、茂親は大きく頷いた。それを合図に二人が馬を飛ばすと、果たして、それはみすぼらしい旅の僧であった。その僧は馬の蹄の音に急かされるかのように早歩きになったが、そもそもこんな暗闇の山道を灯りも無く歩いているのがおかしい。

茂親がその僧の行く手を阻むように、馬を止めた。無言で旅の僧を見下ろしている。時氏は、その僧の横にぴたりと付いた。

「もうし。この暗がりの中をどちらへ行かれる?」

旅の僧は歩みを止めると、振り向かず無言だった。

「もうし！」

時氏は大きな声で繰り返した。

暫くはじっとしていた僧であったが、やがて肩を揺らしだした。

「ふふふっ。」

笑っていた。

「玄洲様でござりますな。」

茂親が静かに問うた。

「三浦茂親。」

そう言うと、茂親を見上げ、そして時氏の方に振り返った。

「北条時氏。」

その顔は玄洲のようであり、あるいはそうでないかもしれぬと思えるほど、印象が違っていた。眉間に深い皺を刻み、口元には、ニヤニヤと嫌な笑いを浮かべていた。

「どちらへ行かれる？」

「帰るのよ。お主らもそう思うてこの道を来たのであろう？」

相変わらず笑っている。

「京へ参られるのか？」

「その前に我らと共に参られよ。」

若い二人が交互に言った。

「なぜ？」

玄洲は問答を楽しむかのように、二人に問い返した。

「つい先ほど実朝様が公暁様の刃に掛かったことはご存じでありましょう？」

時氏は玄洲の顔を見ているうちに、奇妙な怒りに駆られてきた。懸命にその感情を抑えている。

「知らぬな。」

「玄洲様。今、皆は公暁様を探しております。玄洲様なら公暁様の行先に御心当たりがございましょう？」

茂親が静かに問うた。玄洲は二人を見比べながら、相変わらず含み笑いをしている。

堪らず時氏が大きな声を出した。

「一体公暁様に何をした？」

玄洲は時氏に振り向くとニヤリと笑いながら答えた。

「何もしとらんよ。」

「玄洲。公暁様のそばにいつもいながら、何もしていないとは言わせはしない。一体何として、公暁様に実朝様を手に掛けさせたのだ？」

「何も。」

玄洲は静かに応えた。

「わしは公暁の自尊心を大きく育ててやった。己以外の者に感謝などする必要ない、ともな。」

顔を歪めるほど玄洲は笑った。

「玄洲！」

と、叫ぶや時氏は馬から下り、玄洲に掴み掛かろうとした。と、玄洲は時氏の手を払い、音もなく後ろに跳んだ。そして時氏の眼を見ながら、再びニヤッと笑うと、藪の中に消えた。暫くガサガサと枯草の揺れる音がしていたが、直ぐに聞こえなくなった。

「玄洲！」

若い二人が同時に叫んだ。が、それに応えるわけもなく、ただ闇が辺りを包んでいった。


「もはや鎌倉にはおりませぬな。」

三浦親長は静かに言った。

「だろうな。」

泰時は火桶に手をかざしながら言った。

「やはりただの坊主でなかったの。上皇が差し向けた者だったのだろうよ。そしてその証拠を残さぬとは、見事といえば見事。してやられたわ。」

四人は黙って火桶の火を見ていた。

「さて、これからどうしたものかの。」

泰時はふうっと一呼吸おいてから続けた。

「公暁め、親の仇と叫びながら実朝と源仲章を斬りつけたのだったな。恐らく、仲章は我が父の執権・義時と間違えられたのだろう。不運な奴よ。」

「しかし、実際は実朝様と仲章殿が公暁様の刀に掛かったわけです。」

「そうよ。そこが肝心。親の仇は実朝と仲章であって、北条ではない。つまりは、北条は執権としてなんの落ち度もない。将軍家の血筋の者より恨まれることなど、一度たりともない。と、いうことじゃ。」

泰時はきっぱりと言い切った。

「しかし、いくら形ばかりの将軍であったにせよ、幕府の旗頭である源氏の血が途絶えてしまったのは困ったものじゃの。」

泰時は腕を組んで、ふうっと深い溜め息を吐いた。

「親父様。」

時氏が口を挟んだ。

「源氏の血が途絶えてしまった以上、何としてでも鎌倉を守るため、上皇様を納得させうる将軍を立てねばなりませぬ。」

おやっと泰時は時氏の顔を見た。時氏は続けた。

「昨日、玄洲を取り逃がした帰り、茂親と話しておったのですが、都には帝の血を受け継ぎながら、その地位に就くことが叶わない御方がおられるはず。ちょうど公暁様のように。ならば、その御方を鎌倉にお迎えしてはいかがかと。」

茂親が時氏の横で大きく頷いた。さらに続ける。

「帝の血を継ぐ御方ならば、上皇も鎌倉を軽く扱えなくなりましょう。」

泰時は、ううんと唸った。

「東と西に帝が立つのです。」

「いや待て。それは上皇が納得すまい。おのれの力が半減するも同じことになる。それを上皇が受け入れるとは言い難い。」

泰時は時氏を真っ直ぐ見つめて言った。泰時の眼に映った時氏は、今まで見たことがないほど自信に溢れているようであった。

「いいえ、まずそういった御方を上皇に悟られぬうちにこちら側につけておくのです。」

「なんと！」

三浦親長は唸った。泰時はまじまじと息子の眼を見つめたあと、やがて嬉しそうに笑った。

「やるのう。」

「それならば、後鳥羽上皇に近い御方の方が上皇を抑え込むにはより有効になりましょう。」

親長が言う。それに応えるように、茂親が口を開いた。

「将軍不在では幕府は成り立ちませぬ。危険は承知。されど泰時様、この時を不運とするよりも、幕府の好機といたしましょう。」

今度は親長が息子の顔をまじまじと見た。そして、泰時と顔を見合わせると、お互いに嬉しそうに笑った。そして、泰時が尋ねた。

「どなたかあてはあるのか？」

「雅成《まさなり》親王。」

時氏と茂親が同時に答えた。

「あっ！」

今度は泰時と親長が同時に叫んだ。

「雅成親王と言えば、後鳥羽上皇の皇子。」

三浦親長は唸るように呟いた。続けて泰時が唸る。

「今の帝の同母弟であったな。」

泰時は腕を組み直し、若い二人に向かって言った。三浦茂親は大きく頷いた。時氏も頷きながら、言葉を続けた。

「同腹の兄とは申せ、歳もあまり変わらぬ兄弟が帝となった雅成親王の胸中を察すれば、この話、進めてよいかと思われます。」

「いや、待て待て。」

泰時は手を振りながら制止した。しかし、直ぐには言葉が見つからず、泰時は再び腕を組んで、黙りこくってしまった。

いつの間にか、雪がさらさらと降りてきている。四人とも雪がたてる音を聞こうとしているかのように黙っている。

やがて、泰時を伺うように茂親が静かな口調で話し出した。

「泰時様。この話、早ければ早い方がよろしゅうございます。玄洲が上皇の意思で動いていたとすれば、なおのこと。上皇の次の一手があるはず。」

「むむう。」

と、泰時は唸った。それはわかる。が、出方を間違えれば、元も子もない。

「親父様。」

そう声を掛けてきた時氏の眼を泰時は見た。その自信で輝く眼は曇りなく、泰時の不安を打ち消すものであった。

「時氏。都へ使いを出すぞ。」

時氏、茂親の顔がパッと明るくなった。

「泰時様、某が参りましょう。」

親長が申し出た。が、泰時は首を振った。

「いや、親長にはここで雅成親王への信書や上皇へなんと言って申し出るか、一緒に考えてもらう。手紙を持っていくだけなら、他にも気の利いた者がおろう。上皇がどう出るかわからんのでな。ここにいる親長、茂親それに時氏は鎌倉でわしと共に上皇の次の手に備えよ。わしに知恵を貸してくれ。」

泰時はまた腕を組み、三人の顔を順々に見た。三人は、お互いに頷き合うと、泰時に深々と礼をした。


泰時は父である執権・北条義時の許へ向かった。事の次第は執権の名のもとで行う。

「それでよい。」

いずれは自分もその地位に就く。しかし、今は名が表に出なくとも、時氏や三浦親子と自由に画策できる。

――それでよい。――

思わず、ふふっと、笑った。

――政治力のある将軍はいらぬ。ただ、幕府の花であればよい。実は北条がいただく。――

また笑いが漏れた。

雪は静かに勢いを増していき、鎌倉はますます白く染まっていく。

鎌田晃盛は言葉を失った。

源仲章の首筋に刺さっている小刀を見た時、心底震えてきた。それは、あの小刀であった。玄洲に頼まれ、守り刀として公暁に渡したもの。あの夜、公暁探索で駆り出され、たまたま仲章の亡骸を見ることとなった。そこで見たのが仲章の首筋に突き立った小刀だった。

「これはまずいこととなった。」

雪の夜に、一人どっと汗をかいた。

誰も知らぬはず。

「そうじゃ、誰も知らぬ。」

公暁が刀をどこから入手したかなど、誰も知り得ない。玄洲以外は。

公暁を足掛かりとして出世しようとしていたのが、今やその公暁が厄介者となってしまった。公暁が捕まって、あの小刀がどこから手に入れたか白状されてはまずい。

「ここは、追手に捕まるな。さもなくば自害でもしてくれ。」

そう願いながら、公暁探索に参加していた。そこへ、玄洲が行方不明。続けて、公暁が三浦義村によって討たれたとの知らせが入った。

「そ、それは誠に残念。」

と言いながら、ほっと一息ついた。

やれ安心、と落ち着いてくると、なんだか今まで公暁にいろいろとしてやったことが無駄だったと、腹立たしくなってきた。

——全くなんてこった。随分と面倒を見てやったというのによ。なんとしてでも、この無駄になった分を取り戻さねば、納得できぬ。これからは、ただただ北条時氏に付いていこう。なあに、三浦の小倅なんぞ。鎌倉から放り出してやるわい。――

そう決心すると、太った大きな腹を揺らしながら笑った。

京、一条大路。

春というには、空気は冷たい。しかし、冬というには、陽差しは暖かく感じられる。そのささやかな暖かさを求めるように、数日前よりも、いくらか人の往来が増えてきたように思われた。

このところ、ここに一人の僧が立っている。どれだけの長い間、托鉢修行をしているのであろうか。衣には垢や埃が染みつき、被っている笠は、もはや陽差しも雨も避けられないと思われるほどボロボロであった。

ただ、その僧の唱える経は、思わず立ち止まって聞き入ってしまうほどであった。低く太く、しかし透明感のある読経の声は、物乞い代わりの托鉢ではなく、ちゃんと修行としてその場にいるのだと、誰もが思った。

経を聞いた老婆は、手を合わして拝んでいく。余裕のある者は、銅銭を鉢に投げ入れた。またある者は、一掴みの米を。または、雑穀だらけの握り飯を鉢に入れた。

修行僧は一日をそこで過ごした。夕日が沈み、人通りが途絶える頃、ようやく読経の声が聴こえなくなった。僧はゆっくりとその場から歩き出すと、都の外れへと向かった。一日中、立ち尽くしていたとは思えぬしっかりとした足取りであった。

夜の帷が降り、人家もまばらになってきたが、僧は思うところがあるのか、ためらわずに進んでいく。

やがて崩れかけた屋敷が見えてきた。そこに着くと、慣れた様子で傾いた門をくぐった。荒れ果てた庭の先に、対屋がある。以前はそれなりの公家の屋敷だったに違いない。しかし、家の者は死に絶えたのか、もう随分と長く人の手が入った様子が無かった。

僧はそこへ入っていくと、懐から鉢を取り出した。雑穀だらけの小さな握り飯を一口で頬張った。続けて、鉢の中の銅銭と米を選り分け、銭は懐に入れた。鉢に残った僅かな米を、庭で起こした火で粥を作った。ほとんど重湯のような粥を一気に啜った。そこで漸《ようよ》う腹が満たされたのか、再び対屋に戻ると、笠を投げ捨て、ごろりと横になった。

玄洲だった。

見上げた天井には穴が開いており、寝ころんだままでも星が見えた。暫くの間、じっと見上げていたが、くるっと体の向きを変えた。

玄洲の眼は庭に向かった。人の背丈までに伸びた草木が枯れている。間もなく、その根元からは新しい芽が出て、また人の背丈までに成長するのであろう。

何の音もしなかった。

無表情なこの男はじっと横になっていたが、やがてじんわりと睡魔が訪れた。うつらうつらと仕掛けた時、行き成りガッと眼を見開き、飛び起きた。

門の向こうから、数人の男の声がしてきた。その声はだんだんと近づいてくる。庭の中ほどまで来ると、その話し声がはっきりとしてきた。

「へええ。なかなかいい屋敷じゃねえか。」

「ここをねぐらにかぁ。」

「都の外れで、ちいとばかし傾いとりやすが、まあまあ。」

「ちいとばかしだぁ？」

男たちは四人。笑いながら屋敷を見廻している。腰にはどこで手に入れてきたのか、刀を差していた。

「まあいいだろう。酒は？」

四人の頭と思われる男が朽ちた簀子に上がろうとした。と、どぉんと胸を突かれ、後ろによろめいてこけた。

「なんだぁ！」

四人が簀子を見上げると、黒い人影が見えた。

「だ、誰かいるのか？」

その人影は何も答えない。

「おい！　誰だ？」

四人の男たちはじっと簀子の上の人影を睨んでいたが、やがてそれがボロボロの衣を着た僧であると気が付いた。

「なんだ坊主か！」

頭の男は笑いながら、また簀子に上がろうとした。

「怪我する前に、坊主は出ていきな。」

と、また胸を蹴られ、後ろに倒れ込んだ。二度も転がされたとなると、男たちは黙っていない。口々に罵ると、腰の刀を抜いて、脅しに掛かった。

「おい坊主！　死にたくなかったら、さっさと下りてこい！」

暫くして声がした。

「野盗の類か。」

途端、簀子から黒い影が飛び降りてきた。何かがキラッと光ったと思った次の瞬間、野盗の頭の首が高く飛んだ。首のない胴がどぉんと男たちの前に倒れ込んだ。

「うわぁぁぁ！」

残った三人の野盗は叫び声を上げると、目の前にじりじりと近づいてくる坊主の顔が見えた。瘦せた頬、血走った眼は獣のようであった。

血の付いた小刀を構えると、玄洲は低い声で言った。

「さて、どうする？」

三人の野盗は腰を抜かし、這いずるようにして逃げ出そうとした。

「おい待て。その首と胴を持っていけ。」

野盗たちは声を上げて泣き喚きながら、一人は、さっきまで自分たちの頭だった男の首を掴み、あとの二人は胴を引き摺りながら出ていった。門の外まで出ると、仲間の首も、胴もその場に投げ出し、悲鳴を上げながら逃げていった。

「小刀の一撃だけで、首を飛ばすか！」

「あれは鬼じゃ！」

三人の野盗はあっという間に、消え去った。

野盗たちが去っていくのを、玄洲はじっと庭から見ていた。

再び人の気配が消え、傾いた屋敷には静けさが戻った。

玄洲は、血の付いた小刀を衣の裾で拭うと、懐に戻した。そして、くるりと踵を返し、元いた場所にごろんと横になって鼾をかいて寝た。

翌朝、一条大路の同じ場所に同じ托鉢の僧が立っていた。


「今朝も土御門様のところでございますか?」

橘是房は身支度をしている父に向かって言った。

「そうじゃ。」

毎日のように土御門帝の御所に向かう芳房に、呆れて是房は溜め息を付いた。

「御迷惑かもしれませぬぞ。」

「何を言う?　為仁様はそのようなことは仰せにならぬ。」

ふんと、芳房は鼻を鳴らした。

「それは、土御門様のお優しさにございます。」

それには答えず、芳房は口をへの字に曲げた。

「ここでお前と話しておるより、為仁様のところに居る方が心安らぐわ。」

「またそのようなことを。」

是房は諦めたように、また溜め息を付くと、思い出したように言葉を続けた。

「そう言えば、父上。一条大路の先にある屋敷跡に鬼が出たとか。」

「なんじゃと？」

「なんでも、いきなり襲ってきて首を食いちぎるとか。」

「誰がそんなことを言っておるのじゃ。」

是房は首を傾げると、

「さて……でも、検非違使が調べにいくとの話です。それ故、御帰りはお早めになされませ。鬼が鬼に喰われますぞ。」

是房は声を上げて笑いながら、その場を離れた。

芳房は舌打ちしながら呟いた。

「誰が鬼じゃ！」

身支度が整うと、芳房はいそいそと出掛けた。通い慣れた為仁帝の御所へと向かう。が、今日は少し違う道を行った。先程、是房が言っていた一条大路の方へ回り道をする。決して、怖いもの見たさで鬼が出るという屋敷跡に行くのではない。一条大路に、それはそれは良い声で経を読む托鉢修行の僧がいるとの噂を聞き付けたからだった。

「朝から鬼は出まい。」

ちょっと首を竦めながら、芳房は呟いた。

暫く車を進めていくと、噂の修行僧がいた。芳房は近くに車を止めさせ、しばしその読経の声に聞き入った。

「むべなるかな。ほんに良い声じゃ。叡山の高僧とて、このような経を読めまい。」

堪らず芳房は車から顔を出し、その僧に声を掛けた。

「かなりの修行を積まれたとお見受けする。ほんに良い経じゃ。」

修行僧は経を読むのをやめ、頭を下げた。

「そなたの経から、仏の有難さが身に沁みるようじゃ。そなたの経をお聞かせしたい御方がおるのじゃがなぁ。」

芳房は為仁帝の顔を思い浮かべたが、素性の知れぬ者を御所に連れていくわけにもいかず、言葉を切った。

托鉢の修行僧は再び読経を始めた。芳房はしばし聞き入っていたが、思い出したように声を掛けた。

「そうじゃ。この先で人を喰らう鬼が出たそうじゃ。検非違使が調べるという話じゃが、気を付けなされよ。」

芳房は、先程息子から聞いた話をした。

「鬼?」

僧は訊き返した。

「うむ。」

そう答えると、芳房は車を動かした。

破れた笠の隙間から、僧は芳房の車が去っていくのを見送った。

「鬼か。」

ニヤッと笑ったその顔は、『僧』というより『鬼』が似つかわしい玄洲だった。

――人を寄せ付けまいと思うたが、ちとやり過ぎたか。検非違使が出てくるとはの。暫くは家に戻れんの。――

玄洲はその日もそこで経を読んでいたが、夕日が沈む頃、いつもとは違う方向に向かって歩いていった。

橘芳房は、托鉢の僧と別れたあと、いつも通りに為仁帝の御所に向かった。

為仁帝とは、いつものように龍笛を吹いたり、世間話をしていたが、ふと大事な事を思い出したかのように膝を叩いた。

「そうそう。今朝、会いに行ってまいりました。一条大路の托鉢僧に。」

嬉しそうに芳房は言った。

「噂どおり？」

為仁帝は何度もその話を聞かされていたようだった。

「はい。聴き惚れました。」

芳房は思い出すように、眼を閉じた。

「まこと、極楽浄土が眼に浮かびまする。」

「ほう。」

暫く思い出すかのように頷いていた芳房が、急に眼を開けて話し出した。

「一条大路といえば、また別の噂が。」

「芳房にはどれだけ噂話が聞こえてくるのだろうねえ。」

クスクスと笑いながらも、為仁帝は聞いていた。

「鬼が出たそうな。」

為仁帝も前のめりになる。

「一条大路の先に、崩れかけた屋敷がございます。そこに鬼が出たそうで。なんでもいきなり人の首を喰いちぎるそうでございます。」

「ほう。」

「一条大路の先の崩れかけた屋敷といえば、おそらく衛門府の少尉《じょう》だった大伴殿の屋敷跡。大伴は代々衛門府でのお勤めをしておりましたが、なぜかしら短命で。最後の主は確か定資《さだすけ》殿。定資殿とその息子殿が相次いで仕事中に亡くなられましてな。その息子殿には、まだ卜になるかならずの御子が四人。その幼い子四人を抱えた息子殿の御内方のご苦労は如何ばかりか。やがて日々の暮らしの苦労が重なり、御内方は思い余って自分の子たちに手を掛け、ご自身も自害して果てたそうにございます。」

「なんと！」

「ところがでございます。一番末の男の子だけが息を吹き返したそうで、大伴家に仕えていた者が可哀そうに思い、その子を比叡山に連れていったそうにございます。暫くはそこで修行をしていたそうですが、いつの間にやら、比叡山から姿を消してしまったそうでございます。」

為仁帝は言葉も無くただ聞いていた。

「思いますに、一条大路の鬼はこの末の男の子が鬼となって、自分の家に戻ってきたものではなかろうかと。」

芳房は自信たっぷりに言った。

「まさか！」

「まさかとお思いでしょうが、人の一念というものは強うございます。屋敷に戻ってきて、家を守ろうとしているのでございます。」

芳房は、再び自信有り気に言い切った。

「それはあまりに哀れではないか。」

為仁帝は寂しげに呟いた。

「検非違使が調べに向かうそうでございます。すぐに真相がわかりますでしょう。」

そう言うと、芳房は空気を換えるように笛を吹き出した。


それから五日ほどたった夕刻。ぽつぽつと星が見えてきた頃、玄洲は一条大路を歩いていた。足は迷わずあの屋敷跡に向かっていた。

「そろそろ検非違使も諦めた頃であろう。」

案の定、崩れかけた屋敷跡には人の気配が無かった。門をくぐり、庭を進み、そして対屋に入るため、簀子に上がった。

その瞬間、どこからか一斉に大勢の検非違使が現れた。弓や刀を手にし、一斉に玄洲を取り囲んだ。

「ぬっ！」

「ここに、数日前、鬼が出たそうでな、その探索をしておる。」

「わしは鬼ではないわ。見ての通りの旅の僧じゃ。」

検非違使の一人が応える。

「怪しい者は捕えよ、との命令を受けておる。」

玄洲はニヤッと笑った。

「鬼ではないというに。もし、わしが鬼だとすれば、お主らには捕まえられぬぞ。」

玄洲は簀子から飛び降りると、懐から小刀を取り出した。

「奴を捕まえよ！」

玄洲に向かって、刀を手にした数名の検非違使が飛び掛かった。

「ぎゃっ！」という叫びと共に、一人が倒れた。

「ほれ見よ。わしに構うな。」

何本かの矢が放たれたが、玄洲は全てを打ち払った。続けて矢が飛んでくる。それも、打ち払っていた玄洲だが、突然、脇腹に衝撃を受けた。よろっと体勢が崩れた。脇腹に手をやると、ねっとりと血が付いる。振り向くと、検非違使の一人が血の付いた刀を構えている。

「よし！　仕留めたぞ。掛かれ！」

その声を聞いた玄洲は、門に向かって駆けた。立ち塞がる検非違使を薙ぎ倒すと、外に出た。そのまま全力で走った。後ろから追手の声が聞こえる。矢が耳元を掠めて飛んでくる。段々と眼が霞んできたが、それでも走り続けた。どこをどう走ったかもわからなくなった。

――血を流してはならぬ。血を止めねば、追手に跡を辿られる。――

怪我をしているとは思えぬ速さで、玄洲は追手を振り切った。しかし、彼を探す声がすぐ近くに聞こえる。

玄洲が立っている通り沿いに、立派な塀が続いていた。誰の屋敷かわからなかったが、最後の力を振り絞って、塀を飛び越えた。

しかし、上手く飛び越えはしたものの、体を支えるほど足に力が無く、全身を地面に叩き付けた。

「ぐぬっ！」

押し殺した呻き声が漏れた。しばらく動けなかったが、塀の向こうから男たちの声が聞こえてきた。

「屋敷跡を出たところまであった血の痕が、全く見当たりません。こちらの方ではないのかもしれませぬ。」

そのあと、立ち去っていく足音がした。

玄洲は、ゆっくりと体を起こした。激痛が走った。這いずるようにして、その屋敷の床下に逃げ込んだ。傷は思った以上に深く、玄洲はそのまま気を失って倒れた。

翌朝、為仁帝は簀子から朝日を拝んだ。昨日よりまた暖かさが増したように思える。

ふと簀子のすぐ下に赤黒いものが見えた。庭に下り、よく見ると血であった。人か獣のものかもわからぬ。ただかなりの量の血であった。それがずるっと床下の奥に向かって伸びている。腰を屈めて、覗き込んだ。

暗い。

夜のような暗闇で、何も見えなかった。

「誰ぞおるのか？」

返事はない。

「人か？　ならば医者を呼んでやる故、出てこぬか？」

返事は無いが、しばらくすると、ずるずると重く引き摺るような音が奥へと向かっていく。

「待て！　動いてはならぬ。わかった。医者は呼ばぬ。誰にも言わぬ。そこで傷を一人で治したいのなら構わぬ。そこに居よ。安心せい。私は、誰じゃとは問わぬ。このことを決して誰にも言わぬ。だから、よいか、生きよ。死んではならぬ。必ず生きよ。」

そう言うと、為仁帝は簀子のすぐ下の血溜りに、土を被せて隠した。その後、桶に水を汲み、数枚の布、それと飲み水を入れた瓶《へい》を持って、再び簀子の下を覗き込んだ。

「誰も気付いておらぬ。水じゃ。よいな、生きるのじゃぞ。」

気付けば、白い童子が為仁帝の横にちょこんと座っていた。簀子下の奥を見つめているようだった。

為仁帝はその様子に微笑むと、小さな声で童子に言った。

「お前が見守っていてくれるのだね。それで安心じゃ。」

為仁帝は、そっとその場を離れた。

庭をゆっくりと見回ってみると、塀の傍にまた血溜りがあった。それも、土を被せて隠した。

夕方、為仁帝は再び簀子の下を覗くと、桶も瓶も無くなっていた。夜は冷えるであろうと、羽織物を置いてやった。

為仁帝は部屋の床下に、『何者か』の存在を感じながら、その夜を過ごした。


その一方で、玄洲は何度も波のように襲ってくる激痛に耐えていた。痛みに気を失いかけては、またその痛みで目が覚めた。あやふやな意識の中で、何度も「生きよ」と声が聞こえていた。

脇腹の傷を清潔な布で止血し、水で喉を潤していたが、それをどうして手に入れたか意識がなかった。繰り返される「生きよ」の声だけが耳に残っている。霞む眼には一人の男の姿が映っていたが、それが誰なのか、今は探る気にもならなかった。

翌朝、為仁帝は女官に、

「季節の変わり目なのでな、朝餉は粥で。重湯くらいの粥で良い。」

と告げた。女官は首を傾げながらも、重湯を持ってきた。

「一人でゆっくり頂く故。」

と人払いをし、重湯の入った器と水を簀子下に届けた。

「生きよ。必ず生き延びよ。」

そう声を掛けた。

その日は夕方になっても、重湯の器はそのままだった。翌日も新しい重湯を用意したが、夕方無くなっているのは、水だけだった。

「生きよ。死んでよい命なぞない。必ず生きねばならぬ。」

為仁帝は、床下の暗闇に向かって、繰り返し語り掛けた。


三日ほど過ぎ、玄洲の意識が漸うはっきりしてきた。どこかの屋敷の床下に身を潜めている自分が理解できた。だが、体はまだ言うことを聞かぬ状態だった。そして、あの男は同じ言葉を繰り返していく。

「生きよ。」


橘芳房が今日もやって来た。また噂話を仕入れてきたのか、為仁帝の前に座るや否や話し出した。

「為仁様、ほれ、件の鬼の話でございますが。」

芳房はそこで焦らすように言葉を切った。

「話に聞くところによりますとな。あれやこれやの大捕り物の末、検非違使の一人が鬼に一撃を加えたそうでございますよ。」

為仁帝は頷く。

「ところがでございます。確かに手応えはあったのに、忽然と鬼は姿を晦ましたそうでございます。屋敷跡には鬼の血が残っていたのに、屋敷の門を出るや、血の痕は全く見当たらず、逃げた鬼の行方はわからずじまいだったそうにございます。」

芳房は、眉間に皺を寄せた。

「本当に鬼だったのか？　間違いであったということはないのかのう。」

為仁帝が訊いた。

「血も残さず姿を消すなど、人の仕業とは思えませぬ。為仁様、御所の警備をしっかり申し付けておきますゆえ。」

芳房は困ったことじゃとばかりに、腕を組んだ。

「その逃げたという鬼の傷は、どれほど深いのだろう。哀れな。」

為仁帝は小さく溜息をついた。

四日目の夕方、重湯の器が空になっていた。思わず、為仁帝は微笑んだ。

「生きよ。必ず生きよ。」

そう声を掛け続けた。


玄洲はずっと床下の暗闇で息を潜めていた。傷が少しずつ癒えてくると、聴こえてくる声や物音で状況を探り出した。

「ここは土御門上皇の御所であったか。では、あの男は土御門本人なのか。」

まだ疼き続ける傷が、思考を中断させる。

また気絶するような眠りに落ちていった。


重湯はやがて粥になった。朝夕のどちらかしか器が空にならなかったが、その日は朝も夕方も器は空になった。

細い月が西の空で懸命に光っている。

空の器を見つけ、為仁帝は嬉しそうに微笑んだ。そして、その場に座ると、呟くように話し出した。

「そなたは一条大路の鬼か？」

返事はない。

「芳房は、一条大路の鬼は大伴の子であろうと言っていた。」

為仁帝は無言で月を見上げた。

そして続ける。

「人というものは、一体なんなのであろうな。幾度も山を越え、幾度も谷を渡り、そうやって生き延びた者にしかわからぬ。それが『人』というものじゃろう。幼い頃こうであったから、この先もこうであろうと言い切れるものではない。私もまだ道半ばじゃ。だから、こうして生きておる。何故の『人』であるのか見極めるためじゃ。そなたが何者か知らぬが、生きて、生きて、その答えを見つけねばならぬ。人ならばな。」

それは自分自身に言い聞かせているようでもあった。

床下の奥の方で、嗚咽に似た声がしたようであったが、すぐに消えた。

為仁帝は暫く無言で月を眺めていた。


翌朝、久しぶりに白い飯にした。やはり女官を下がらせ、一人になると、小さく飯を握った。二つほど握ると、それを器に入れ、簀子下に運んだ。

「生きよ。」

朝も夕方も、器の中の飯は消えていた。


床下の玄洲は体を起こし、座っていた。

ここは土御門上皇の御所。それも上皇の部屋の真下であった。

「思わぬところに逃げ込んだものじゃ。」

毎日のように訪ねてくる橘芳房という男の話から、世の中の大体の状況が知れた。

そして思わぬ収穫だったのが、『土御門という男』を知ったことであった。

――あの後鳥羽上皇が、なぜ土御門を疎ましく思っているのか。後鳥羽は誰も敵わぬほどの多能といわれておるが、その上皇に無いものを土御門は持っている。それを感覚として後鳥羽は感じておるからじゃ。――


玄洲は真面目な顔で呟いた。

「痛ましいほど真っ直ぐな男じゃな、土御門は。」

まだ治りきらぬ傷に手を当てながら、再び玄洲は横になった。

その一方で、為仁帝もまた床下の男について思っていた。

――なぜこうもほうってはおけぬのか。芳房の話を聞いていると、この床下の男は一条大路の鬼ではないか。検非違使を呼んで、引き渡すことは容易い。――

「だが、できぬ。」

自分でも、自身のやっていることに説明がつかないでいた。

「大伴の子という芳房の話が影響しておるのかもな。」

ふふっと、自分を笑った。


それから幾度めかの朝、為仁帝が簀子下を覗くと、見覚えのある器の中に、小さな白い花が一輪添えられてあった。

「元気に巣立ったか。」

そういうと、微笑みながら空を見上げた。

明け方。

玄洲は、一条大路の屋敷の庭に立っていた。赤黒い血の跡は、紛れもなく己の血の痕だった。それをじっと見ていた玄洲の顔に朝日が当たり出した。

玄洲は顔をあげ、空を見上げた。

「わしは、後鳥羽上皇に拾われた恩があるのでな。すぐにそちらに行くと言うわけにはゆかぬ。じゃが少しだけ、生き直してみようかの。土御門様よ。」

そう呟くと、どこかへ消えていった。


直衣の大きな袖が風を受け、大きく膨らんでいる。それほどに急いで御所内の廊下を行く為仁帝には、急がねばならない訳があった。時折、庭から吹き抜けていく風に乗って、花びらが舞い込んでくるが、今日はそれを愛でる余裕さえない。

真っ直ぐ前だけを見据え、いくつもの扉を越えて進んだ。

「誰かある？」

そう声を上げながらも、進んでいく。それに気付いた幾人かの者たちが、そのあとを付いていく。

「上皇様、どちらへ？」

それに答えるのさえ、時間が惜しい。

廊下の角を曲がったところで、為仁帝は危うく橘芳房とぶつかりそうになって止まった。

「これはこれは、為仁様。」

芳房は膝を折ると、恭しく礼をした。

「芳房、急いでおるのでな。」

「ならば爺も御供いたしまする。」

為仁帝は、ふふっと笑うと言った。

「私がどこへ行くつもりか、芳房は知っているのであろう？」

「はい。それゆえ、御止めに参りましてございまする。」

「それは残念だったな。」

そう言うと、為仁帝は芳房の脇を抜けて、歩き出そうとした。

「お待ちくださりませ。」

芳房はいつになく、ぴしゃりと言った。

「後鳥羽上皇様のこと。為仁様が行かれては尚のこと態度を硬化なされます。」

その言葉に、為仁帝は立ち止まった。

事態は思わぬことになっていた。


実朝が亡くなり源氏の血が絶えた今、鎌倉は新しい将軍を擁立する必要に迫られた。幕府は後鳥羽上皇に、雅成親王を将軍として迎えたいという意向を伝えてきた。それは、ようやく積もった雪が溶けだし、漸う日差しに暖かさを感じられるようになり出した頃であった。

それに先立って、雅成親王には「鎌倉に御所を構え、お迎えいたしたい」と何度も願い出ていた。

北条からの信書はもちろんのこと、密かに雅成親王の御所にもお目通りを願い出ていた。その功あって、雅成親王の中では少しずつではあるが、鎌倉へと気持ちが動き出していた。しかし、雅成親王にとっても後鳥羽上皇の存在は絶対であり、上皇の反対があっては、親王ですら決めかねる。

当然のこと、後鳥羽上皇は雅成親王が鎌倉幕府の将軍になることに反対した。親王の将軍誕生の条件として、無理難題を鎌倉側へ伝えたのだった。

対して、幕府方は鎌倉武士一千騎余りを上洛させた。

お互い譲らず、都で睨み合いとなってしまったのである。

「都の人々が心配なのだよ。」

為仁帝は御所の塀の向こうに眼をやった。芳房は大きく頷いた。

「為仁様らしゅうございます。」

芳房も遠くを見るように空を見上げた。

「都に鎌倉武士が多く集まっておる。戦にならぬかと、皆、心を痛めておるのではなかろうか、とな。」

また庭からの風に為仁帝の袖が膨らんだ。

「確かに、ここへ参るまでに騎馬武者を見かけましたが、人々に悪さする風でもなく、規律正しゅうにしておりました。」

ふふっと、芳房は穏やかな笑顔を見せた。

二人の視線は自ずと御所の塀の向こうに向けられたが、そこから何かが見えるわけでもない。時折、袖を揺らす風が春を教えているだけである。

「少し様子を見てみようか。」

為仁帝は、いたずらを思い付いたように笑って見せた。

「なんと？」

「少しだけでよい。塀の向こうを見てみようではないか。」

そう言うと、為仁帝は歩き出した。先程と違って、足取りが軽い。と、振り向くや、芳房やそこに控えていた者たちに声を掛けた。

「もうよい。下がってよい。」

そして、すたすたと表に向かって歩き出した。

「汝らはもうよい。わしが行く。」

芳房はきょとんとしている他の者たちに、そう声を掛けると、為仁帝のあとを追った。

廊下を進み、正面の門から出ようとしたが、警備の者に止められるのを嫌って、御所の中をぐるっと回った。そして、二人は誰も警備をしていない小さな門を見つけた。

為仁帝は嬉しそうに、芳房の方に振り向き、頷いた。

「為仁様、まずはこの爺が。」

と、芳房が言った時には、為仁帝は門に手を掛けていた。ぐっと重い門だったが、動きは軽く、小さく音を立てながら開いた。

それはいつもと違っていた。輿や牛車から見ている風景とは違う。都を行きかう人々と同じ視線で見る都であった。

物売りがいる。それを追い払う役人がいる。またそれを止める女たちがいる。その周りには子供が走り回っている。

めまぐるしく、面白く、賑やかな都の風景であった。

そこへ、違った空気が流れてきた。馬に乗った鎌倉武士の一団が通りかかった。珍しそうに、街並みや物売りの様子を見ながら、歩を進めている。人々を脅したりなどせず、都の暮らしぶりをただ眺めているようであった。

為仁帝を騎馬武者たちから庇うように、芳房が前に出た。二人の前を十騎余りの武士たちが通り過ぎようとした時、その中の一人が為仁帝たちに気が付いた。男は馬から下りると、二人の元へ小走りでやって来た。芳房は顔を引きつらせながら、為仁帝を庇おうとした。しかし、その若い男は二人の前に来ると、膝を付き、恭しく礼をした。

「こちらは、土御門上皇様の御所と伺っております。田舎者ゆえ、あなた様方がどなたかは存じませぬが、この御所の御門よりおいでなされたのであれば、土御門様とゆかりのある御方でございましょう。どうぞお怪我などなさらぬよう、中へお戻りくださりませ。」

「怪我など、と？　戦の用意か？」

為仁帝は前に出て鋭く訊いた。その武者は驚いたように答えた。

「とんでもございませぬ。ただ馬が歩くと石でも弾くやわかりませぬ。何かに驚き暴走せぬとも限りませぬ。故に、お怪我の無きよう、と申し上げたわけにございます。」

その男の態度は穏やかで、嘘が無いようであった。

それを聞くと、為仁帝の顔はほころんだ。若武者は続けた。

「我らは北条泰時様の配下の者。鎌倉幕府執権・北条義時様の命を受け、上洛いたしました。後鳥羽上皇様に、我ら鎌倉武士の願いをお許しいただきたく参っただけにございます。都で戦など以ての外。泰時様はそのようなことは望んでおりませぬ。」

そう言うと、若武者は生真面目そうな顔を上げ、続けて話した。

「土御門上皇様にも、どうぞご安心なされて安らかにお過ごしいただきますよう、お伝えくださりませ。」

男は深く頭を下げた。

為仁帝は穏やかに頷くと、男に声を掛けた。

「そなたの主は北条泰時と申したの。覚えておこう。」

「有難きこと。」

そう言うと、深く礼をし、立ち上がり掛けた。

その様子に気付いた騎馬武者たちの長と思しき男が駆け寄ってきた。その男も若い。

先程の若武者と入れ替わるように、為仁帝の前に膝を付き、声を掛けた。

「この者が何か失礼をいたしましたでしょうか？」

為仁帝は軽く首を振った。

「鎌倉武士と初めて話をさせてもらった。」

そして、思い付いたように続けた。

「じっくりと話をすれば、きっと良い道が開けよう。」

若武者たちは深く礼をすると、立ち去ろうとした。その背に為仁帝が声を掛けた。

「そなたの名は？」

「失礼をいたしました。私は、北条時氏。ここに控えております者は、三浦茂親にござります。」

最初に為仁帝のところに来た若武者が、自分の名に反応するように、こくんと頭を下げた。

男たちは他の武士たちのところへ戻った。そして、そこでまた振り向くと、為仁帝に向かって、頭を下げた。そして馬に跨るや、その場をあとにした。

その様子を見送る為仁帝の後ろで、芳房が呟いた。

「むべなるかな。」

為仁帝がそれに答えるように、静かに言った。

「あれが鎌倉武士よ。東夷と蔑む我らの方が恥ずかしいことじゃ。」

「はい。あのように穏やかで、礼を知っておる者たちだったのでございますね。」

そのまま二人は騎馬武者の一団が見えなくなるまで見送った。

「北条泰時。どのような男であろうな。」

為仁帝はそう呟いた。

一息つくと、為仁帝はそのまま通りに出ようとしたが、芳房が袖を引っ張るようにして、留まらせた。為仁帝は、渋々御所の中へ戻った。

蕾を膨らませ始めた花を見ながら、御所内を歩いていたが、ふと為仁帝は思い付いたかのように立ち止まった。

「？」

「芳房、なぜ上皇様は東国に皇族の将軍をたてることに反対なされたのであろうか。鎌倉に上皇様ゆかりの者がおれば、双方仲良く、この国を治めることができように。」

芳房は穏やかに言った。

「為仁様らしゅうござりまするな。」

「？」

「為仁様は仲良くできるとお考えになる。しかし、上皇様は親王様が人質となる、とお考えになられたのでござりましょう。」

「なんと？」

為仁帝は驚いたように芳房の顔を覗き込んだ。

「西に上皇様。東に雅成親王様。そうすれば、朝廷と幕府、お互いが手を取り合う良い機会と為仁様は思われた。しかし、上皇様は鎌倉に人質を差し出すようなものだと思われたのでございます。鎌倉の真意はわかりませぬ。しかし、確かに親王様が鎌倉に行かれたとして、親王様を盾に、鎌倉が朝廷に無理難題を押し付けに来ようものならば、我らは、今までのように強く出ることができませぬ。」

ううん、と為仁帝は唸ってしまった。

「故に、上皇様は親王様の鎌倉入りを断られたのではないか、と。」

芳房は言った。為仁帝は、深い溜め息をついた。

「私はまだまだ上皇様の足元にも及ばぬ。そのように深くお考えとは。」

「これはあくまでも、そうではなかろうかという爺の考えに過ぎませぬ。上皇様は単に鎌倉嫌いでお断りになっただけやもしれませぬ。」

「いずれにせよ、私の考えは甘い。そうであれば良いのにという私の思いだけじゃ。」

「そうではありませぬ。」

芳房は為仁帝の顔を覗き込みながら、きっぱりと言った。

「皆が皆、為仁様のようなお考えであれば、争いなどおきませぬ。人より上に立とう、という考えの者が多い故、争いが絶えませせぬ。」

為仁帝は寂しげに笑うと、

「相変わらず、芳房は優しい男じゃ。」

暖かい風に袖を遊ばせながら、二人は部屋へ戻った。芳房は簀子近くに座り、為仁帝は文机の前に座った。文机に肘を付き、体は芳房の方に向けてはいるが、何やら思案気で、やがて文机に向かい、墨を擦り始めた。

「？　文、にござりまするか？」

芳房はそっと問いかけた。

「うん。」

手を止め、為仁帝は振り返った。

「誰に、何をというわけではないのだよ。何か、誰かに伝えねば。上手く考えがまとまらないのだけどもね。」

そう言うと、為仁帝は再び墨を擦り始めた。

一心に墨を擦る為仁帝の背中を見ていた芳房は懐から龍笛を取り出すと、歌口に唇を当て、静かに吹き出した。

春風に伽羅の香りが混ざっているように感じられた。

そのままの時間がどれほどたったのか。いつのまにか暖かい風はぴたりと止み、芳房はじんわりと冷えを感じ出していた。春の陽は短く、東の空は薄っすらと夜の準備に入っている。

――こんな時間まで龍笛を吹いていたのか。いや、どうやらそのままうたた寝をしてしまったらしい。――

芳房はそこまで考えたところで、はたっと思い出した。

――ここは為仁帝の御所。なんと帝のすぐそばで寝てしまうとは！　不覚にも程があるわ！――

「為仁様は？」

薄暗くなってきた部屋の中を芳房が見渡すと、為仁帝がそのままの姿で文机に向かっていた。

「為仁様。」

芳房は小声で呼びかけた。少し間を開けて、為仁帝が振り向いた。

「芳房、疲れておるようじゃ。」

その口元が笑っている。

「不覚も不覚。お恥ずかしい限りにござります。」

「いや、しばらくの間はよい曲を聴かせてもらった。」

芳房は床に擦りつけるように頭を下げた。

「よいよい。それより、こういうのはどうじゃ。芳房はどう思う？」

「？」

「九条じゃ。あれは、源氏の血をひいておったろう？」

「九条？　道家のことにござりまするか？」

為仁帝は頷いた。芳房は膝をぽんっと叩くと、

「これはしたり！　九条道家は確かに源氏の血を受け継いでおりまするな！」

部屋は段々と薄暗くなってくる。芳房の眼には為仁帝の顔が暗く闇に滲んでいきそうだった。

九条家は摂関の家柄であった。道家の母親は、源頼朝の同母妹である坊門姫の娘であり、源氏の血が流れている。

それを？

「だからと言って、雅成よりも道家の方が鎌倉に行けばよかろう、とは思わぬ。」

為仁帝は小首を傾げ、言葉を切った。ますます辺りは暗くなっていく。そこへ、簀子を歩いてくる足音とともに、小さな灯りが揺れながら近づいてきた。女官が黙ったまま、静かに部屋に入ってくると、灯明に明かりを灯し、再び出ていった。

ぼうっと、部屋の中が浮かび上がるように明るくなった。芳房の眼には、穏やかではあるが、どこか寂しげに見える為仁帝の顔が映った。

「ふとな、そういうことが思い浮かんだのじゃ。」

――これは何かの道が開くかもしれぬ。だが、自分が動くことを後鳥羽上皇は喜ばぬし、すでに上皇のこと故、次の手筈が用意されているかもしれぬ。――

「そう考えておられる。」

芳房は言葉に出さず、そう思った。

「おお！　おぼろの月じゃ。」

為仁帝は、御簾越しに月を見つけると、立ち上がって簀子に出た。

すっかり暗くなった空に、ぼんやりと月が浮かんで見えた。芳房は無言で龍笛を取り出すと、静かな曲を奏で始めた。

「良い月じゃ。」

ぽつんと、為仁帝は呟いた。


その部屋の、為仁帝の足元。

縁の下に黒い塊があった。じっとしていたが、為仁帝の声が途絶え、橘芳房の笛の音色だけしか聞こえなくなると、のっそりと動き出した。音もなく動き、闇に紛れて縁の下からするりと出てくると、冠に直衣姿の男であった。どこからか簀子に上がると、堂々と歩き、女官たちとすれ違っても、軽く会釈をし、そのまま正門に向かった。

「やれ、車がないわ。」

と、門の警備の前を通り過ぎる時に愚痴って見せた。門を出ると、そのまま月の光を浴びながら歩き出したが、やがて闇に消えていった。


後鳥羽上皇の御所。

このところ上皇の眉間の皺が深くなってきた。上皇を取り巻く空気も、肌を刺すようにぴりぴりとしている。

守成帝はそう感じていた。

為仁帝とさほど歳の変わらぬ守成帝は、帝というよりも、父・後鳥羽上皇の「お気に入りの家臣」のようであった。必死に父の後ろを追っている。傍もそう感じていたが、何より己自身がそう感じていた。

そうしなければ……

「そうしなければ、異母兄の為仁帝のように父から疎まれる。」

異母兄の人の良さは知っている。兄としても、帝としても申し分ない男である。

だが、疎まれている。

あの父から疎まれることの辛さ、切なさは傍で見ていても痛いほどわかる。幼い頃はさして感じなかったが、父に翻弄される異母兄の姿を見て、己は父に喰らい付いていこうと思った。

だが、このところの父・後鳥羽上皇はさらに気難しくなってきた。

鎌倉の将軍が「暗殺」という形で命を落とした。実朝に右大臣職を与え、祝いの品を贈っていた父・上皇は、意外なほどその事実を冷静に受け止めていた。やはり鎌倉のことは嫌悪しているのであろう。

「手懐けるもよし、否、消え去ることは尚良し」ということか。

将軍暗殺で、幕府は虫の息になろうかと思われた。ところが北条が新たに将軍を立て、幕府を存続させようとしている。それも、帝の血筋を迎えての将軍擁立。

「確かに、上皇の眉間の皺が深くなるわな。」

守成帝はクスリと笑った。

このところ、ずっと上皇の御所で過ごすことが増えてきた。少しでも上皇と情報を共有していないと不安だった。鎌倉方は騎馬武者どもを都に送り込んできている。それは、上皇への揺さぶり以外何ものでもない。

御所の屋根の上には、ぼんやりと滲むような月が浮かんでいる。

今日も昼過ぎから上皇のそばにいたが、これといった進展も見られなかったので、そろそろ退出しようとしていた時だった。上皇の部屋の前に、むっと一人の男が庭から現れた。黒い影のようであったが、よく見れば直衣姿で、身なりからするとそれなりの身分と思われたが、守成帝は「しっくりこない」と感じた。

男は守成帝に気付くと、深々と礼をした。

「誰じゃ?」

そう問い掛けた守成帝の声が聞こえなかったのか、男は無言で上皇の部屋の真ん前まで進み、膝を付いた。

「誰じゃ?」

今度のその声は後鳥羽上皇であった。

返事はない。

しばらくすると、再び上皇の声がした。

「ふん! よいわ、入れ。」

黒い影は慣れたように部屋へと入っていくと、上皇の前で深々と頭を下げた。

「久しいのう。鎌倉を出たあと、どこにおったのじゃ。」

後鳥羽上皇は髭の奥でニヤリと笑いながら続けた。

守成帝は二人の様子を暫く見ていたが、この得体の知れない男に、妙に上皇が親しそうな態度を取ることが気になり、再び上皇の傍に座った。

男はちらりと守成帝の様子を見やると、答えを求めるように上皇の顔を窺った。上皇は守成帝の顔を見ながら口を開いた。

「守成ならば心配はいらぬ。」

そう言ってから、守成帝に向かって言葉を続けた。

「この男はの、曲者じゃ。」

後鳥羽上皇はそう言うと、笑った。

守成帝はしげしげとその男の顔を見やった。痩せた頬、窪んだような眼は、人を射るような冷たさだった。

「お前を慕った若い坊主の最後がどんなものだったか、聞かせてもらいたいものだがな。」

黒い影のような男は無表情な顔をあげると、上皇と同じようにニヤリと笑った。後鳥羽上皇は、その男の顔を見ると、声を上げて笑った。

「坊主の方が似合っておるわ、玄洲。」

「土御門様のところに居りましたので、このなりにございます。」

「何？」

上皇はその名を聞くと、急に声音が変わった。玄洲はそんな上皇の様子に、唇を曲げたような笑いをした。

ふんっ、と鼻を鳴らすと、上皇は質問を繰り返した。

「鎌倉を出たあと、何をしておった？」

玄洲は上皇の顔を真っ直ぐに見つめながら、口を開いた。

「真っ直ぐに京へは戻らず、あちらこちらと。ここ数日は、土御門様の御所の中。もっぱら土御門様のお部屋の縁の下。」

後鳥羽上皇は声を上げて笑った。

「縁の下におるならば、そんななりでなくても良かろう？」

「縁の下ばかりではございませぬ。腹も空けば、出ていかねばなりますまい。ましてや、面白げな話をする者に付いていくには、それなりの恰好でなければ、怪しまれましょう。」

「大変じゃな。」

後鳥羽上皇は、鼻先で薄ら笑いをしているような返事をした。

守成帝はこの男の正体が益々わからなくなってきた。

——鎌倉？　この男は鎌倉にいたのか？　そのあと、兄上の御所に潜んでいたという。一体何者？

——

その後、一瞬会話が途切れた。玄洲は上皇を焦らすかのように、わざと黙っている。上皇は舌打ちをすると、堪らず口を開いた。

「面白い話をする者がおったのか？　為仁のところに？」

玄洲はニタニタと笑っている。後鳥羽上皇は舌打ちをすると、再び続けた。

「鎌倉の総大将がどういう最後だったかも、まだ聞いておらん。」

上皇の眉間に皺が寄った。玄洲はそれを楽しむように口をゆっくり開いた。

「持って生まれた性分。育てられて身に付いた性分。何れのものかは存じませぬ。」

玄洲は口元に笑みを含ませながら続けた。

「若い坊主は、己の境遇を受け入れられなかったのでありましょうな。己の親が殺された。本来ならば、鎌倉の統領は自分でありえたはずと、大きうなっても恨みを忘れることもなく、むしろ自分の中に鬼を育てていったのでありましょう。私はお諌め申したのでありますが。」

ニヤリと玄洲は笑った。そして、続けた。

「都から贈られてきた煌びやかな装束を着て右大臣となったのは、己でなく、親の仇。それを目の当たりにした時、自分の中の鬼に取って喰われたのでありましょう。」

玄洲は守成帝の方を見た。

「どこからか小刀一振りを手に入れ、親の仇と信じる実朝を。」

守成帝は顔を引きつらせた。

——この男は、鎌倉で何をしていたというのだ。——

玄洲は続ける。

「親の仇を討った途端、自分を操っていた鬼が体から抜け出し、抜け殻と成り果てた公暁は呆気なく追手に捕まり、己の乳母の家で討たれた、と。」

玄洲の眼と唇には、含み笑いが浮かんでいる。

「幕府の統領たる源氏。その血を引く者が北条に討たれたのです。ほんに鎌倉の武士どもは、礼節を知らぬ荒々しき者どもにござりまするな。」

その玄洲の言葉を聞くや、守成帝はくらくらと目眩を感じた。

「そ、そなたは……」

「はい？」

玄洲の射るような眼が守成帝に向けられた。守成帝は口がカラカラに乾いたようになって、声が擦れた。

「そなたは……」

「その公暁を小さい頃から育てた男よ。」

後鳥羽上皇が口を挟んだ。守成帝は上皇の顔を見た。上皇からは何の感情も受け取れない。だが、上皇は「全て」を知っているに違いない。

「父上……」

後鳥羽上皇はどこを見るというでなく、ただ灯明に揺れる自分の影に語るように口を開いた。

「あの似非公家《えせくげ》のような実朝ならば、簡単に操れた。だが、鎌倉を根本から打ち砕くためにも、鎌倉内部から息の根を止めたかったのじゃ。時間を掛けて刺客を育て上げ、源氏の血を絶やす。そして、幕府を崩壊させようとな。だが。実朝の似非公家ぶりが反対に北条を強《したた》かにさせてしまった。思っていたよりも遥かに強かな奴らは、源氏の血に頼らぬ幕府という組織を作り上げようとしていたのじゃ。」

後鳥羽上皇は大きく舌打ちをした。守成帝は絞り出すように父に問うた。

「父上がこの者を鎌倉にお遣わしになったのでございますか？　公暁に実朝を殺めさすために。」

上皇は何も答えなかった。それゆえ守成帝はそれが真実であると確信した。

チリッと一瞬、灯明の明かりが強くなった。それに促されるように、後鳥羽上皇は口を開いた。

「で、どういうわけで為仁のところに潜んでおったのじゃ？」

チラリと玄洲は守成帝に眼をやった。が、すぐさま後鳥羽上皇に視線を移すと答えた。

「あの御方は、我らとは違った目線でものを見ておられる。自身の御立場からの目線でなく、冷静に世の流れを掴もうと。ゆえに、面白うございますな。」

玄洲はふふっと笑ってみせた。

後鳥羽上皇は「ちっ！」と、舌打ちをした。

「今日はよく喋るのう、玄洲。」

灯明の明かりが三つの影を揺らしている。不思議なものを見るように玄洲の顔を見ていた守成帝が口を開いた。

「兄上のところで何を見聞きしたのじゃ？」

上皇と玄洲が同時に守成帝の方に振り向いたので、帝は一瞬たじろいだ。

玄洲はニヤッと笑うと、上皇に眼を移した。

「まだ源氏の血は絶えておりませぬ。」

「？」

「あの御方は、決して自分が出しゃばるようなことはなさらない。しかし、時に思わぬことに気付かれる。」

玄洲は面白そうに含み笑いをしている。

上皇と守成帝は、玄洲の言葉の意味が理解できずにいた。その様子を見ていた玄洲はさっと立ち上がった。

「面白うございましょう？」

そう言い残すと、部屋を出、暗い庭に下り、すたすたと歩き出していった。

「また参りまする。」

その言葉のあとに微かな笑い声が続いた。闇の中に玄洲の笑い声が消え去ると、そこには夜の深さが一段と増した。

守成帝は腕を組んで、うんうん唸りながら考えている。

「さて、実朝も公暁も既におらぬというに、一体どこに源氏の血が残っておるというのじゃ。」

そう呟く守成帝の横で、後鳥羽上皇が膝を叩いた。

「九条じゃ！」

ちっと、上皇は舌打ちした。守成帝は今一つ理解できず、ポカンと上皇の顔を見ている。

「為仁が……まさか鎌倉はそのことに気付いていまいよな。」

上皇の額には見る見る間に深い皺が刻まれていく。

「ならぬ。誰も鎌倉には行かせぬ。」

上皇の手に握られていた扇がギッと鈍い音を立てた。


微かに都を照らす春の月。

そのわずかな明かりの中を直衣姿の玄洲がすたすたと歩いていく。

「上皇とは長い付き合いだが、ここはもう少し面白うしてやろうかの。」

ニヤッと、気味の悪い笑いを浮かべた。

「今、都には青二才の時氏たちも来ておる。下手に顔を合わせでもしたら面倒じゃ。どれ、慎重に動かんとな。」

そう言うと冠を取り、ポイッと道端に投げ捨てた。

「動き辛いのう。」

一言残し、あっという間に夜に紛れていった。


九条家は五摂家の一つである。右大臣、左大臣、やがては摂関、太政大臣となることが約束されている家柄で、公家の中でも頂点ともいえる家格であった。道家の父・良経も太政大臣で、将来的には道家もまた同じ道を進む。母方の祖母は、坊門姫。源頼朝の同母妹であった。その源氏の血が、今騒ぎ出す。


なんとなく落ち着かない。

良経の眼には、道家の態度がそう映った。二十六になる青年は、九条家を継ぐ者として相応しかったが、今日は何やら落ち着かぬ。

「道家。上皇様のお召しなど、珍しくなかろう？」

後鳥羽上皇から、良経と道家が呼び出された。それは珍しいことではない。だが、春以来、都に鎌倉武士団が横行しており、都の空気が穏やかとは言い難い。そんな折での上皇のお召し。鎌倉を嫌う上皇のこと、何やら面倒な話となるやもしれぬ。だからと言って、道家の落ち着きの無さは気に入らぬ。

「お前らしゅうないのう。どうした？」

良経が問うた。道家は一瞬、口を開きかけたが、首を振った。

「何もございませぬ。」

良経は不満だったが、息子がそう言うのであれば、仕方ない。

「ならば、支度せよ。」

良経に促されたが道家の腰は重い。だんだんと良経もイライラしてくる。

「道家。」

怒気を含んだ良経の声に、ぼそぼそと口の中で道家は何かを呟いてはいたが、仕方なく腰を上げた。

どうもいつもの様子とは違うと感じてはいるものの、良経にしてみれば、この時期に上皇のお召しにも関わらず、ぐずぐずして痛くもない腹を探られるようなことになるのは嫌だった。まずは上皇の許に行って、戻ってきてから道家の話をじっくり聞いてやろう。そう思った。

車に乗り屋敷を出るまで、道家は無言であった。時折、良経が声を掛けたが、その時、道家は口の中で、もごもごと何やら呟いた。

間もなく梅雨の時期。朝から雨でなくとも、しとっとした空気が襟を湿らす。二人を乗せた車はゆっくりと後鳥羽上皇の御所へと向かっていった。


その二日ほど前のこと。

鎌田晃盛は京の都にいた。北条時氏の行くところであれば、一緒に行く。それは絶対であった。若い主に気に入られれば、将来は安泰。ただそれだけである。都の「警護」という名目で、「一日中、都大路を馬で」というのは、かなり疲れる。それゆえ、ときに禁じられている酒でも呑んで夜道をふらりと歩きたくなる。特に今夜は半分の月が妙に誘うようで、こっそり呑んだ酒の勢いでふらりと宿舎を出た。行く当てはなかった。酔った足がどこへ自分を連れていくのか、ふわふわと道を進む。

「これこれ。」

声がする。だが、晃盛は聞こえなかったのか、足を止めなかった。

「これこれ。」

再び声がする。さすがに晃盛も足を止めた。夜の闇の中、人の姿などない。

「これこれ。」

闇からの声にぎょっとして、晃盛は目を凝らした。少しばかり先に白い人影がある。どっと首筋に汗が流れた。

「これこれ。」

ひぃっ、と声が出そうになる。走り出したくても足が動かない。

その白い影はゆっくりと近づいてきた。それは、神官と思われる白い装束を着た男であった。ただ奇妙なことに顔を黒い布で覆い、目だけが見えている。そして、胸のところに何やら抱えているようであった。

「これこれ。鎌田晃盛。」

「！」

――わしの名を呼んだぞ！――

だが、足が言うことを聞かぬ。

「晃盛。忠義のお前に武運と出世の機会を授けてやろう。」

「？」

白装束の男は黒い布の隙間から、眼だけを光らせている。

武運だの出世だのと聞いては、逃げ出せなくなった。

「常より主に忠義を尽くしておるな。」

「ひゃい！」

声が裏返ってしまった。白装束の男は軽く頷くと話し出した。

「決して名乗れぬが、我は然る御社の祭神の使い。故あって、主は祭神同士の争いに巻き込まれてしもうた。ここにおられるのは、その祭神の御子《みこ》。御身に危険が迫ってくるやもしれず、我が匿うておる。」

男が胸に抱えているのは瀟洒な絹織物に包まれた幼子であった。歳は一つ半から二つぐらいだろうか。すやすやと眠っている。

「そこで、忠義の鎌田晃盛。お前にこの御子を暫く預けたい。」

「うおっおっ。」

晃盛の口から出たのは、言葉になっていなかった。

「決して誰にも言わず悟られず、この御子をお守りいたせ。よいな。誰にも悟られてはならぬ。我が必ず迎えに参る。それまでの二、三日、しかとお守りいたせ。」

男は御包みに包まれた幼い子を晃盛に抱かせた。眠っている子はずんっと重く感じられる。晃盛は腕にぐっと力を入れた。

「よいな。しかと頼んだぞ。」

怪しい光を放つ男の眼が、晃盛を捉えている。晃盛は何度も頷いた。

「必ず迎えに参る。」

その声を残し、男は一瞬で闇に消え去った。あとには呆然と立ち尽くす鎌田晃盛が、月に照らされているだけだった。


半分の月の下。白装束の男は走っていた。笑いながら顔を覆う黒い布を外すと、そこに現れたのはまぎれもなく玄洲であった。

「あの阿呆は使えるわ。」

そう言うと、含み笑いをした。

「わしは子連れでは動けぬからの。しっかり頼んだぞ、鎌田晃盛。どうせ、お前の事ゆえ、誰ぞに押し付けるんだろうがな。」

低い笑い声が小さく闇に滲んでいった。


同じ月下。

得体の知れない不思議な男が去ったあと、晃盛はただ呆然と立ち尽くしていた。

「あの眼は人ではない。この世のものの眼ではない。」

ぶるっと身震いをした。

眠り続ける幼子の寝息が晃盛を我に返らせた。

「ゆ、夢ではなかった。」

途端、晃盛は困った。こんなに小さな子供の扱いなどわからぬ。晃盛にも馴染みの女はいるが、子はいない。全くもって子供の扱いがわからない。

「少しでも動いたら、目を覚まし、泣き出すのではなかろうか。」

そう思うと、ぴくっとも動けない。見知らぬ子供の世話なぞできるものか。だが、武運と出世の約束がある。あの男はそう言った。それを信じて良いものかどうか。

晃盛はじっと幼子の顔を見た。不思議と何も感じない。

「わ、わしには無理じゃ。」

兎も角、この子が目を覚ます前になんとか手立てを考えねば。

何も思い浮かばぬまま、意を決して歩き出した。酔いはとうに醒めている。

「このまま連れて帰れまい。かと言って戻らねば、そ、それはそれでまずい。」

人通りの全くない夜の都大路を東に向かっていたのか、気が付けば鴨川に行き当たった。

「それにしても子供とは、このように重くて、よく寝るものかの。」

晃盛は幼子の寝顔を覗き込んで思った。だが、可愛いという感覚が湧かない。

重く厄介な荷物。これを何とかせねば。

――だが、武運は逃すまいぞ。――

鴨川の河原を何も思い付かぬまま歩いていると、パシャパシャと水の跳ねる音がする。眼を凝らすと、川の流れの中に何者かがいる。晃盛はさらに眼を凝らした。すると、若い男が川の中で何やらしている様子だった。灯りも持たず、月の仄かな明かりのもとで水に浸かっている。

ふっと興味が湧いて、声を掛けた。

「おい、な、何をしている。」

　驚いたのは川の中の男の方で、こんな夜更けに声を掛けられるとは思っていなかったので、飛び上がらんばかりだった。そして、その声の主を探そうと振り向くと、河原に小太りの男が何やら大事そうに抱えて立っている。月明かりだけなので、薄っすらとした影でしか見えないが、そのように見えた。

「お、おい。何をしている？」

「はあ。魚を取る罠を仕掛けております。」

「こんな夜更けにか？」

「いつもは、もっと早く陽のあるうちに仕掛けるのですが、今日はかかぁと喧嘩して、こんな夜更けになってしまいました。」

「！」

　晃盛は聞き逃さなかった。

「か、かかぁじゃと！」

「へえ、ちょっと怒らせて。」

　晃盛は男の方へ駆け寄りかけたが、思い直したかのように立ち止まった。

「かかぁがおるのじゃな。子は？」

「？」

「子はおるかと聞いておる。」

　夜更けに見知らぬ男から矢継ぎ早に問われ、若い男は警戒するように黙ってしまった。

「いるのかと聞いておる。」

「おりませぬ。」

少し怒ったように男は答えると、川から上がってきた。すると、晃盛は慌てて言葉を続けた。

「な、ならば、そなたに子宝をさ、授けよう。」

男はちらりと晃盛の方を見たが、直ぐに歩き出した。

「わ、我は、えっと。名乗れぬが、然る御社の祭神の使いじゃ。えっと、お前に子宝を授けようぞ。」

男は立ち止まったが、不信感は拭えない。

「えっと、主は祭神同士の争いに巻き込まれてしもうた。ここにいる祭神の御子を、しばらく匿もうてくれるならば、えっと、子宝をお前に授けよう。」

男は、暗くてよく見えない小太りの見知らぬ男をじっと見つめた。

「えっと、明日、魚もたくさん捕れるようにし、してやろう。うむ。」

若い男はすたすたと歩き出した。晃盛も慌てて付いていく。

「お、おい。聞いておるのか？」

返事もせずに男は歩いていく。そのあとを、晃盛が必死に付いていく。

しばらく川沿いを行くと、小さな小屋のような家に着いた。と、そこで若い男は立ち止まり、呆れたように晃盛の方に振り向いた。文句を言おうとした時、若い男は晃盛から絹の御包みの幼子を手渡された。晃盛は有無を言わさぬ早業で、さっと渡すと、一歩下がった。

「お、お前に預ける。かならず二、三日中に迎えに来る。」

さらに一歩さがる。

「おっと、そうじゃ。こ、このことは誰にも言ってはならぬ。えっと、悟られてもならぬ。さもなくば祟られようぞ。」

唖然とする男に、晃盛は続けた。

「必ず迎えに来る。よ、よいな。」

と言うや、脱兎のごとく走り出した。

「もし！」

男の声に振り向かず、ひたすら走った。はあはあと息が上がってくるのも構わず、晃盛は元来た道を走った。

もうよかろう、と思ったところで、しゃがみ込んだ。汗がとまらず、喘ぐように息をした。

「こ、これでよい。」

兎も角、子供は預けた。本当にあの男が祭神の使いかはわからぬ。もしかすると、このままあの子を迎えになど来ぬかもしれぬ。そうなったら、自分にはどうすることもできぬ。となれば、子の無い夫婦に託したことは大正解。だが、あの男が本当に祭神の使いで、あの子を迎えに来たならば……

「おいおい、どうしようか。」

なんとか言ってその場を取り繕い、あの男のところに迎えに行くしかあるまい。

晃盛は額の汗を拭いながら、大きく息を吐いた。

「まあ、二、三日あるわい。なんとか良い考えも浮かんでこよう。」

晃盛は大きな体を、よっこいしょとばかりに起こした。

月は真上に昇って、晃盛を煌々と照らしている。

「帰るかの。」

晃盛は宿舎に向かって歩き出した。


梅雨の晴れ間。

九条良経・道家親子は、後鳥羽上皇の御所に着いた。相変わらず、道家の態度は煮え切らず、良経は車を下りながら舌打ちをした。

重い足取りの道家を従えるようにして、良経は迎えの者に案内されていく。簀子から見える庭は、後鳥羽上皇の性格を表しているかのようにきちんと整えられていた。

案内の者はその庭に面した部屋の前で止まると、中に声を掛け、恭しく礼をし、良経を中へ招いた。

九条良経は慣れた様子で中に入ると、後鳥羽上皇が簾も下げずに座っている。良経と道家はさっと平伏すと、「お召しにより」と挨拶をした。

「のう、良経。」

その声は親しげであり、またどことなく何か人を試すような響きもあった。

「のう、良経。このところ、鬱陶しいのう。」

それは天候のことなのか、都の現状のことなのか、判断しかねる。

「まことに。」

良経は即答した。道家も同調するかのように頭を下げた。

上皇は道家の方に向くと、満面の笑みで声を掛けた。

「おお、道家。変わりないか？」

道家は伏したまま、「有難きこと。」と答えた。

上皇は道家の反応を楽しむかのように、その顔を見ながら、語り掛けた。

「このところの都の有り様は、何ともはや。」

「一体いつまで、鎌倉どもは都にいるのでござりましょう？　雅成様は鎌倉行きをお断りなされたはず。」

道家は答えた。

「道家。」

上皇は相変わらず、道家の顔から眼を離さない。

「雅成に断られた鎌倉はどうすると思う？」

「もはや鎌倉に戻るしかありませぬ。」

道家はきっぱりと言ってのけた。そして続ける。

「そもそも将軍とやらが居なくなったことで、幕府として機能できませぬ。当然、幕府は自然と消えていかざるを得ませぬ。」

後鳥羽上皇は嬉しそうに唇を緩めた。

良経もうんうんと頷き、話に割って入った。

「にも関わらず、勿体無きことに、帝の血筋を将軍に迎えたいなどと、笑止。」

そして、最後に笑って見せた。

しばらく良経と道家の様子を見ていた上皇だったが、思い出したかのように口を開いた。

「だがな、源氏の血が残っておろう？」

その言葉に良経が固まった。上皇は目の前の親子の顔を、面白そうに交互に見ている。

上皇の御前にでるまで覚束ない様子だった道家が、人が変わったように毅然として言った。

「上皇様。我が九条家は永らく帝にお仕えいたしてまいりました。これからも何等変わりなくお仕えいたす所存。摂家といわれた我が九条家が朝廷を、上皇様を裏切ることなど、絶対にありませぬ。」

九条良経は、うんうんと頷いている。後鳥羽上皇は髭の奥で、ニタリと笑った。

道家は大きく一息つくと、気が抜けたように静かになった。

「まこと。上皇様、道家の申すとおりにござりますれば、ご安心くださりませ。鎌倉に組するなど、決してござりませぬ。」

良経は深々と頭を下げた。

「なるほど。」

上皇は扇をぱちりと鳴らした。

庭からの風は弱かったが、それでも部屋の中の空気が変わった。

上皇は相変わらず、扇を鳴らしていたが、無言であった。

道家は風に誘われるかのように、庭に眼を移した。梅雨の合間の日差しは眩しく、庭の木々は葉を一杯に広げ、その日差しを受け止めているようであった。

ふっと一瞬、ここがどこであるかを忘れ、道家はその庭の緑に眼を奪われた。

若い緑、濃い緑。その中にぽつんと小さな青い花が咲いているのが見えた。小さなその青い花は植えられたものなのか、偶然そこに芽を出した花なのかわからない。じっとその青い花を見ているうちに、つうっと涙が一筋流れてきた。また一筋。

「道家。」

誰かが自分の名を呼んだ。それでも花から眼が離せなかった。

「道家！」

恫喝にも似たその声は、父・良経であった。

「上皇様の御前ぞ！」

無意識に道家は良経に顔を向けた。眉間に深い皺を寄せて、父・良経が自分を睨み付けているのが見えたが、それも湧き上がる涙で滲んでいった。

「どうした、道家？」

後鳥羽上皇は、髭の奥に薄ら笑いを含みながら訊いた。

上皇には、その涙が道家の本心と思われた。

「鎌倉から誘いがあったか。行く気であったか。」

そう思えた。

――この後、道家はわしにどう取り繕うつもりかのう。見ものじゃわ。――

上皇は心の中で呟くと、口元の笑いを隠すこともなく、道家に問い続けた。

「どうした？」

「道家！」

上皇と良経の呼びかけに、道家はわっと声を上げ、泣きだした。

「三寅がおらぬのです。我が子・三寅がどこにもおらぬのです！」

そう言うと、道家は顔を覆い、泣き崩れた。

「なんと！」

道家の思わぬ言葉に、上皇と良経は同時に声を上げた。

「昨日の朝のことにござります。」

そう言って、道家は嗚咽を押さえながら、語り出した。


道家には二歳になる男の子がいる。三寅といい、たいそうな可愛がりようであった。

いつものように、朝、参内する前に、妻と三寅の顔を見に行った。ところが、三寅のいる部屋に近づくにつれ、妙に人の出入りが激しい。ばたばたと慌ただしく女たちが歩き回っている。そのうちの一人が道家に気が付くと、顔を引きつらせて、三寅の部屋の方へと慌てて戻っていった。

「はてさて。」

事情のわからぬまま、道家が妻と三寅のいるはずの部屋に入ると、妻が打ち伏して泣いている。その傍にいた三寅の乳母が道家の姿を見つけると、転がるようにして道家のところに来た。

「み、道家様！」

「どうした？　何があったのじゃ。」

その問い掛けに、乳母と妻は号泣で返した。

「落ち着け。皆、落ち着け。」

道家は泣きじゃくる二人と、その傍で暗い顔をしている女たちを見廻した。そして、ふと気が付いた。

「三寅はどこじゃ？」

その声に、妻と乳母がさらに大きな声で泣き出した。

「誰かちゃんと話せる者はおらんのか？」

くしゃくしゃな顔で、乳母が口を開いた。

「み、三寅様がどこにも、あらっしゃいませぬ。」

「何？　どういうことじゃ？」

「朝、いつものように三寅様のところに参りましたら。寝所は空っぽ。お部屋の中はもちろん、御屋敷中も探しました。されど、どちらにも……」

また、泣きだす。

「私はずっと一緒に寝ておりました。でも、朝まで全く気が付かず……」

妻はそういうのがやっとで、再び泣き崩れた。

——そんなことがあろうか？——

たった二歳の子が一人で夜中に屋敷を出ていくとも思えず、道家自身も部屋の中、簀子の下、庭。思いつくところは全て、自分で納得いくまで探して回った。

だが、見つからない。

その日は参内することを諦め、一日中、屋敷の中と言わず、近所まで探したが、結局、三寅は見つからなかった。

それが、昨日のことだった。

後鳥羽上皇はむっと口を曲げて聴いていた。

「様子がおかしかったのは、そのせいだったのか。」

良経の問いに、道家は頷いた。

「わしになぜ言わなかった？」

「実はまだ話に続きがあるのです。」

道家は再び話し出した。


三寅のいない部屋に戻ると、妻が縋りつくようにして、道家のところに来た。

「三寅は？」

首を振る道家の様子に、妻は気を失った。乳母が後ろから支えるようにして、妻を寝かした。その乳母さえ、真っ青な顔で、足元が覚束ない。

何度も三寅を探したその部屋を、道家はもう一度見渡した。何も変わりあるはずがなかったが、部屋の几帳の足元にちらりと白いものが見えた。

「？」

道家は拾ってみると、一通の手紙であった。

「先程、そこの几帳の陰も見たはず。」

乳母は不思議そうに言う。

道家は黙って手紙を読み始めたが、暫くすると、ぶるぶると震え出した。

「何と書かれているのでござります？」

乳母は少し怯えながら尋ねた。

道家はその手紙を乳母に渡しながら、呟くように言った。

「鎌倉かもしれぬ。」

「？」

乳母は手紙を広げ、読もうとするところを被せるように、道家は言った。

「小さき笹竜胆《ささりんどう》、八幡宮へ参らせ。」

「？」

「誰も知ることならず。さもなくば……烏《からす》、と名があった。」

「どういうことにござります？」

乳母の問い掛けに、道家は低い声で答えた。

「笹竜胆は源氏の家紋よ。と、なれば、八幡宮はおそらく鶴岡八幡。」

乳母は、ひぃっと小さく悲鳴を上げた。目を覚ましかけていた妻は、道家の言葉に再び気を失った。

「このことは誰にも言ってはならん。『誰も知ることならず。さもなくば』とある。誰かに話そうとすれば、三寅の命が危ぶまれよう。」

乳母はぶるぶると震えながら、言った。

「一体、誰が三寅様を連れ去ったのでござりましょう。御屋敷内に怪しい者など、おりませなんだ。」

「わからぬ。」

「三寅様は必ずお戻りになられますよね？」

「わからぬ。」

乳母はその場で打ちのめされたように、さめざめと泣きだした。

「わからぬ、一体誰が三寅を」

道家もまた、堪えていた涙を流した。


「これは明らかに鎌倉の仕組んだことではないか！」

九条良経は言い放った。

後鳥羽上皇の顔は真っ赤になり、眉間には深い皺が刻まれている。

「北条め、道家ではなく三寅を狙っておったのか！」

上皇はすっくと立ち上がった。それを止めるかのように、道家は口を開いた。

「お待ちくださりませ。まだ北条の仕業とは限りませぬ。」

それには、良経が応えた。

「何を言う。これは鎌倉の仕業以外、考えられまい！　あ奴らは、雅成様が鎌倉に行かれぬことにしびれを切らし、三寅を人質としたのじゃ！」

「それでは、話が少々おかしくなりまする。」

「どうしてじゃ？」

「帝の御血筋である雅成様を、鎌倉に強引に呼び寄せるための人質とするには、三寅は余りにも力不足。三寅は九条の子。雅成様にとっては、なんの痛手もござりませぬ。」

良経の勢いが止まった。道家は続ける。

「それに、先程の手紙より他になんの音沙汰もございませぬ。なんの要求もまだないのでございます。まして、私以外の者がこのことを知ったとあれば、三寅の命がどうなることや、わからぬのです。」

「むむ……」

良経は黙ってしまった。

後鳥羽上皇も、静かに座った。

「だがな、道家。」

上皇は低い声で言った。

「そもそも鎌倉は、九条の、三寅の源氏の血が欲しいのではないのか？　幕府には、それを引っ張っていく者が必要。北条の血だけでは、鎌倉武士が一つにまとまるとは思えん。北条には、扱いやすい源氏の血を引く者が必要じゃ。」

「それが三寅と？」

「源氏の血を引く幼子。北条が将軍補佐として幕府を牛耳るには、これほどまでの適任はおらん。」

上皇はふうっと溜息を付いた。

「道家かと思うたが、三寅とはな。わしもうっかりしておったわ。」

三人は静かに口を閉じた。そして、また風を求めるかのように、庭に目を移した。

上皇の扇がパチリと鳴った。その音に弾かれるように、道家は口を開いた。

「上皇様。もう暫く時間を頂けますでしょうか？」

「？」

「三寅のことでございます。このまま黙って、連れ去ったままとは思えませぬ。『烏』と名乗る者から、必ず何らかの動きがあるはず。どうか暫くは、この道家にお任せいただけませんでしょうか？」

後鳥羽上皇は、じろりと道家を見た。道家の眼は真っ直ぐに上皇に向けられ、そこには固い決意さえ感じられた。

「良かろう、道家。お前に任すとしよう。だがな、事の詳細は必ずわしのところへも入れるようにな。」

「ありがとうございまする。」

道家は深々と頭を下げた。

「一体、『烏』とは何者?」

良経は腕を組みながら、口にした。


その夜。

道家はまんじりともせず、文机に向かっていた。部屋の隅には灯明があったが、疾うに油が切れて消えていた。夜空に浮かぶ半分の月明かりだけが、道家の様子を窺わせている。

我が子・三寅の何の手がかりも無く、二度目の夜であった。

「三寅が恋しいかの?」

「!」

生暖かい息を首筋辺りに吹き掛けられた気がした。

道家が振り向くと、暗い部屋の中に二つの眼だけが浮かんでいる。

「か、烏か!」

ふふふっ、と低い笑いがする。

「ならばどうする?」

「三寅は?　三寅はどこじゃ!」

ふふふっ。

暗闇の中の二つの眼に向かって、道家は飛び付こうとした。途端、目は消え、道家の首筋に冷たく硬いものが触れた。

「動かれなさるな。この小刀は血の味を知っておる。」

「ま、まさか三寅の？」

「安心なされよ。三寅ではないわ。ふふふっ。」

気配はあっても、人の姿は見えない。ただ、首筋に当てられた刀の感触が現実であると、教えている。

「道家殿。この都、鎌倉の武士どもで一杯じゃ。雅成親王を鎌倉に連れて帰らんと奴らも困るらしい。」

道家の額から汗が流れた。

「どうじゃ？　その源氏の血。奴らに高う売ってやらんか？」

「！」

道家は首に当てられた刀から逃れようともがいた。

「まあ待たれよ。話はこれからじゃ。」

暗闇からの声は続く。

「摂家と言われたとて、所詮臣下の身。鎌倉で大勢の武士に額ずかれる我が子を想像してみなされ。」

「やはり、お前は鎌倉の手の者なのだな。」

「ふふふっ。わしはどこの者でもないわ。」

「お前が誰であれ、九条家は鎌倉に屈せぬ。これまでも、これからも我らは帝にお仕えいたすのみ。」

「道家殿。今の都を見てみなされ。都大路を鎌倉武士が闊歩しておる。戦になりはせぬかと、皆が心配しておる。早う元の都に戻したくはないかのう。」

闇の中の声は憐れむように囁く。

「京の都には帝がおわす。東の都には、九条が東の帝として、京の帝を支える。どうじゃ、悪い話でなかろう？」

低い笑い声が響いた。道家はその暗闇に向かって、睨み付けた。

「何といわれようと……所詮、東夷如きの都など、ひと時の夢に過ぎぬ。」

ふうっと、鳥の小さな溜め息が聞こえた。

「わしはの、京の都の生まれよ。」

「？」

「いろいろとあっての。ふふふっ。鎌倉に永らく暮らしておったこともあったわ。」

暗闇の中から聞こえてくる鳥の声は、穏やかでさえあった。

「夷と呼ぶがの、あ奴らは、決して戦好きの荒くれ者というわけではない。京の都の人々と少しも変わらぬ。」

「権力欲しさに身内同士が殺し合う。そんな者たちがか！」

道家の声が鳥に向う。

「さて、都人はそんなことはせぬ、と言い切れるかの？」

小さな沈黙があった。

「のう、道家殿。京も鎌倉も、人々の暮らしは同じ。戦のない、穏やかで、楽しゅう笑える暮らしがしたいのよ。どうじゃ、京と鎌倉の架け橋にならんか。」

「？」

「あの子ならできる。源氏の血を持ち、朝廷での権力も持つ九条の子ならばな。」

道家はもがき、烏の小刀を振り払った。真っ暗な部屋に、再び二つの眼が浮かんだ。

「三寅は北条に利用されるだけだ。なんの解決にもならぬ。」

暗闇の中の二つの眼は、じっと道家を見下ろしていた。道家もまたその眼を睨み付けている。

「後鳥羽上皇の考え方じゃな。」

烏がぽつりと言った。

「？」

「道家殿。明日の朝一番に、土御門様に相談しに行きなされ。おっと、誤解なさるなよ。わしは土御門様とはなんの関係もない。話をしたことさえない。わしは誰からの指図も受けておらぬ。だがな、あの土御門様は面白い発想をなさる。後鳥羽上皇とは真逆といってよい。親子なのに不思議よな。ふふっ。一度、話をしてみなされ。」

そう言い残すと、闇に浮かぶ烏の二つの眼はゆっくりと消えていった。

「おいっ、三寅は？　三寅はどうなる？」

すると、闇から声がした。

「三寅は大丈夫じゃ、道家殿。元気にしておる。早う顔を見たければ、土御門様に会いにゆけ。」

それっきり、闇からは何も聞こえなくなった。

道家は、大きく溜息をつくと、簀子に駆け出したが、庭にひとの気配はなく、烏の行方は知れなかった。

「なぜ土御門様なのだ？　帝の地位を退かれ、今やなんの御力もない御方なのに。」

道家は簀子に座ると、腕を組んで考え込んだ。

さらに闇は深く、夜空に浮かぶ半分の月はますます傾き、西の空から滑り落ちそうであった。


それが夢だったのか、うつらうつらとした夜が明けた。道家は、ぼんやりとした自分に気合を入れるかのように、すっと立ち上がった。誰にも気付かれぬように身支度を整えると、良経にも知らせず、屋敷を出た。

――あれが夢だったとは思えない。いや、現実であれば、三寅は無事ということだ。――

朝早く、無礼を承知で、道家は土御門上皇の御所に向かった。それだけが、三寅の手掛かりとなると思えたからだった。


「九条道家が？」

土御門上皇・為仁帝は、目を覚ましたところであった。

「さようにござります。あまりに朝早いので、お断り申し上げたのでございますが、どうしても、と仰せられて。」

取次の者も困惑する早朝であった。

「よい。会いましょう。」

そう言うと、為仁帝は身支度を始めた。

道家は、強引なまでに土御門上皇の御所に来てしまったことに、自分自身で戸惑っていた。

「なぜ、土御門様なのか？　土御門様は先帝ではあられるが、後鳥羽上皇様のように、朝廷での権威を保たれているわけではない。むしろ、上皇様に疎まれているような御方ではないか。ご自身でも、それを心得られて、決して政には口を挟まれない。だがそれゆえに……烏を操っている？　いやいや、そういう御方ではない。」

道家はぶつぶつと呟いていたが、微かな衣擦れの音とともに、伽羅の香りが漂ってきた。

「道家か。早いのう。」

そう言う声とともに、穏やかな笑顔を浮かべた為仁帝が現れた。

道家はばっとその場に伏すと、

「まこと、このような時分に申し訳ござりませぬ。」

「よいよい。何か火急のことなのであろう？　この私で良いなら、話を聞きます。」

――この笑顔が幼子を連れ去った黒幕とは思えない。烏が言ったように、この御方は烏とは関係ないに違いない。――

道家はそう思った。

「どうしました、道家？」

道家は、これまで経緯を語り始めた。

ある朝、三寅が突然いなくなったこと。そのことを後鳥羽上皇に話をした夜、烏という男が現れたこと。

そしてためらいがちに、その烏が「土御門上皇に会え」と言っていたこと。

為仁帝は黙って聞いていた。聞き終えると、遠くを見るような眼をし、ゆっくりと口を開いた。

「まずは、三寅は無事なのですね。」

頷く道家に、為仁帝も頷いて見せた。

「では、なぜあなたに、鳥は私に会いにゆけといったのでしょう？」

道家は首を振りながら言った。

「わかりませぬ。上皇様にお会いすれば、何かわかるかと思うて参りました。どうか三寅と私をお助けください。」

為仁帝は困り果てた。そうは言われても、なんの手立ても思い付かぬ。

「鳥との話の中で、どんなことから私の名が出たのです？」

「それは……」

道家は、昨夜の鳥との話の内容を思い出そうとして、はっと気付いた。

「後鳥羽上皇様と私が同じ考え方をしていると。」

「それはどのように？」

道家は、一言一言を思い出すように、話した。

「三寅を、鎌倉と京の都との架け橋にせぬか、という鳥に、私は、北条に利用されるだけで、なんの解決にもならぬ、と申したのです。」

ゆっくりと話す道家の言葉を、為仁帝はしっかりと受け止めた。

道家は続ける。

「その時、鳥は『後鳥羽上皇の考え方じゃな』と。」

さらに、道家は続ける。

「確かに、私は上皇様に永らくお仕えし、そのお考えになんの疑問もなく従ってまいりました。それは、上皇様のお考えが正しい道と思うてこそ。」

道家の声は嗚咽に変わった。

為仁帝は頷いた。

「有難いことです、道家。父上は良い家臣をお持ちです。」

為仁帝の言葉に道家の嗚咽は大きくなっていった。

「も、申し訳、ございませぬ。」

道家は涙を拭いながら、平伏した。

為仁帝は道家の傍らに、寄り添うように座った。驚く道家の手を取ると、静かに話し出した。

「三寅の親なのですから、心配なのは当然。大丈夫。三寅は九条家にとっても、鎌倉にとっても大事な子。決して危害は加えられません。」

為仁帝は道家の手を離すと、向き合うように座り直した。

「私たちは人の親である。と同時にこの国の民の親です。戦や天災で人の血が流れるようなことが起きてはならない。そのようなことを起こしてはならぬのです。」

為仁帝は真っ直ぐ道家の眼を見て続ける。

「道家。今のあなたの涙を見たあとに酷なことを言うかもしれませんが、私も、三寅がこの国のこれからに大きく関わってくるように思えるのです。烏がなぜ、私に会いにゆけ、と言ったのかはわかりませんが、」

為仁帝は、ふうっと大きく呼吸をした。

「そうですね。確かに、烏が言ったように、私は父上とは考え方が違います。私は、この国を治めるのは、帝と朝廷でなければならぬ、とは思っていません。民が幸せで、そう願うのであれば、鎌倉幕府の政もよいのではないか、とも思うのです。」

道家は驚いた顔で、為仁帝を見た。

「以前、京に来ている鎌倉の若い武士と話したことがあります。彼らは礼節をわきまえ、規律を守る者たちでした。彼らを決して侮ってはいけない。手を取り合って、力を合わせていくべき者であると、私には思えたのです。」

「上皇様……？」

為仁帝は穏やかに笑顔を作ると、困ったように言った。

「きっと、そう言うと、父上は激怒なさるでしょうが。」

道家は恐る恐る尋ねた。

「上皇様は、鎌倉は朝廷に取って代わるものであると、お考えなのですか？」

為仁帝は首を振った。

「朝廷も幕府も、どちらも人が作ったもの。良いところもあれば、悪しきところもありましょう。だからこそ、力を合わせていくべきでないかと思うのです。」

為仁帝は寂しそうな笑顔をした。

道家は不思議な感覚に襲われた。何か知らない部屋を覗き込んだような、今までとは明らかに違う何かが、感覚として自分の中に入ってきた。そう思えた。

「上皇様……」

為仁帝は笑顔で返した。

「上皇様は何も望まれないのですか？　その、あの……」

「父上は帝の位に就かれるまで、たいへんご苦労をなされたようです……私は、いともあっさり。」

そういうと、為仁帝は、コロコロと笑った。

「そのせいなのか、何も強く望むものはありません。そのことが、父上の気に入らぬところなのでしょう。」

道家は、為仁帝が後鳥羽上皇に疎まれていることを、自らあっけらかんと臣下に言うことに驚いた。

陽がだいぶ上がってきた。少しずつ部屋の空気も温まってくる。時折、部屋に入ってくる風が有り難い。静けさが部屋に満ちた。

庭の花はもう既に夏色になっている。二人は黙って、それを眺めていた。

上皇の私室であるのに、不思議と落ち着く。道家は、昨夜寝ていないこともあって、気が遠くなっていきそうになった。

この御方はそれを咎めず、付き合ってくださっている。そう感じると、ますます穏やかな眠気が襲ってくる。

伽羅の香りが、衣擦れの音と共に揺れ動く。その香りと共に、どこからか笛の音が聴こえていた。静かではあるが、寂しい音色というわけでなく、人を慰めるような、また力付けるような音色であった。

道家は心地好さから、そのまま眠りに落ちかけた。だがその時、三寅の顔が浮かんだ。

大勢の武士に額ずかれている三寅が笑っている。それは三寅であって、三寅でない。大きく成長した青年・三寅であった。

「三寅！」

我に返った。

目の前には、龍笛を吹く為仁帝がいた。

「つ、土御門様。」

道家は慌てて、伏した。

為仁帝は穏やかに頷きながら言った。

「少し休めたようですね。」

「お恥ずかしいことにございます。」

道家は、少しもじもじしながら言った。

為仁帝は再び龍笛を構えると、静かに奏で出した。何を言うでもなく、強要するわけでもない。穏やかに静かな時間が過ぎる。道家は不思議に思った。

「後鳥羽上皇様とは、まるで逆。この御方は、ただ人を見守っているだけだ。何かを指示するでもなく、その人の全てを見守り続けている。」

その音色は土御門上皇そのものだ、と道家は感じていた。強過ぎず、静かでいながら、その存在は大きい。

道家は、龍笛を吹く土御門上皇の顔を眺めていた。その顔は目の前の道家の存在を忘れたかのように、一心であった。

一曲、終わった。

「上皇様。」

「はい？」

「三寅は、幸せになれますでしょうか？」

為仁帝は龍笛を置くと、道家に向き直った。

「人には、それぞれ役割というものがあるようです。その役割を全うできるところに、幸せがあるのかもしれませんね。」

つぅーっと一筋の涙が、道家の眼から流れた。

「我が子・三寅は、朝廷と幕府の架け橋にいたしとう存じます。」

その後、嗚咽が聞こえてきた。

為仁帝は小さく頷いた。

「三寅はきっと幸せになれますとも。」

為仁帝は、涙を拭おうともしない道家の肩に、そっと手を置いた。

再び龍笛から流れ出る静かな曲は、道家を包むようであった。その曲が終わると、為仁帝は道家に問うた。

「三寅のことは、私から後鳥羽上皇様に申し上げましょうか？」

道家は驚いたように首を振った。

「いえ、私から。それに、まずはもう一度、烏と話してみとうございます。」

為仁帝は頷いた。

「おそらく、今夜またあなたのところへ烏は現れることでしょう。」

「このような国家の一大事。私一人で決めてしまうのは、恐れ多いことでございますが。」

為仁帝は首を振った。

「あなたでなければ、できないことです。」

そういうと、あの穏やかな笑みを見せた。

道家は、早朝から訪ねたことを再び詫び、深々と頭を下げて、部屋から退出しようとした。と、思い付いたかのように、為仁帝に尋ねた。

「上皇様。」

「?」

「また、上皇様の許に参ってもよろしいでしょうか?」

「ええ、もちろん。」

笑顔の為仁帝に返す道家の顔もまた、笑顔であった。


その夜、道家は烏が現れるのを待っていた。灯明も灯さぬ暗闇の中に、道家は腕を組み、静かに烏が現れるのを待っている。

昨日よりも少しだけ膨らんだ月が、道家の顔を照らしている。昨夜とは違い、その顔は落ち着き、来客を迎える主人の顔であった。

「ふふふっ。」

背後から低い声がした。道家は声がした部屋の奥に向かって、振り向いた。

果たしてそこに、烏の眼が二つ浮かんでいる。

「道家殿、土御門様にお会いなされたか？」

庭からの月明かりに浮かぶ道家の影が頷いた。

「ふふふっ。」

「烏よ。土御門様のお人柄をどこで知った？」

「ふふっ。面白い御方じゃろ？　後鳥羽様とは一味も二味も違う。」

「後鳥羽様は立派な御方じゃ。この国と朝廷を導いていこうとなさっておられる、土御門様は、この国の人々の幸せを心から祈っておられる。御二方とも尊き御方じゃ。」

「ふふふっ。」

「烏、私の問いに答えておらぬ。」

「問い？　ああ、どこでもよかろう？　所詮、烏とは闇の中のもの。闇のあるところがわしの寝床じゃ。」

道家は暗闇に浮かぶ二つの眼を睨み付けた。そして、大きく息を吸うと、再び烏に話し掛けた。

「三寅は無事か？」

「元気にしておるわ。面倒を見ている夫婦に懐いておる。所詮、子供とはそういうもの。敵意の無いものをちゃんと嗅ぎ分けよるわい。ふっふっふっ。」

道家はほっとしたように、溜め息をついた。

しばらく間があった。その後、口を開いたのは、烏の方であった。

「さて、三寅をどうしようかの。」

「烏。お前は朝廷方でも、鎌倉方でもないと言うたな。そんなお前がなぜ、三寅を鎌倉へ、と言うのじゃ。」

しばしの間があった。

「？」

「さてな。」

烏は短く呟くように答えると、また道家に問うた。

「道家殿。道家殿もわしの問いに答えておらぬぞ。三寅をどうする？」

その声は、少し笑いを含んでいる。道家は、視線を夜空に浮かぶ月に移した。白く夜空に張り付くように輝いている。

「どうすべきかは、ようわかっておる。だが、わずか二歳の子を手放すのは忍びない。」

道家は、再び烏の方に向いた。

「……道家殿。ただの人であれば、それで良い。じゃが右大臣だの左大臣だの、そういった御方には責任がござろう。この都をどうなさるおつもりかの？　それが答えじゃ。」

「わかっておる。」

道家の声は怒っているようにも、また泣いているようにも聞こえた。

「このまま三寅には会えぬのか？」

「わしは鬼ではないわ。三寅は返す。そして、ご自身で、後鳥羽様に話を付けに行きなされ。それが条件じゃ。」

道家の微かな啜り泣きが聞こえた。

「後鳥羽様にな……。」

そう言った道家の声は消え入りそうであった。

月の光だけが賑やかで、明かりの差し込まぬ部屋の奥は、人の気配さえ闇に溶けていったかのように静かであった。

「わしはの。」

暫くして、闇からの声は烏であった。

「長らく闇の中に暮らしておった。この世は所詮、通りすがりのものと思うておったのでな。だが、何度か土御門様の御所に忍んでおって、いや、この世も満更でもないと思うようになったのよ。ふふふっ。」

道家は闇に浮かぶ烏の二つの眼を見た。その眼に濁ったものはない。

「都のことも鎌倉のことも、わしはよう知っておる。それ故、下手に鎌倉に弓を引いて戦にするよりは、一番相応しい者を鎌倉の総大将に据えるのが何よりと思うようになったのよ。」

烏の眼は、真っ直ぐ道家を見下ろしている。

「三寅の役割じゃな。」

道家はぽつりと呟いた。

道家をじっと見ていた烏の眼が、ふっと闇に消えた。

「道家殿。三寅は明日返そう。あとは、道家殿の役割を果たされよ。」

そのまま、闇が一人残された道家を包んだ。

「いや、それにしても暑いのう。」

北条泰時は、扇で煽ぎながら呟いた。このところの暑さは、既に真夏のようであった。今朝もじわじわと気温が上がっていっている。

「この分で行くと、都の夏の暑さは噂どおりのようじゃ。」

京の宿舎での生活も長くなってきた。泰時でなくとも、そろそろ鎌倉が恋しい。

雅成親王の気持ちの揺れは感じ取れる。だが、肝心要の後鳥羽上皇が、決して雅成親王の鎌倉行きを受け入れない。

さらに、暑さが増したように感じられる。泰時の部屋には、時氏、茂親がいた。三人とも、行き詰りを感じている。鎌倉側としては、やんごとない血筋を幕府の総大将に迎えなければならない。しかし、上皇の態度が変わらぬ限り、恐らくこのまま互いに譲り合うことはない。

はたはたと足音が聞こえたかと思うと、

「三浦親長にございます。」

そう声がし、親長が部屋に入ってきた。

茂親はちらりと父の顔を見ると、黙って居場所を譲るかのように座り直した。親長はそこへ座ると、泰時に向かって話し出した。

「泰時様。どうもおかしなことが起こっているようでございまするぞ。」

「ううん？」

泰時は煽ぐ手を止めない。時氏と茂親は、親長が話し出すのを待った。

「五摂家と謳われる九条家でございまするが、どうもここ二、三日、屋敷内が騒々しいので、配下の者に探らせておったのでございます。」

「ふむ。」

泰時はまだ暑さの方が気になる。

「表向き九条家は平静を装っておるのですが、どうやら道家殿の子が神隠しにあったと。」

「なんじゃと?」

泰時は煽ぐ手を止めた。時氏たちはじりっと親長の方ににじり寄った。

「三日ほど前から道家殿が参内されておらぬというので、手の者に九条家の周りを探らしておったのですが、昨日の夕刻、下働きの女から、そのように聞き出したのです。」

「道家の子がか?」

親長は頷いた。

「どういうことじゃ。」

「屋敷内でも知らぬ者がほとんどらしいのですが、たまたまその下働きは、昨日の夕刻、道家の奥方が大声で叫んでいたのを聞いたと。」

「なんと叫んでおったのです?」

時氏が訊いた。

「三寅を早う連れ戻してくだされ。」

「それだけか?」

泰時は少し興味を失ったように訊いた。

「それで神隠しとはな。」

泰時は鼻先で、ふふん、と笑うと、再び煽ぎだした。

「いえ、まだ続きが。」

親長は声を潜めて、続けた。

「その下働きにはどういう意味かわからなかったようですが、」

時氏、茂親は前のめりになって、親長の話を聴いている。

「三寅は笹竜胆ではないわ、と。」

「何！」

泰時が叫んだ。

「下働きの女が言うには、そう奥方が叫んだあと、大声で泣き叫び、道家殿が宥めすかしていたそうで。神隠しだの、なぜ笹竜胆などと。さて。」

「笹竜胆は源氏の紋。どういうことでしょう？」

時氏は小首を傾げた。

「どういう経緯《いきさつ》かはわからんが、道家の子がいなくなったとして、それが我らの仕業となっているとすれば、これは一大事じゃ。」

泰時は鼻息荒く言った。

「まことに。」

「親長。他に何か聞いておらんのか？」

「何分、下働きの女がたまたま聞き知ったこと故、それ以上のことは。ただ女の言うに、道家殿の声は小さくて聞きづらかったが、『明日には子は戻るはず』という声は聞こえた、と。」

「なんじゃ。子は戻るのか。」

「はい。」

また、泰時は煽ぎ始めた。

「笹竜胆はどう関係しているのでしょう？」

時氏は首を傾げた。

「はい。それに道家殿はまるで何かを知っているかのようでございましょう？」

親長は答えた。

「そういえば……確か九条家には、頼朝様の妹御であられる坊門姫様の血が流れておると、以前玄洲から聞いたことがあります。」

茂親がぽつりと言った。

一瞬で部屋の中の空気が張り詰めたようになった。全員が茂親の方を見た。茂親は顔色一つ変えずに座っている。

「それよ！」

泰時の顔が見る見るうちに赤くなってくる。

「それよ、それよ！」

泰時は、激しく扇で煽ぎながら、繰り返した。

「ちっ！　すっかり忘れておったわ。となると、誰が、一体どういう了見で道家の子を連れ去ったのか。どうしても知りたいわ。」

泰時の鼻息は益々荒くなる。

「それに。」

ニヤッと泰時は笑った。そのまま含み笑いをしたまま黙った。

茂親は、時氏の方を見た。時氏はそれに答えるかのようにこくりと頷くと、口を開いた。

「親父様。では、源氏の血は絶えておらぬということですね？」

「まあ、待て待て。」

泰時は扇の手を止めて、時氏の言葉を遮った。

「鎌倉幕府にとって、これは至極大事な事じゃ。」

泰時はこの四人以外に人の気配が無いことを確かめると、声を潜めて言った。

「帝の血か源氏の血。いずれが鎌倉の旗印となって、幕府をまとめていけるのか。以前、時氏らが申しておったように、雅成親王であった方が良いと思うておった。それはな、京と鎌倉、どちらにも同じ帝の血が流れておる方が、双方にとって良いと思われたからじゃ。だが、ここまで後鳥羽上皇がそれを受け入れぬとなれば、」

泰時は腕を組みながら続ける。

「確かに、九条が道を開くかもな。」

さらに、泰時の声は小さくなる。

「だが、一番大事なことは、この北条が実権を握り続けるにはどちらがよいか、ということじゃ。」

泰時の額にはじわりと汗が滲んでいる。

暫くの間、誰も口を開かなかった。少したってから、時氏がそっと声を出した。

「親父様。源家の御血筋がおられるならば、鎌倉には、その御方が必要にございます。」

時氏の口元に笑みが浮かんでいる。泰時は小さく頷いた。

「だが、下手に動けば、三寅をさらったのが、我らと思われかねないぞ。」

静かに聞いていた親長が口を開いた。

「道家殿の様子も気になります。」

泰時は頷いた。

「そうじゃったな。」

そこに、呟くように茂親が言った。

「まるで、鎌倉と朝廷の両方に三寅君の存在を教えているような。」

時氏は頷きながら、

「そう。三寅君を連れ去った者は、我らと朝廷に打開策を示しているように思えます。」

四人は暫く黙りこんだ。しばらくして、時氏が再び話し出した。

「誰がなぜ、ということは置いておいて、このまま鎌倉を留守にし続けるわけにはまいりませぬ。九条三寅君をわれらのところへ。その方向で静かに動いてまいりましょう。いずれ、その誰かはわかるはず。」

腕を組んでいた泰時は、暫くそのまま動かなかったが、「よしっ」と膝を叩くと、

「では、執権殿のところはわしが話を付けてこよう。」

泰時は父・義時をそう呼ぶと、もう一度自分の膝を叩いた。

「では九条家の様子は、私どもがもう一度探ってみましょう。」

親長が言った。

泰時は、勢いよく立ち上がる二人の若者に向かって言った。

「こらっ、早まるな。お前たちはいつも通りにしていろ。」

「心得ておりまする。表面上は雅成親王様に鎌倉へお越し願うように。されど、次の一手を静かに準備してまいりまする。」

時氏の口元には笑みが浮かんでいる。

泰時は頷きながらも、釘を刺した。

「まだお前たちは下手に動かず、いつもどおりに騎馬武者どもを連れて、都を巡回していろ。決して士気を下げぬようにな。」

泰時の言葉に、二人は頷くと、一礼をして、その場から出ていった。

その二人を見送りながら、泰時は再び腕を組んだ。

「のう親長。その誰かは味方かのう？」

「わかりませぬ。ただ道はこれしかありますまい。」

泰時は静かに頷いた。

「乗ってみるか。だが、慎重にな。」

じりじりと夏にも似た暑さが部屋に満ちていた。

その日のまだ夜の明けぬ頃。

鎌田晃盛は目を覚ました。覚ましたというよりも、誰かに起こされたようであった。薄ぼんやりとした頭に、男の声が刺さるように聞こえてくる。

「鎌田晃盛……晃盛。」

むっくりと体を起こし、辺りを見廻した。夜明け前の真っ暗な部屋に、眼が二つ浮かんでいる。

「！」

腰が抜けた。

「鎌田晃盛。御子《みこ》はどこじゃ？」

「ひゃい！」

「御子はどこじゃ。迎えに参ったぞ。」

あわわわ。

――あの晩の男じゃ！　こんな時分に迎えが来るとは。――

「こ、ここ、ここには、」

「ここにはおられぬのか？」

晃盛は何度も暗闇の中で頷いた。

ぽっかりと浮かぶ眼が、じっと晃盛を睨み付けている。

「あわわわ。あ、明日。明日。えっと、今は寝ておられますゆえ。」

「なるほど。」

目玉だけの男は無言で、晃盛を見下ろしている。

「明日。あ、明日。陽が昇りましたら、ええっと。」

「御子を人目にさらすわけにはゆかぬ。」

「あわわ。」

冷や汗がどっと出てくる。

「では、で、では。」

「今すぐお迎えに参る。」

「ひゃい！」

晃盛は弾かれるように飛び起きると、着替えようとした。

「そのままでよいわ。早う。」

急かされるように晃盛は宿舎を出た。誰にも気付かれぬよう気を使ったが、誰も起きる様子は無かった。

昼間は夏を思わせるが、まだ暗いうちは、季節がそこまで進んでいない。晃盛の額の汗は暑さのせいではない。

その晃盛は小走りに都大路を進んでいく。その後ろを目玉が二つ付いていく。

そうして、漸う鴨川の畔に着いた。暗い川岸に見知った小屋を見つけた。晃盛は転がるように、その小屋の方に駆け寄った。

辺りを見廻し、その小屋だと確かめると、声も掛けずに、いきなり中へ入った。

暗い家の中に目が慣れてくるまで、晃盛は暫く待った。やがて、眼が慣れてくると、ぼんやり様子が見えてくる。

中には、若い夫婦と、その間に小さな男の子が寝息をたてている。

「お、おい。」

晃盛が声を掛けた。寝ていた夫の方が先に眼を開けた。暗い中に、男が立っているのを見つけると、弾かれるように飛び起きた。

「しっ！　静かにしろ。」

晃盛の声に、女房も目を覚ました。

「わしじゃ。社の使いじゃ。」

晃盛は胸を反らした。

若い夫婦は事情を呑み込めぬ様子で、抱き合って震えている。社の使いというその小太りの男は、着物の前がはだけ、腰ひもの上に乗っている腹が、荒い息と共に上下している。

「み、御子を迎えに参った。」

そう言うと、夫婦の傍で寝ている男の子に近づいた。抱き上げようとすると、亭主が恐る恐る声を掛けた。

「お待ちくだされ。」

「？」

「お、お待ちくだされ。その子をどうなさるのです？」

「どうなさる？」

晃盛は男の子を抱き上げる手を止めて、亭主に訊いた。

「ど、どうとはなんじゃ？　約束通り、この子を　む、迎えに参ったのじゃぞ。」

「どういう事情かは存じませんが、どうかその子をわしらの子に。」

「な、なんじゃと？」

まさかの亭主の言葉に、晃盛は驚いた。

「最初は、無理やりこの子を押し付けられて腹が立ちましたが、傍にいればいるほど、可愛くなってまいりました。どうか。」

「どうかこの子を！」

女房まで、口を出してきた。

「な、ならん。ならん。」

晃盛は首を振った。夫婦は泣きながら、晃盛に訴えた。

三人のやり取りの間に、ぬっと二つの目玉が現れた。三人とも、ギョッとし、一瞬で押し黙った。

「その御子は、ただの人ではない。」

目玉が言う。

「その御子には、なすべき事がある。」

低い声でそう言うと、じっと若い夫婦を見つめた。

夫婦は抱き合いながら、しおしおと泣き崩れた。二つの眼は晃盛の方に向くと、無言で促した。晃盛は慌てて子供を抱き上げると、夫婦の方に振り向きもせず、小屋を出ていこうとした。すると、二つの目玉は、夫婦の方に向いた。

「世話になったな。そなたらにも、すぐに子は授かろう。」

そう言うと、ふっと消えた。

若い夫婦は、二つの眼が消えたところを見つめたまま、抱き合いながら泣いた。

晃盛は子を抱いて、小屋を出た。若い夫婦の小さな啜り泣きが聞こえていたが、晃盛には夫婦の気持ちが理解できなかった。

「わしには、ちっとも可愛いとは思えん。」

胸に抱く子の寝顔を見ながら、晃盛は呟いた。

「ふふふっ。」

背後で低い含み笑いが聞こえた。

「お前らしいわ。」

振り向くと、また眼が二つ宙に浮いている。晃盛は、抱いている子をその目玉に見せるようにして、言った。

「こ、この子を」

「お前は約束を破った。」

それは冷たい言葉だった。

「？」

「わしは誰にも言わず、悟られぬよう、と申したはず。」

晃盛はぶるぶると震え出した。

「わしはお前に御子を託した。だが、お前はあの夫婦に押し付けた。」

晃盛の歯がカチカチと鳴り、傍で見てもわかるくらいに膝が震えている。

二つの眼はじっと無言で晃盛を見下ろしている。

闇の中、鴨川の流れが音でわかる。だが、晃盛には何も聞こえていなかった。

――まずい、まずい、まずい。――

他には何も頭に浮かんでこない。二つの眼は何も言わず、まだ晃盛を見下ろしている。

「えっと、ええっと。」

呪文のように、晃盛は繰り返した。

「あの……えっと。」

「鎌田晃盛。」

「ひゃはい！」

「約束を破ったのじゃ、もう少し働いてもらうぞ。」

晃盛は半分泣きそうになって、目玉を見上げた。

「ふふふっ。どうした？　嫌か？」

晃盛は泣きべそをかきながら、首を振った。

「ふふふっ。」

二つの眼は、面白そうに笑っている。

「よいか。この御子を後鳥羽様の御所にお連れいたせ。」

「？」

「二度言わせるのか？」

晃盛は慌てて首を振りながら訊いた。

「御社ではないので？」

「ふふふっ。」

低い笑い声がしたが、思い直したかのように、また声がした。

「いや、待て。」

ふっと闇に浮かぶ眼が消えた。が、すぐにまたそこに現れた。

「後鳥羽様のところにお連れいたせば、さぞかし面白げなこととなるであろうが……ここは、御子の身を案じ、土御門様のところにお連れいたせ。」

「？」

眼は無言で笑っているようであった。

「つ、土御門様？」

「先の帝じゃ。その御所に御子をお連れいたせ。あとは、土御門様が上手くしてくれよう。」

「？」

「万が一、御子を抱いているお前が見つかったとして、後鳥羽様ならば、お前の首があっと言う間に飛んでおったろうが、土御門様ならばそういうことは無かろう。ふっ、よかったな。」

「土御門様の御所。」

「そうじゃ。御所の御門前に御子を置いてくればよい。」

晃盛は今一つ理解できなかったが、どうやら少しは安心な方向に向かったらしい。

「その御包みさえあれば、大丈夫。」

幼子には、初めて会ったときと同じ絹の御包みが掛けられていた。

鎌田晃盛は困ったように、幼子の顔を見た。

「どうした？　都の警護で洛中のことはよく知っておろう？」

晃盛は小さく頷いた。

「ならば、土御門様の御所も知っていような。」

晃盛はまた小さく頷いた。

「ならば、早う行け。夜が明けきる前に。」

見れば、東の空の星が少しずつ消えていっている。

晃盛は二つの眼に急かされるようにして駆けだした。子を抱いて走るのは辛い。ましてや、小太りの晃盛が走ろうとすれば、自分の腹が邪魔をする。それでも走らずにはいられなかった。

――この子は何なんだ。これはまずいことに違いない。あの男は一体何の使いだというんだ。――

晃盛は、胸に抱く小さな子を早く手放したかった。逸る気持ちとは裏腹に、足は進まなかったが、それでも晃盛は走り続けた。

漸《ようよ》う土御門上皇の御所に着いた頃には、晃盛は汗だくであった。一度門の前を通り過ぎ、誰もいないことを確かめると、再び門の前に戻った。

抱いている子は、何も知らぬ様子で腕の中で眠っている。

「ふん。よくもまあ寝ていられるものよ。」

晃盛は門前に子を下ろした。

「だ、誰かに見つけてもらう前に、野良犬に喰われても、わ、わしのせいではないぞ。あの男が門前に置いておけばよい、と言うたのじゃからな。」

晃盛は赤子にというよりも、自分に向かって言った。そして、駆け出そうとしたが、また思い直し、子のところに戻った。

「ま、まさか門が開いておったりせぬよな。」

と、言いながら、そっと門を押してみた。すると、音もなく門が開いた。

「あわわ!」

晃盛は飛び上がらんばかりに驚いた。が、そのあと、驚くほどの素早さで子を抱き上げると、門の中に寝かせ、さっと門を閉じた。その時、微かにあの社の使いと言っていた男の笑い声がしたような気がした。しかし、確かめる気など起こらず、一目散に駆け出した。あとは振り返らず、ただただ自分の寝所のある宿舎へ向かった。再び自分の寝床に潜り込んだ頃には、東の空は白々と明け出していた。


夜が明ける。

ことっ、ことっ。

為仁帝は寝床の中で、小さな音に気が付いた。小さなその音は、部屋の前の簀子から聞こえてくる。

ことっ、ことっ。

何かが簀子を叩いている。衣擦れのさらさらという音も聴こえてくるようだった。

部屋の中はまだ暗い。人の気配もない。だが、確かに聞こえてくる。為仁帝は、ゆっくりと体を起こすと、簀子の方に眼をやった。

ことっ。

やはり聞こえる。

立ち上がり、ゆっくりと簀子に向かった。簀子の上で、何かが動いている。さらに近付いて、それが何であるのか、為仁帝は気付いた。

そこには、少し汚れてはいるが、絹の御包みに包まった幼子が寝かされていた。その手は小さな独楽を握っており、夢の中で独楽を回しているのか、時折動かす手によって、独楽が簀子に当たって、ことっと音を立てている。

為仁帝は、そっと抱き上げた。すると、安心したかのように、子は為仁帝の胸に顔を埋めるようにして、寝息を立てだした。

「九条三寅、じゃな。」

その寝息に、思わず、「ふふっ」と微笑んだ。

と、何やら気配を感じて、顔を上げた。御殿の屋根はまだ暗かったが、東の空の微かな白い光が、屋根の輪郭だけを描き出している。そこに、一瞬、人の気配を感じたように思えた。

三寅を抱きながら、為仁帝は暫く空を見上げていた。濃紺の空が漸う色を帯びていくさまに、何かを決意したかのような為仁帝は部屋に戻った。そして自分の寝所に三寅をそっと寝かすと、一気に手紙を二通書き終えた。その後、三寅の寝顔を見ながら、どうしたものかと考えた末、口の堅い老女官を一人こっそりと呼び付けた。

寝ている三寅を見て驚く老女官に、

「よいか。他言してはならぬ。」

老女官は無言で頷く。

「この二通の文を届けてくれる、そう、口の堅い男を知らぬか？」

暫く小首を傾げていた老女官は思い当たる者がいたのか、無言で大きく頷いた。今度は為仁帝が無言で頷く。

「では、こちらの文を雅成に。で、こちらのを九条道家に、今すぐ届けてもらいたい。」

「ま、雅成親王様と、こちらを九条道家様でございますね。」

女官は二通の手紙を確かめながら、繰り返した。「こんな朝早く」とは思うものの、意味のないことをなさる御方ではないことを知っている。

「そうじゃ。頼まれてくれるか?」

「もちろんでございますとも。」

女官はちらりと三寅に眼をやった。

「この文を、その口の堅そうな男に託せたら、ここへ戻ってきておくれ。まだいろいろと手伝ってもらいたいのでな。」

そう言うと、為仁帝は三寅に眼をやった。

「その子は?」と、老女官は訊かなかった。恐らくこの二通の手紙は、この幼子に関するもの。そしてその届け先から察するに、この子は只者ではないことは容易にわかる。長らく為仁帝に仕えていた女官にしてみれば、帝の、静かではあるが、秘めた使命感のようなものを感じとることは容易いことだった。

「では、直ぐに。」

そう言って、老女官は部屋を出ていった。

一人になると、為仁帝は三寅の脇に座った。

「そなたは希望じゃ。」

ぽつりと呟いた。

しばらくすると、老女官が戻ってきた。無言で為仁帝に頷く。それに答えるように、帝も頷いた。

すっと、女官は為仁帝の傍に静かに控えた。

この季節、陽が昇り始めると一気に明るくなりはじめる。灯明の明かりがなくても、女官には為仁帝の顔がはっきりと見えてきた。

色白の穏やかな顔は、いつもと変わらないが、今日はどこか堅いものを感じる。

その為仁帝が囁くように口を開いた。

「雅成からの返事が来たなら、私は出掛けてくる。その間、この子を見ていてもらいたいのだ。」

老女官は力強く頷いた。

「今まで一体どこにいたのかのう？」

為仁帝は独り言のように呟いた。女官の方に振り返ると、ゆっくりと話し出した。

「この子は、おそらく九条道家の子・三寅じゃ。」

「おそらく？」

為仁帝は頷いた。

「道家の屋敷から、三寅が何者かに連れ去られた。」

女官は顔を引きつらせ、そして三寅の寝顔を見つめた。

「その連れ去った何者かが、三寅をここに連れてきたのじゃ。」

「なぜでござります？」

「さて、なぜであろうな。私への謎かけのようじゃ。」

一呼吸おくと、為仁帝は続けた。

「私なりの答えを出そうと思うておる。」

為仁帝は三寅の寝顔を見つめたまま、呟くように言った。

陽はさらに昇り、部屋の調度もはっきりと見えてきた。やがて、朝を知らせるような鳥の声も聴こえだした。その頃になって、部屋の前で人の気配がした。女官がさっと簀子に出た。続いて、為仁帝も出る。簀子から見下ろすと、男が立っていた、身分は低いようであったが、今の雰囲気を察しているかのように、静かに控えている。

「ご苦労。」

老女官が小さな声で、男をねぎらった。男はこくりと頷くと、手紙を一通差し出した。女官が受け取り、そのまま為仁帝に渡した。

「よい。下がりなされ。」

女官のその言葉に、為仁帝が続けた。

「朝早くすまなかったね。」

男は驚いた様子だったが、深く頭を下げると、その場を去っていった。

「あの者は、頑ななまでに口が固うございます。信用してもよい者にございます。」

為仁帝は頷いた。男が持って帰ってきた手紙は、雅成親王からの返事であった。無言で読み終えると、大きく息を吐いた。その表情からは何も伺えない。女官は為仁帝の言葉を待った。しばらくすると、為仁帝は老女官に向かって微笑んだ。

「行ってまいる。」

さっと、女官は頭を下げた。

「まもなく三寅が目を覚ますであろう。朝餉など、取らせてやっておくれ。」

そう言いながら、為仁帝は身支度を整え始めた。それを手伝いつつ、老女官は尋ねた。

「なるべく悟られぬよう、でございますね？」

ふふっ、と為仁帝は笑った。

「よくわかっておるな。」

女官は、当然とばかりに大きく頷いた。

「されど、今日は芳房様が見えられましょう。」

そういえば。今日は芳房が自慢の笛を持ってくると言っていた。「困ったな」とは一瞬思ったが、芳房のこと、「来るな」と言えば、なおさら飛んでくるに違いない。

「私が帰るまで、三寅をあやしておくよう伝えておくれ。」

と言って為仁帝は笑った。

「車の御用意を。」

そう言うと、女官はその場を離れた。


雅成に会うのは、本当に久しぶりであった。兄弟とはいえ、母の違う二人はそれほど親しくはなく、むしろ兄弟であるが故の気まずさのような感情もあった。

そんな仲の雅成が、こんな朝早く会ってくれるとは正直思わなかった。雅成にしてみれば、為仁帝は異母兄であると同時に先帝である。会わないわけにはいかない。それを思うと、また気まずさがひょっこりと顔を出す。

だが、今日はそんなことを言ってはおられぬ用がある。為仁帝は真っ直ぐ顔を上げて、雅成親王の許へ向かった。

陽は随分と上がり、気温も上がってきた。もうそこに夏が近づいている。しかし、為仁帝の額には、汗の一滴も無かった。

やがて、車は雅成親王の許に着いた。案内のままに、雅成親王の部屋に向かう。

「おいでになるとの文をいただきましたが、こんなにお早い御到着とは。お迎えに出る間もございませなんだ。」

そう言いながら、雅成親王は恭しく頭を下げた。どこかチクリと心に刺さる物言いをする。不満がある時、はっきりとは言わず、遠回しに訴えてくるのが、この異母弟の癖だった。

——こんなに朝早いのだ。機嫌も悪くなろう。——

為仁帝は腰を下ろすと、早速話を切り出した。

「時間が惜しい。要件はこうじゃ。雅成、そなたのところに鎌倉より使者が来ておろう？」

「鎌倉幕府の将軍職のことをおっしゃっておられますのでしょうか？　それならば、父上がお断りなされましたが。」

ちょっと不満げに口を尖らした。

「そなたは、どう思うておる？」

おやっと、雅成親王は顔を上げた。

「どうもこうも、父上がおっしゃられたことが全てでござりましょう？」

為仁帝は頷くと続けた。

「では、そなたの代わりを立てるに当たって、力を貸してくれぬか？」

雅成親王は眉間に皺を寄せて問うた。

「どういうことでございますか？」

「この国の中で争いを避けるために、朝廷と幕府は手を取り合わねばならぬ。」

雅成親王は頷く。

「九条道家は源氏の血を汲む者じゃ。」

「み、道家！　兄上は道家を鎌倉の将軍に、とのお考えなのですか？」

雅成親王は顔を赤くして、叫ぶように言った。

「そうではない。道家は朝廷に必要な男じゃ。そうではなく、その子・三寅じゃ。」

「？」

「三寅はまだ小さな幼子。それ故、不安もあろうが、何より源氏の血を引く者じゃ。」

「幼子？　それでは北条の良いように丸め込まれましょうぞ。それよりも……」

「それよりも？」

雅成親王は口を噤んだ。

「いいえ。」

「何か良い案があるのではないのか？」

雅成親王は口を噤んでいる。その顔は次第に赤くなってきた。

「雅成？」

「あ、兄上も。」

「？」

「兄上も、ち、父上も。」

そのまま、また黙り込んでしまった。

「雅成？　どうした？」

さらに顔を赤くした雅成親王は口を尖らせ、吐き捨てるように言った。

「わ、私はいつまでも日陰の身！　兄上たちは帝の位に就いていく。しかし、私は？　私はどうなのです？」

「雅成。」

「帝の位がだめというなら、せめて鎌倉の将軍でもよいと思うておりました。しかし、それも私にはだめだと。父上も兄上も！」

「雅成……」

為仁帝は真っ直ぐに雅成親王に向き合った。背筋を伸ばし、口を開いた。

「おのれの事だけを見るのでない。この国の行く先に思いを馳せよ。」

雅成親王は拳を握りしめながら、俯いている。

「雅成。この都の様《さま》を見てみよ。みな戦にならぬかと不安でいっぱいじゃ。人の上に立つものであるならば、私心を捨てよ。」

雅成親王は口の中で、ぶつぶつと呟いている。為仁帝は、小さな溜め息を付いた。

二人とも無言のまま時間が過ぎていく。

「雅成。そなたは父上と話をすることがあるのか？」

「おや？」と、雅成親王は顔を上げた。

「よいなぁ。」

どこからか伽羅の香りが漂ってきた。

「私は、もう随分とお話をさせていただいておらぬ。」

何の話なのかわからぬまま、雅成親王は為仁帝の顔を見つめた。

「父上の御傍で、話をし、少しでもお役に立ちたいと思うておるのだが。父上には随分と嫌われておるようじゃ。情けない話よ。」

そのまま為仁帝は黙ってしまった。

雅成親王も、異母兄の顔を見つめたまま黙っている。そのままどれほどの時間がたったのか、我慢しきれなくなった雅成親王が口を開いた。

「兄上？」

「すまぬ。」

一呼吸おいて続けた。

「私には父上の御力にはなれぬが、そなたにはそれができる。私の代わりにそれをお願いできぬか？」

穏やかな声であった。

雅成親王は再び口を尖らすと、

「私にもそれなりの……」

ちいさく呟いた。

その呟きが聞こえないかのように為仁帝は続けた。

「話を戻そう。雅成は九条三寅が鎌倉に行くことをどう思う？」

「私以外の者とするならば、確かに九条でしょうが、なぜ幼い子を行かすのです？　それでは北条の思うつぼではありませぬか。」

「北条は、幕府の建前として源氏の血が欲しい。じゃが、道家のような知識豊富な大人では、幕府を動かしていく上で衝突は避けられぬ。それよりも、小さな子の方が鎌倉幕府の統領と掲げ、その実、北条が実権を得やすい。それ故、三寅には危害が及ばぬであろう。」

雅成親王はぽかんと聞いていた。

「では、私が鎌倉で実権を得ようなどとすれば……」

雅成親王は青ざめた。為仁帝は無言だった。それだけに、雅成親王はさらに青くなった。

「雅成。父上はおそらく九条三寅の鎌倉行きにも反対なさるであろう。じゃが、なんとしても三寅に行ってもらわねばならぬ。」

雅成親王は頷いた。為仁帝は続ける。

「このまま都で朝廷と幕府が睨み合いを続けるわけにはゆかぬ。ましてや、戦などにさせてはならぬ。力を貸してくれぬか？」

親王は小さく何度も頷いて見せた。

為仁帝は穏やかに微笑むと、続けて言った。

「では、私の御所に来てもらいたいのじゃ。一緒に話をしたい者がおるのでな。」

その微笑みに雅成親王は大きく頷いた。

九条家の屋敷の長い廊下を転がるように乳母が走っている。走っていると思っているのは本人だけで、傍から見ると、ただ喘ぐような息で歩いているだけだった。

はあはあと肩で息をしながら、道家の部屋に駆け込んだ。

「ご、御無礼仕ります る。」

「どうした？」

昨夜も寝ていなかったのであろう、道家の眼の下には隈ができている。

「こ、こ、これ。」

口をぱくぱくさせながら、乳母は手に握った手紙を道家に手渡そうと差し出した。道家がその手紙を受け取ると、乳母は力尽きたかのように、バタッとその場に両手を付いて倒れ込んだ。

道家はそんな乳母の様子を案じながら、受け取った手紙を開いた。そこには、丁寧な筆遣いで、一行だけ書かれていた。

『ゆるりと　静かに　迎えに参られよ　為仁』

とだけあった。

手紙を読んでも無言の道家に、乳母は声を掛けた。

「火急の要件だと、何者かが道家様に届けにまいったものでございます。か、鳥からなのでございますか？」

道家は首を振った。

「出掛けてまいる。」

物言いたげな乳母をその場に残し、道家は部屋を出ようとした。

「こんな時分にでございますか？　やはり三寅様のことなのでございますね？」

道家は乳母に振り向くと、小さな声で答えた。

「誰にも言うな。」

歩き出そうとして、再び乳母に、

「手紙のことも。わしが出掛けたことも。決して誰にも言ってはならぬ。」

「お、御内方さまにも、でございますか？」

道家は無言で頷くと、出ていった。

乳母は不安げに道家を見送った。


道家は静かに屋敷を出ると、一人足早に都大路を進んだ。まだ、薄暗い通りには人気も無い。供の者も付けず、車も使わなかった。手紙の送り主は為仁帝。その為仁帝が「静かに迎えに来い」と、言ってきているのだ。屋敷の誰にも知られぬようにせねばなるまい。

知らず知らず足が速くなっていく。

やがて、為仁帝の御所に着いた。ここに来てふっと思い出した。

『ゆるりと　迎えに参られよ』

三寅のことが頭にいっぱいで、ついつい出掛けてきてしまった。確かにこんな朝早くは如何なもの。以前にも朝早く来てしまったことがあった。あれこれ悩みながら、御所の周りを何度も回った。

そのうち陽も高くなり、もう良いだろうと、門に向かった。

門前には男が一人立っている。道家の姿に気付くと、深々と頭を下げた。無言で門を開け、道家を招き入れた。そのまま、奥へと案内する。人に気付かれまいとするのか、屋敷には上がらず、庭を通って真っ直ぐ為仁帝の部屋へと向かっていく。男も無言だったが、道家も無言だった。

御所の一番奥、為仁帝の部屋の前まで行き着くと、男は無言のまま頭を下げ、その場を離れていった。道家は迷いながらも、簀子に上がり、声を掛けようとした。

「道家じゃな？」

中から声を掛けられた。

「はい。」とは、答えたつもりであったが、なぜか喉がからからに乾いていて、擦れたような声になっていた。

「構わぬ。中へ。」

為仁帝の声だった。道家はそっと中へ入った。

まず眼に入ったのは、橘芳房の「やれやれ」といった疲れた顔だった。芳房は道家に気付くと、無言のまま深々と礼をし、そのまま部屋から出ていった。

そして、その隣に為仁帝が穏やかに微笑みながら座っている。その為仁帝に近付こうとした道家は、「あっ！」と声を上げて、立ちすくんだ。

帝の横に、幼子が横になっている。もうすっかり起きて、しきりに為仁帝の袖を引っ張りながら、笑っている。

「どれ、父《とと》さまが迎えにまいったぞ。」

穏やかな為仁帝の声に、道家の眼からどっと涙が溢れ、その場に膝を付いて泣き崩れた。

「三寅に間違いないか？」

その問い掛けに、道家は何度も大きく頷いた。

「ならば、早うここへ。」

道家は、為仁帝の傍に駆け寄ると、会釈し、三寅を抱き上げた。無言のまま、強く抱きしめていたが、三寅は、いやいやと言う風に、手をバタつかせた。

「ふふっ、元気じゃ。」

為仁帝の声に道家は我に返った。

「し、失礼をば。」

為仁帝は首を振った。

「夜明け前、この部屋の前の簀子に、この子が寝かされておったのじゃ。」

「？」

「狐に抓まれたような話。」

と言うと、為仁帝は「ふふっ。」と笑った。道家は深く頭を下げた。

道家のその様子を見たあと、為仁帝は眉間に皺を寄せ、険しい表情になった。

「だがな、道家。この子の懐に手紙が入っておった。」

そう言うと、為仁帝は道家に手紙を手渡した。

道家は恭しく為仁帝から手紙を受け取ると、急いで開いた。

「約束は守った。次は道家殿。烏」

為仁帝に聞こえるように、道家は声に出して読んだ。

「鳥は約束通り三寅を返してくれました。次は、私が後鳥羽様にお話をしに参らねば。」

為仁帝は頷いた。

「三寅のことをですね。」

そう言うと、為仁帝は簀子の方を見た。

「道家、あなたの力になれる者を呼んでいます。もう間もなくやって来るでしょう。」

「その方とは？」

微笑みながら、為仁帝が口を開こうとした時、どこからか笛の音が聴こえてきた。橘芳房が吹いているのであろう。為仁帝と道家は耳を傾けた。傍らでは三寅が毬で遊んでいる。

芳房の一曲目が終わらぬうちに、女官に案内されて雅成親王が現れた。

「参りましたぞ、兄上。」

何か吹っ切れたような、暗さの無い様子だった。

雅成親王の姿を見て、九条道家は居住まいを正して、礼をした。

「道家か。」

雅成親王は道家の顔を見ると、近くに座った。

「そこにおるのが、三寅か？」

「さようにございます。」と言い、続けて、

「これ！　三寅、控えよ！」

「構わぬ。」

雅成親王はそういうと、為仁帝の方に向いた。

「兄上、一緒に話をしたいという相手は道家でございますか？」

「ええ。そなたはきっと道家の力になってくれると思うたのでね。」

そう言うと、為仁帝は道家に声を掛けた。

「私が上皇様のところへ行くと、上手くいくものも上手くいかなくなりますから。それに、雅成は直接北条から鎌倉行きを請われているのですから、何かと北条との話の進め方もわかるというもの。」

道家と親王は大きく頷いた。

「雅成様。雅成様に遠く及ばぬ我が子・三寅でございますが、どうぞ三寅の鎌倉行きのために御力をお貸しくださりませ。」

道家は深々と頭を下げた。

「道家、この国の行く末の為とはいえ、よくぞ三寅を鎌倉に行かすことを決意したの。私で良ければ、力を貸すぞ。」

親王は鼻息荒く言った。

「有難きこと。これよりこの道家、生涯に渡り雅成様の御力となれますよう、務めさせていただきます。」

道家はさらに頭を下げた。

為仁帝が口を開く。

「北条は容易く三寅を受け入れるでしょう。問題は父上です。上皇様を説得するのは至難の業。さてどうしたものか。」

三人は額を集めて、話し合った。

時折吹く風と、聴こえてくる芳房の笛の音が、部屋の中の張りつめた空気を和らげていた。

承久元年、六月。

鎌倉幕府は、都より幼い将軍を迎えた。

九条三寅。後の九条頼経《よりつね》であった。

「三寅が来る、と聞いて、尼御前が一番喜んでおったわ。なんたって、坊門姫様の血筋じゃからの。」

ふんっ、と北条泰時は鼻先で笑った。

「尼御前、雅成親王の名を聞いたときは、憮然としておったのに、九条の名を出した途端、ころりと態度を変えよったわ。」

泰時は、時氏たちを前に話し続けた。

北条家の庭先である。新しい鎌倉殿を迎えて、何かと忙しい日々であったが、都ではなく、鎌倉に戻れていることが有り難かった。

上機嫌なのは、何より幕府の実権が北条のものとなったからである。執権である父・義時は、今回のことで、当初名前が出ていた雅成親王や揉めに揉めた後鳥羽上皇との間に立って気まずいこともあったであろう。しかし、結果は上々。北条にとって、これほどの将軍はいない。幼い将軍を補佐するのは執権としては当然のこと。

——さて、そろそろ父に代わって、自分が執権となりたいものだがな。——

北条泰時は上機嫌でその場を離れていった。

その場には、三浦親子と時氏が残った。

「お聞きになりましたか？」

三浦茂親が時氏に耳打ちした。

「何が？」

「雅成親王ではなく九条三寅を鎌倉に、と後鳥羽上皇に進言したのは、土御門様だったというお話。」

「九条道家様が申し出た、と聞いているぞ。」

「それは表向き。九条道家様の後押しをしたのは、実は土御門様らしいという噂があるそうです。」

「まことか？」

その時氏の返事に、傍にいた三浦親長も話に加わった。

「はい、九条道家様と雅成親王様の双方に話をつけ、源氏の血を引く三寅様を推したのは、実は土御門様とのことです。」

時氏は不思議そうに頷いた。

「なんでも九条家の下働きの女が申すに、道家様は、幾度となく土御門様の御所に通われておったそうで。三寅様のことが決まったあとも、深く感謝されておったとか。」

「土御門様は、後鳥羽上皇とは違ったお考えをなさる御方なのだな。」

時氏は腕を組みながら、呟いた。

ぴぃ！　というトンビの声に、三人は空を見上げた。初夏の青い空であった。

京の都、夜明け前。

東の空のずっと下の方。地上との交わる辺りが微かに白くなってきた頃。細い頼りなげな月がまだそこにあった。

広い御殿のその奥の部屋は、真っ暗である。調度にはその香りが染み込んでいるのか、香を焚かなくても、ほんのりと伽羅の香りがしてくる。

まだ床の中の為仁帝は、うっすらと眼を開けた。伽羅の香りの中に、白い童子が居住まいを正して、そこにいる。ふっと為仁帝の唇の端に笑みが浮かんだ。よく見ると、童子は天井の方を見上げている。為仁帝も童子に倣って眼を上に向けた。

そこに目玉が二つ浮かんでいる。

為仁帝は驚く様子もなく、その二つの目玉を見やりながら、静かに問うた。

「烏……じゃな?」

「ふふふっ。」

起き上がることもなく、為仁帝は続けた。

「烏、そなたに会ってみたいと思うておった。」

為仁帝はゆっくりと体を起こすと、宙に浮かぶ眼を見つめた。二つの眼も為仁帝を真っ直ぐに見つめている。そこに殺気など無く、むしろ穏やかでさえあった。

「おりゐの帝。」

先に呼び掛けたのは、暗闇に浮かぶ目玉の方だった。

「おりゐの帝。これで、戦にならずに納まりそうかの?」

為仁帝は静かに頷いた。

「おそらくは。」

　間を置いて、静かに続ける。

「じゃが、双方の歪みがのうなったわけではなかろう。まだまだ眼を離すわけにはゆかぬ。」

　暗闇に浮かぶ目玉が頷いたように見えた。

「のう、烏。そなたは誰じゃ？」

　目玉はじっと為仁帝を見ている。

「答えぬか。」

　ふふっ、と為仁帝は笑った。

　暫くの沈黙の後、目玉が話し掛けた。

「わしはおりゐの帝と同じよ。わしは戦や揉め事が嫌いになった。あれは一度始めたら、終わりが無いわ。それが身に染みてわかったのじゃ。」

　おやっ、と為仁帝は思った。

「それがわかるまで、長い時間がかかった。」

　ふっと目玉が闇の中に消えたが、またすぐに現れた。その眼は為仁帝ではなく、遠くを見ているように思えた。

「烏よ。三寅のこと、少々手荒な方法ではなかったかの？　何も攫《さら》うことはなかったのではないか？」

　ふふふっ、と闇に低い笑い声が響いた。

「手荒でないと、人はなかなか動かぬからの。」

　為仁帝はこくりと頷いた。

烏は少し間を置くと、続けて言う。

「わしは九条の下働きの女と昵懇《じっこん》での。それとは知らずに、よう働いてくれたわ。」

目玉は可笑しそうに笑う。

「おりゐの帝。あの後鳥羽上皇を上手く説き伏せたの。見事なもんじゃ。」

「私ではない。私にはできぬことじゃ。」

為仁帝は寂しそうに笑うと、続けた。

「道家の熱意じゃ。雅成らとあれやこれやと考えていたことよりも、道家の、三寅とこの国の行く末を思う熱意じゃ。父上が心から三寅の鎌倉行きを承諾されたというよりも、道家が押し切ったようなもの。」

為仁帝は、一呼吸おくと続ける。

「それ故、まだこの先に不安が残る。」

「あの上皇のこと、面目を潰されたと思っておるかもな。」

ふふふっ、と烏が低く笑った。

暫く沈黙が続いた。

——この正体不明の男もまた、国の行く末を案じておるのだな。——

と、為仁帝は感じた。

「それはそれで有難きことじゃ。」

と呟いた。

「？」

「烏、そなたはこれからどうする？」

「……さてな。」

部屋の中に朝日が差し込んできた。

目玉だけだった烏に、じわりと人の体が透けて見えだした。それを隠そうともせず、烏はじっとそこに佇んでいる。

やがて、そこに一人の男が現れた。痩せた頬に、ぎらりと人を射るような眼が印象に残る。僧侶のようななりをしているが、そのようでもない。玄洲と名乗っていたその男であった。

為仁帝は驚く様子もなく、その男を見つめている。

「烏、じゃな。」

ふふふっ、と玄洲は笑った。

「そうとも名乗ったかの。いろいろと名があるのでな。」

そういうと、為仁帝にぬっと顔を近づけた。

「おりゐの帝。わしに会うてはおらんことにしてもらえんかの。その方がお互いのためじゃ。」

為仁帝は頷いた。

玄洲はニタリと笑うと、後ろに一歩、飛ぶようにして下がった。そのまま、小さく薄くなっていく闇の中に、逃げ込むように消えた。

「さらばじゃ、おりゐの帝。」

部屋のどこからか、声が響いた。

やがて、朝日が部屋の中に満ちた。鳥の声や外から流れてくる風が闇を完全に消し去っていった。

蝉の声を覆うように読経の声が響く。

真夏の蝉さえ、その低く唸るような読経に勝てないでいた。

最勝四天王院は、白川にある静かな佇まいの御堂であった。緑に囲まれた御堂の中には護摩が焚かれており、数名の僧侶が一心に祈祷している。夏の暑さと護摩の炎で、いずれの僧侶も全身に汗をかいている。

このところ、後鳥羽上皇は度々ここを訪れていた。自身で来られない時は人を寄越して祈祷させている。

今日は、後鳥羽上皇自身が祈祷に来ていた。

くらくらとするような熱気の中で、汗ひとつかかず、睨み付けるような眼差しを護摩壇に向けている。薄暗い堂内で、護摩の炎と上皇の眼だけが、ギラギラと光っている。

しばらくすると、表に人の気配がした。

守成帝が、人目を憚るかのようにほんの僅かな供での到着だった。輿からそっと下りると、守成帝は自身で御堂の扉を開け、一人中へ入った。むっとする熱気と堂内の薄暗さに足が止まる。眼が慣れるまで暫く佇んでいたが、やがて後鳥羽上皇の姿を見つけると、静かに近づき横に座った。

「父上。」

そう呼びかけた守成帝の顔は、すでに汗が噴き出している。上皇は身動ぎせず、炎を見つめている。

「いつまでこのようなところにおられるのです？　父上らしくもない。」

後鳥羽上皇はじろりと眼だけを守成帝に向けた。

「わしらしくないだと？」

「そうです。このように、御堂に籠って念仏を唱えているなぞ、父上らしくもない。たとえそれが、鎌倉調伏のためであってもです。」

後鳥羽上皇は唇の端でニヤリと笑った。そして、再び炎に向いた。

「これはの。口実を作っておるのよ。」

「口実？」

後鳥羽上皇は大きく頷いた。

「そのうち、わしが鎌倉調伏のために祈祷しておるという噂が鎌倉方に聞こえるであろう？　そうすれば、鎌倉はなんなりと動く。それがどういう動きであれ、なん根拠もなく、朝廷を批判し、朝廷のなすことに口を挟むべきではない。……そうであろう？」

守成帝は眉間に皺を寄せた。

「そのような回りくどいことをなさらずとも。」

「あやつらのような小賢しい奴らは、徹底的に叩きのめさねばならん。」

そう言うと、守成帝に眼を向けた。

「徹底的にな。故に口実が必要じゃ。」

まるで炎に取りつかれたかのように、汗ひとつ流さずにいる上皇の顔を守成帝はまじまじと見つめた。

「話はそれだけか？」

「父上。このところずっと考えておったのですが、私は懐成に譲位をしようかと思うております。」

懐成親王は守成帝の子である。

「なぜじゃ。」

「そのほうが、父上のお側近くで働けましょう。帝であれば、力はあっても動きにくいものがありますゆえ。」

「ううん」と上皇は一声唸ったが、すぐに首を振った。

「まだじゃ。お前の言わんとすることはわかる。が、今はまだ早い。」

護摩の炎はさらに勢いを増していく。守成帝は堪らず、袖で汗を拭った。

「守成。わしが討伐の命を下したならば、兵はどれだけ集まるかの？」

小さな呟きのような声だった。守成帝は読経の声に交じって消え入りそうなその声を必死に聞き取った。

「千、二千。いえ、上皇の命とあらば、万の兵はすぐに。朝廷の敵と見なされれば、鎌倉方に味方する者は誰もおりますまい。」

上皇の瞳の奥が光るのを、守成帝は見逃さなかった。

「それにしても、ここの暑さは御体に障りまする。御所に戻りましょう。」

後鳥羽上皇は頷くと、ゆっくりと立ち上がった。

僧侶たちは、変わらず読経を続けている。その僧侶たちの顔を順に後鳥羽上皇は眺めた。ゆっくりと視線を送っていたが、最後の一人に視線が止まった。

痩せた頬にぎらりと光る眼。その僧侶と上皇は眼があった。淡々と読経するその僧侶の唇の端が二ヤッと曲がったように見えた。そして上皇の髭の奥の口も、ニヤッと笑ったようであった。

「どうかなされましたか？　父上。」

守成帝の問いに後鳥羽上皇は答えた。

「いいや、曲者じゃ。」

続けて言う。

「先に行け。わしはあの者に用がある。」

守成帝は上皇の視線の先を見たが、『あの者』が誰であるのかわからなかった。

「大丈夫じゃ。すぐにわしも戻る。」

守成帝は深く礼をすると、最勝四天王院をあとにした。

堂に残った上皇は、視線を一人の僧に向けたまま動かなかった。やがて、ゆっくりとその僧侶が立ち上がった。経を唱えたまま、ゆるゆると上皇に近付いていく。

上皇の眼の前までくると、今度は上皇が堂の外に向かって歩き出した。僧侶も付いていく。

堂の外に出ると、眼を刺すような陽の光だった。後鳥羽上皇は、一瞬くらりと目眩を感じた。

「随分と久しぶりじゃな、玄洲。」

ニヤリと玄洲の口が曲がった。

「用のある時に現れぬと思うておったら、ここにおったわ。」

「用がございましたか？」

「ふん！　三寅のこと、知っておろう？」

玄洲はニヤニヤと笑う。

「まさかあの時、三寅を攫ったのは、お前ではなかろうな？」

「その面白げな噂は聞いておりまするが、残念ながら。」

ニヤニヤしながら、玄洲は続ける。

「ここしばらく都を離れておりましたのでな。」

ふん、と上皇は不満そうに鼻を鳴らした。

「何しておった？」

「都を少しばかり離れ鎌倉へ。と、申したいところですが、残念ながら鎌倉では顔を知られておりますので、鎌倉へと続く街道筋をあちらこちら。」

「ほう。」

興味をそそられた上皇は、玄洲の顔を覗き込むようにして訊いた。

「どうじゃ？」

玄洲はニヤニヤ笑いながら言う。

「上皇様にとっては、あまり面白げな話はございませせぬなぁ。」

「なんじゃと？」

玄洲の口元から笑いが消えた。

「土着の豪族たちは、さほど朝廷や帝の威光を感じてはおりませぬ。おのれの土地を守れれば、それでよい。いや、むしろ機会があれば、おのれの勢力を広げる好機とするやも。」

「それは、朝廷側でも幕府側でもないということじゃな。ならば、こちらに付けさせるまでよ。」

玄洲は眉間に皺を寄せ、小さく唸るように言った。

「戦にはなさるな。」

「！」

畳み掛けるように玄洲は呟く。

「豪族どもだけではござりませんぞ。」

「なんじゃぁ。」

玄洲の眉間の皺がさらに深くなった。その眼がギラリと光る。上皇の眼もまた玄洲に向かってギラギラと光を放つ。

「何が言いたい？」

上皇の眼を真っ直ぐに見ながら、玄洲はゆっくりと答えた。

「鎌倉の勢いを侮ってはなりませぬ。都の公達の中にさえ、鎌倉に靡《なび》く者もおりましょう。」

「朝廷を、帝を、いいや、わしを侮るな。わしの一声で何万という兵を動かせるのじゃぞ。」

玄洲は寂しげに首を振った。

「上皇様。今一度申します。決して戦にはなされますな。」

顔を真っ赤にした上皇は、それでも一息ついて、低い声で答えた。

「わしが鎌倉に負けると申すか。」

玄洲は上皇の眼を真っ直ぐに見つめると、ゆっくりと頷いた。上皇はそれが見えなかったかのように、もう一度言った。

「わしが鎌倉に負けると？」

玄洲は、ゆっくりと口を開いた。

「……たとえどのような時でも、この玄洲、上皇様の御味方にございます。」

後鳥羽上皇は怒りでぶるぶると震え出したが、玄洲は気にも掛けず、上皇の眼を見つめている。やがて、上皇は腹の底から絞り出すような声で言った。

「ならば、この御堂を燃やせ。」

「?」

「わしの味方と今言うたな。ならば、わしが鎌倉を討つ口実を作れ。お前にわしの力を見せてやるわ。」

「上皇様。」

後鳥羽上皇は首を振りながら、玄洲を睨んでいる。

「この国は、神代の時代から統治者が決まっておるのじゃ。」

小さく擦れたような声だったが、上皇の低い声は真っ直ぐ玄洲に向けられている。

「玄洲。」

玄洲の眼から光が消えた。力なくただ上皇の顔を見ている。

「玄洲。わしはわしの思う国を作る。生涯掛けてな。」

玄洲はその場にひれ伏すと、深々と上皇に礼をした。上皇はその姿を見下ろしながら、呟くように言った。

「わしの、いや、この国のあるべき姿を見せてやる。随分と昔、お前に話したことじゃ。」

玄洲は額を床に付けたまま、顔を上げなかった。

やがて、上皇の足音がその場からゆっくりと消えていった。門の方から、車が動き出す音が聞こえたが、玄洲は伏したまま動かなかった。

同じ年の七月。

内裏守護の源頼茂《よりもち》の許に、旅の僧が現れた。その僧が言うに、

「一夜の宿と頼み込んだ御堂で祈祷が行われていた。泊めてもらう礼だとばかりにその祈祷に加わった。ところが、その祈祷は鎌倉幕府調伏と祈願している。自分は鎌倉でも随分と世話になり、実朝公とも面識があったので、これはあってはならぬことと、申し出たのだ。」と。

源頼茂は確かめようと、その旅の僧が言う最勝四天王院に向かった。

果たして、祈祷が行われている。頼茂は立ち返り、直ちに祈祷を止めるよう申し出る算段と、人を集める手配をしようとした。ところが、反対に「人を集め、あらぬことを吹聴するは、謀反の企て有り」と西面武士に屋敷を囲まれることとなった。件の僧はいつの間にか姿を消している。頼茂は朝敵として、西面武士に攻め入られることとなった。頼茂は迎え撃つべく内裏に立て籠もったが、結果、攻め殺され、内裏の御殿のいくつかが焼失してしまった。


その知らせを使者から聞いた後鳥羽上皇は無言で頷いただけだった。

上皇からなんらかの指示が下されるものと、その場に控えていた使者は、結局何も指示されぬまま、退くこととなった。

誰もいなくなると、上皇の口元が緩んだ。

「玄洲め、やりおったわ。」

そう呟くと、笑いが込み上げてきた。その押し殺したような低い笑い声は、御所の誰に聞かれるこ

とも無かった。

源頼茂の事件が切っ掛けとなり、朝廷と鎌倉幕府との間の溝はさらに深まっていった。

後鳥羽上皇は討幕への準備を密かに始めたが、上皇の思いとは裏腹に、都の公家の中には、討幕に消極的な者、あるいは反対を唱える者もいた。

しかし、後鳥羽上皇は「朝廷の敵として正式に幕府討伐の命を下せば、幾万の兵が集まってこよう」と高を括っていた。

京の朝廷と鎌倉の幕府は、地理的な遠さで直ちに衝突という事態は避けられてはいたものの、お互いの利権を掛けての緊張は高まっていく。


こそっ、こそ、と小さな囁くような音を立てて、雪が落ちてくる。庭に、葉を失った木々に、そしてすっかり凍ってしまった池に。

土御門上皇こと為仁帝は、その雪の囁き声を聞くかのように、静かに庭を眺めていた。

微かな伽羅の香りが漂っている。

為仁帝の横には白い童子がちょこんと座っている。童子には雪の声が人の言葉に聞こえているのだろうか。小首を傾げ、聞き耳を立てているようにも見える。

「静かじゃ。明日には年が改まる。このように静かな年になってくれれば。」

為仁帝の口からは、溜め息ともつかぬ息が漏れた。

帝の地位を退いてからは、表舞台に出るようなことは避けた。年の瀬、新年の行事は数多くあったが、全て自分の御所の中で、ささやかに済ませていた。

庭に降る雪を見ながら、今年最後の一日をゆっくり楽しんでいる。

為仁帝は童子の方に向いた。顔を見ても、やはり表情は読み取れぬ。それでも昔からの古い友である。

その童子が顔を上げた。微かに驚くような声と、笑い声。それらがゆっくりと近付いてくる。はたはたと足音も聞こえてきていたが、やがて、それは静かなゆったりとした足音だけになった。しばらくすると、聞き慣れた声がした。

「上皇様。九条道家にございます。」

為仁帝の返事を受けて、道家が現れた。続いて、芳房が現れた。

「為仁様、橘芳房にございまする。」

白髪頭の芳房がいつもどおりの満面の笑みで部屋に入ってきた。

「珍しいですね。二人揃ってとは。」

為仁帝は、そっと二人の方に火桶を動かし、声を掛けた。

芳房は毎日のようにやって来る。道家も三寅の一件以来、度々訪れていた。何といった用は無くても、道家には為仁帝の許に来ると、「心が落ち着く」。それ故、折を見ては、訪ねてきていた。

「芳房殿。」

道家は自分より身分が低い芳房を、なぜか「芳房殿」と呼んだ。それほど芳房は為仁帝と近しい間柄に思えた。

「芳房殿。上皇様に御報告なさりに参られたのでございましょう?」

芳房は大きく頷いた。

「左様にございます。」

そう言うと、嬉しそうに含み笑いをした。

「焦らすな、芳房。」

為仁帝もつられて笑いながら言った。

「では、先程芳房殿から聞いた私から、上皇様に申し上げましょう。」

道家が笑いながら言う。

「いえいえ、道家様。それには及びませぬ。実は、為仁様。孫が生まれました。」

「何？　まことに？」

芳房は、満面の笑みで答える。

「はい、三条兼伴殿に嫁いだ末の娘に、やっと子が生まれました。嫁いでから随分となるのに、なかなか子が授からなかったのでございますが、やっとこ。」

芳房の嬉しさが伝わってくる。

「どちらじゃ？」

「男の子にございまする。」

「兼伴には初めての男の子ですな。」

道家が間に入る。

「左様でございます。兼伴殿もそれはそれは喜んで。」

「では、ここへではなく、兼伴のところへ参ればよかろう？」

為仁帝は笑いながら、言った。

「とんでもございませぬ。この爺には為仁様が一番。晦日の挨拶は欠かせませせぬ。」

「こういう男なのだよ、芳房は。」

為仁帝が笑うと、道家もつられて笑った。

「ところで、三寅は元気にしておるのか？　便りはあるのか？」

為仁帝は、九条道家の顔を覗き込むようにして、尋ねた。

「はい。日々、健やかに過ごしておるようにございます。」

「それは何より。」

「あれの使命は都と鎌倉を繋ぐこと。なかなかにできてはおりませぬが。」

「よいよい。急《せ》いてはならぬ。」

為仁帝は穏やかにそう言った。

道家はふと思い出したように口を開いた。

「そう。北条義時の次に執権と目されている泰時なる者がおるのですが、これがなかなかの切れ者とのこと。恐らくは義時以上の人物との話にございます。」

「北条泰時、ですか。」

「御存じでございますか？」

「さて、どこかで聞いたような。」

為仁帝は思いを巡らすように、部屋の中を見渡した。白い童子が誰にも気付かれぬまま。こちらを見ている。為仁帝は膝をポンッと叩くと、

「あの時に聞いた名じゃ。」

道家と芳房はぽかんとしている。

「芳房。以前、鎌倉の若い武者と話をしたことがあったろう？」

芳房は腕を組んで考え込んでしまった。道家はというと、驚いた様子で、

「鎌倉の者とでございますか？」

「ちょっとな、屋敷の前で、若い武者たちが行くのを見ておった。」

為仁帝はいたずらっ子のように笑った。芳房も膝を叩いて、声を上げた。

「はいはい。左様なことがござりました。その若武者が言うに、自分は北条泰時の配下の者であると。」

道家は上皇らしくない話に呆気にとられている。

「そうそう。北条時氏と三浦茂親と申した。」

為仁帝は嬉しそうに言う。

「なかなかの若武者ぶりであった。」

芳房もうんうんと頷く。

「あのような若者を配下に持つ北条泰時とはどのような男かと、その時思うたのだ。やはり、なかなかの男のようじゃな。」

道家は大きく頷いた。

「その泰時なる者、如何なる考えを持っておるか。それが、この先の都と鎌倉の命運を握っておるのでありましょう。」

芳房が静かにそう言うと、為仁帝も道家も、無言のまま頷いた。

気が付けば、伽羅の香りを残して白い童子は姿を消していた。

雪はさらに降りてくる。

鶴岡八幡の大きな屋根の上に、銀色の丸い月が浮かんでいる。ちらりとその月を見上げたのは、北条時氏であった。

――実朝公が公暁の刃によってこの世を去ってから、もう何十年と経ったかのように感じられる。


―


銀色の月の光を全身に浴びて、馬上の人であった。その時氏の隣には、三浦茂親が同じように馬を進めている。

八幡宮近くのその道をしばらく進むと、森の中に庵が見えてくる。かつては、あの玄洲が住んでいた庵であった。公暁による実朝公暗殺のあの夜から、玄洲は姿を晦ませたきりだった。幾度となくその庵を取り壊そうとしたが、都に将軍招聘の件で出向いたり、また幼い将軍を迎えることで、いろいろと忙しく、未だ取り壊されずにあった。

「なあ、茂親。これから都と鎌倉はどういう風になっていくのだろう。」

茂親は暫く無言であったが、ゆっくりと答えた。

「どういう風になっていくのだろう、でございますか？」

「うん。」

「それは、『このようにしていこう』、でございましょう？　義時様、泰時様。いずれもご立派な方々でございますが、その先は時氏様の時代が参るのです。どのようになさるか。どのようになさりたいか。時氏様が決めていかれることでございます。」

茂親はニコリともせず、真面目な顔で答えた。

時氏はそんな茂親の顔をまじまじと見た。この男はふざけて物事を言う男ではない。未だ若輩者である自分が、やがて鎌倉を引っ張っていくであろうその時を見ている。時氏はそう感じた。

「茂親は付いてきてくれるな。」

茂親は無言で頷いた。

月が冴え冴えと光を放っている。

時氏は「うん。」と頷いた。

「都の帝を決して鎌倉の武力で脅すようなことがあってはならぬ。帝は尊き御方。それを忘れてはならぬ。」

茂親はじっと時氏の顔を見ている。

「あの幼い三寅様を見ていて思うたのよ。このような幼い御方を鎌倉に、と言ってくだされた都の方々のことを決して忘れてはならぬとな。」

時氏はそういうと、茂親の方に向いた。茂親はこくりと頷いた。

「どちらの血も流させぬ。」

そう言うと、時氏はニコッと笑った。

「行こう、茂親。爺様のところに、親父様が先に行って待っていよう。」

二人は馬を急かせると、北条義時の屋敷に向かった。

冬の夜空の月は氷を思わした。

承久三年（一二二一年）。

「如何に目障りとはいえ、表立って鎌倉に刃向かうのは如何なもの。」

「しかし近衛様、わたくしどもの荘園管理にも口出しするは、それこそ如何なもの。たかが田舎侍ではございませぬか。」

摂政・近衛《このえ》家実《いえざね》は眉間に皺を寄せながら、朝廷に集まる人たちの前でさらに続けた。

「いやいや、決して侮ってはならぬ。確かに横暴なと思うこともありはするが。いや、ここは腹を割って、鎌倉と話し合いで済ますべきじゃ。」

その場にいる人々の不満が家実に伝わってくる。そのうち、一人が声を上げた。

「上皇様は、後鳥羽様は討幕の御意向とか。」

「帝も後鳥羽様と同じお考えと聞いておりまする。」

「むうう。」

と、近衛家実は言葉に詰まった。

ほかの誰かも声を上げる。

「いや、確かに鎌倉の武力は侮れませぬ。戦にでもなって、田畑など我らの領地が荒らされるとなれば、どうじゃ？」

その後は口々に言葉が飛び交った。家実は舌打ちしながら、声を張り上げた。

「御自分の利害だけでは済まされませぬぞ。戦になって、万が一のことになれば、朝廷は、帝はどのようなことになるか。」

静かになった。家実は続ける。

「今一度、熟慮なされませ。」

深い息を吐いた。しばらくすると、再び言葉が飛び交い始めた。家実の眉間の皺が益々深くなっていった。


同年、四月。

守成帝は懐成親王に譲位する。わずか四歳の幼い新帝であった。それに伴い近衛家実は退けられ、九条道家が摂政となった。

守成帝は予てより念願であった自由の立場となり、父・後鳥羽上皇の補佐として、鎌倉幕府討幕に立ち上がる。

五月十四日。

後鳥羽上皇は、諸国の兵を集める。北面・西面武士は元より、在京、近隣国の武士。幕府方のはずの京都守護まで強要し、京方に加わらせた。その一方で、公家の中には、京方に付くことを拒み、幽閉される者も出た。

翌十五日。

京方に加わることを拒んだ京都守護・伊賀光李《いがみつすえ》を襲撃。光李は鎌倉へ上皇挙兵の報を送ったが、自身はその場で討ち死にした。

遂に後鳥羽上皇は、「鎌倉討幕。北条義時追討」の院宣《いんぜん》を発した。

橘芳房が転がるようにして為仁帝の御所に駆け込んだのは、その翌日のことだった。

芳房は、バタバタと足音を立てながら長い廊下を進み、為仁帝の部屋の前まで来たときには、足が縺れて倒れ込んだ。

「じょ、上皇様、挙兵にございます！」

倒れたまま、そう叫ぶのがやっとだった。

「！」

為仁帝は、倒れ込んだまま喘いでいる芳房の許に駆け寄った。

「為仁様、後鳥羽様が挙兵されましてございます。」

「相わかった……」

為仁帝は無言のまま、芳房を起こしてやった。そして背中を擦り、水を飲ませ、落ち着かせた。

ようやく落ち着いてきた芳房は、朝廷での見聞きしたことを為仁帝に語り出した。

芳房が話し終わると、為仁帝は静かに口を開いた。

「父上を御止めせねばならぬ。」

「討幕に賛成する者たちは、今勢い付いております。朝敵に味方する者なぞ、もはやおるまいと勝利を確信しておりまする。」

芳房は声を絞り出すように言った。

「うん。」と頷くと、為仁帝は続けた。

「尚のこと、私が今すぐ御止めせねば。」

為仁帝は人を呼ぶと、出掛ける身支度を始めた。芳房はその様子を見ながら、自分の烏帽子やら襟元を直した。それに気付いた為仁帝が芳房に声を掛けた。

「芳房、私一人で行く。」

橘芳房は驚いたように、答えた。

「いえ、御供いたしまする。」

きっぱりと言い切る芳房に為仁帝は苦笑いを浮かべると、

「そう言うと思うた。では、参るぞ。」

二人は部屋を出た。

「芳房、馬で行くぞ。大丈夫か？」

「う、馬でございますか？　為仁様が？」

「私だって、馬ぐらい乗れるさ。」

そう言うと、用意された馬に跨った。芳房も馬上の人となって、あとに続く。

「芳房。父上の御所に行く前に、一条頼氏《いちじょうよりうじ》のところに行くぞ。」

「頼氏ですと？」

為仁帝は頷いた。

「頼氏は父上のお側近くにおりながらも、討幕には反対していたそうじゃ。何か良い知恵が得られるやもしれぬ。」

そう言うと、為仁帝は馬に鞭を入れた。芳房は息を切らしながら、必死になって、あとを追い掛けていく。

二人が一条邸の前に差し掛かろうとした時、屋敷からいろいろな荷物を積んだ馬やら人やらが出てきては、急いで出立していくところであった。その中に、やはり慌てた様子で頼氏がいる。

「頼氏！」

為仁帝が呼び掛けた。頼氏は飛び上がらんばかりに驚いた。呼び掛けた相手の方を恐る恐る振り返ると、為仁帝の姿が見えた。

「つ、土御門様！」

少しほっとしたように、顔がほころんだ。頼氏は為仁帝の傍に駆け寄ると、そこに跪いた。

為仁帝は馬から下りると、頼氏に尋ねた。

「どうした？　どこへ行く？」

頼氏は口籠もった。

「頼氏、芳房から父上が挙兵したと聞いた。父上の傍にいたそなたなら、もっと詳しい話が聞けると思うて来たのじゃ。」

「そ、それは……」

頼氏は相変わらず口籠もっている。

少し遅れて来た芳房が、頼氏のはっきりしない態度を見て言った。

「頼氏殿、何かまずいことでも？」

芳房の言葉に促されるように、頼氏は話し出した。

「土御門様。私は鎌倉に逃げます。この戦、分があるのは鎌倉の方でございます。私は再三、後鳥羽上皇様に進言させていただいておりました。されど、上皇様はお聞き入れくださらず。」

頼氏は一旦言葉を切った後、再び話し出した。

「それに私は、北条と血縁《ゆかり》のある者を妻としております。ここにいてはこの身が危ない。おわかりくださりませ。」

頼氏は心なしか震えているようであった。

「相わかった。頼氏、父上は私が止めに行く。そなたは、鎌倉に逃れよ。」

「ありがとうございます。」

頼氏の眼には涙が滲んでいる。

「頼氏。鎌倉に着いたならば、北条方に伝えておくれ。上皇は私が必ず止めるゆえ、戦にはしてくれるな、とな。」

頼氏は何度も頷いた。

「無事にゆけ。気を付けてな。」

そう言うと、為仁帝は頼氏が去っていくのを見送った。

「頼氏の立場を思えば、致し方ございませぬなあ、確か、頼氏には最近子が生まれたばかりのはず。」

芳房は、しみじみと呟くように言った。

「幼い子がおれば、尚更じゃ、無事に鎌倉に着けることを祈るばかりじゃ。」

為仁帝はそう答えると、再び馬上の人となった。芳房は、ふと尋ねた。

「為仁様、上皇様にはなんとお話しなさるおつもりでございますか？」

為仁帝は小首を傾げたが、直ぐに応えた。

「さあて、どうしたものだろうな。」

クスリと笑うと、

「行くぞ！」

と、後鳥羽上皇の御所に向けて駆け出した。

「むべなるかな。」

芳房の馬も、すぐあとを付いていく。


後鳥羽上皇の御所から何丁か離れたところからでも、その騒ぎは聞こえてきていた。御所を取り囲むように、馬や武士たちが集まっている。見慣れぬ光景であった。

為仁帝は門前で馬から下りると、中へ入っていった。集まっている武士たちは、それが為仁帝とわかるとさっと道を空けたが、為仁帝の顔を知らぬ者は、橘芳房に睨まれ、意味がわからぬまま道を空けた。

為仁帝が来たことを知った取次の者が、慌てた様子で駆けてきた。

「土御門様。」

「父上に会いたい。」

そう言いながら、足を止めずに進む。

「お待ちくださりませ。今、御取次ぎを。」

「よい。火急の用じゃ。罷り通る。」

「つ、土御門様！」

立ち尽くす取次に、芳房が声を掛けた。

「火急ゆえ、のう。」

芳房は小走りで、為仁帝のあとを追う。いつもとは違うその背中を見つめながら、芳房は頼もしさと不安を感じていた。

為仁帝は、足を止めようとする幾人かの家臣に声を掛けられたが、それには答えず、真っ直ぐに進んだ。随分とこの御所には来ていなかったが、父の部屋はわかっている。

やがて、上皇の部屋の前に来た。

「父上、為仁にございます。」

返事を待たず、中に入った。

中には、幾人かの家臣が整然と並んでいる。

上皇はいつものところに座っていた。ふと、懐かしさが込み上げてくる。しかし、後鳥羽上皇はじろっと眼を向けただけで、無言であった。

為仁帝は、さっとその場に伏して、父の言葉を待った。すぐ後ろに控えている芳房が、そのわずかな沈黙に耐えかねて口を利きかかった時、後鳥羽上皇が口を開いた。

「弓矢も引けぬ奴には用はない。」

為仁帝は顔を上げると、正面に父を見つめながら、話し出した。

「父上。鎌倉に弓を引くおつもりですか?」

上皇の眉間の皺が深くなる。

「兵を集め、その者たちの命を危険にさらし、何をお求めになられるのか。」

上皇は聞こえぬとばかりに、天井を見、首を回している。

「この世は移り変わっていくものでございます。帝や朝廷だけが国を治めるという考えを変えねばならぬ時が来ておるのかもしれませぬ。武士が力を持ったというならば、そうなった理由があるはず。我らが、我らこそが振り返って、反省すべき事があるのかもしれませぬ。」

ざっと、上皇が立ち上がった。ドスドスと為仁帝のところに歩いてくると、ぬっと顔を近付けてきた。

「反省すべきことじゃと？」

めらめらと燃えるような眼を為仁帝に向けている。為仁帝は涼しい顔で、父の顔を見つめている。

「不平不満の無い治世ならば、朝廷を脅《おびや》かすものは出てきますまい。」

芳房は心の中で、悲鳴を上げた。これは上皇に宣戦布告をしているようなものではないか。

後鳥羽上皇は唸り声を上げながら、為仁帝の胸倉を掴んだ。

「上皇様！」

その場にいた者たちは口々に叫ぶと、二人の傍に駆け寄ってきた。

「長い間、我らは民の上に胡坐をかいていた。許されるならば、もう一度、鎌倉の者たちとやり直すべきです。あの者たちは、民の不満の中から生まれてきた者だからです。」

為仁帝は喘ぐように、しかし毅然と言い切った。

上皇の怒りは頂点に達した。為仁帝を掴んだ腕をぐんっと振り上げると、そのまま部屋の端まで投げ飛ばした。

「為仁様！」

駆け寄ろうとする芳房を、為仁帝は手を上げて制した。

「父上。まだこの上に、民と彼らが育てたこの国を踏みにじるおつもりですか？」

上皇は再び為仁帝の傍に駆け寄ると、首に手を掛けた。

「黙れ！　為仁！」

「上皇様！」

芳房は後鳥羽上皇を止めようとしたが、上皇に振り払われ、部屋の真ん中に転がされてしまった。

「わしの命を受けて、何万という兵が集まるぞ。その者たちはわしの治世に不満が無いからであろう？」

「本当に？　何万も？　心からのあなたの兵ですか？」

「まだ言うか！」

為仁帝の喉に掛けた上皇の指に力が入った。

「お止めくださりませ！」

と口々に声がして、部屋の中の者が一斉に上皇を止めた。数人がかりで為仁帝から上皇を引き剥がした。

上皇も為仁帝も、はあはあと荒い息をしながら、お互いを見つめている。誰も動けないでいた。

ほろっと、為仁帝の眼から涙が流れた。

「父上。父上の身が心配なのでございます。」

小さな声だった。

「為仁様。」

芳房が為仁帝の肩を抱くように、寄り添った。

幾人かに袖を引っ張られたままだった上皇は、それを振り払って、為仁帝に声を掛けた。

「お前はそれで良いだろう。だがな、わしはわしの信念を持って進む。この国はこれまでも、これからも我がものじゃ。」

そう言うと、上皇は振り向きもせず、部屋を出ていった。その後ろ姿を見つめたまま、しばらくの間、為仁帝は動かなかった。

残された家臣たちは、為仁帝に気遣いながらも、上皇のあとを追うように出ていった。

二人きりになると、芳房は為仁帝に声を掛けた。

「さあて、参りましょう。」

為仁帝は、ぐったりと力尽きたように見えた。

「私は……あんなことを言うつもりではなかった。」

「?」

しばらく沈黙があってから、為仁帝は芳房の方を見た。弱々しく微笑むと、ポツリと呟いた。

「何もかも失った……。」

芳房は、為仁帝の肩に掛けた手にぐっと力を入れると、言った。

「いいえ、私がおりましょう?」

ふっと笑いながら、為仁帝は立ち上がった。足元がふらりとしたが、芳房が支えた。

「まだまだ終わりにはせぬ。踏みとどまらせねば。」

驚いたように芳房が聞いた。

「また上皇様のところに行くのでございますか？」

「いいや。北条泰時とやらに文を書こう。どちらでもよい。戦を思い留まらせねば。急いで書けば、頼氏に追いつくやもしれぬ。頼氏に託せば、北条に届くであろう。」

二人はゆっくりと簀子に出た。いつの間にか日も暮れて、篝火が揺れている。御所の中のどこからか、人々の声が聞こえてくる。その中には、父の声もあるのだろうと為仁帝は思った。見上げると、細い月が薄っすらと浮かんでいた。


鎌倉に、伊賀光李の使者、遅れて一条頼氏が到着した。それぞれに京方の動きを報告したが、朝敵となったことに、鎌倉はさすがに動揺した。

「昨日の尼御前の話をどう思った？」

北条泰時は時氏、三浦親長、茂親の三人に向かって問うた。

北条の屋敷。門の内も外も馬や武者たちでごった返している。

「頼朝様や実朝様の名前を出してきての大演説だったの。」

北条政子は、朝敵となり動揺する鎌倉武士たちを前に、『理不尽な義時討伐と鎌倉攻めに対し、頼朝の恩に報いるべく、上皇討伐を』との檄を飛ばした。その効果あって、鎌倉は上皇討伐に向けて結集した。

「なかなかの大芝居じゃったな。」

泰時は鼻の先で笑ったように見えた。

「私は思わず涙がこぼれました。」

三浦親長は思い出しているのか、目頭を押さえた。泰時はそんな親長をちらりと見て、口をへの字に曲げた。

「京方は数万の兵を集めると言っておるらしいが。」

泰時は言葉を切って、三人の顔を見ながらきっぱりと言った。

「無理じゃな。」

「一条頼氏様のお手紙には何が？」

時氏が訊いた。

「おう、それそれ！　わし宛ての文で驚いたわ。」

「一条様は誰からの文を預かってこられたのでしょう？」

茂親も問う。

「なんと土御門上皇様よ。」

三人は意外という顔をした。

「なんと書かれておりました？」

三人は興味津々に、泰時の顔を見つめている。

「後鳥羽上皇の鎌倉討伐を止めようとしたが、上手くいかなかった。引き続き説得するが、鎌倉方も戦を思い留まってくれ、とな。」

「土御門上皇様といえば、三寅様のことでも後押ししてくださったと聞いています。」

時氏が言う。

「ああ、噂じゃがな。しかし、上皇ともあろう御方が京方に付かぬということ自体が、結果を暗示しておろう?」

「親父様。土御門様の御意向を汲んで、出陣を取りやめになさるおつもりですか?」

泰時は手を振った。

「見ろ。昨日の尼御前の大演説のせいで、みな戦準備に余念がないわ。」

「ここで何もせずにおるのは、鎌倉武士の名が廃ります る。」

三浦親長がそう言う。泰時は時氏に向かって言った。

「みなそういう心構えをしておるわけよ。」

「しかし、それでは土御門様に。」

泰時は手を上げて、時氏を黙らせた。

「そうは言うても、土御門様は京の御方じゃ。」

親長はうんうんと頷いている。

「京方に向けて宣戦布告の書状を送った。朝敵となって、怯えているはずの鎌倉武士が正面きっての宣戦布告じゃ。後鳥羽上皇の方が反対にうろたえることじゃろうな。」

「上皇から戦を避けるかも。」

茂親が呟く。

泰時は続ける。

「そんな上皇なら、こんなにもややこしい事態にはなっておらんわ。」

ふうっとひと息つくと、再び話し出す。

「これではっきりさせられる。これからは武士の世じゃとな。」

泰時は、義時や有力御家人たちとの軍議に出向いていった。

親長も傍を離れ、時氏と茂親が残った。相変わらず屋敷の庭には、馬や人が忙しく動き回っている。

「戦……になるのでございますね。」

茂親がぽつりと言う。時氏は頷いた。

「正直なところ不安じゃ。」

時氏は続けた。

「止められる戦ならば止めたいところじゃ。だが、ここまで事態が進んだとあってはな。」

そう言うと、時氏は大きく息を吸った。そして、続けて言った。

「これからが北条時氏の出番じゃ。親父様とは一味違う鎌倉武士を見せてやろう。」

そう言うと、茂親に振り向いた。

「茂親はどうじゃ?」

「時氏様と共に。」

と、応えた茂親は含み笑いをしながら続ける。

「いいえ、時氏様の一歩前を。」

「それはならん!」

二人が大笑いしていると、てっぷりとした大きな腹を揺すりながら鎌田晃盛がやって来た。

「と、時氏様。こちらでございましたか。」

愛想笑いを浮かべながら、時氏に話し掛けてくる。

「ええっと、き、昨日の尼御台様のお話には、涙が誘われましたなあ。」

そう言うと、豪快に笑う。茂親は小さく舌打ちをした。

「さてさて、もう戦の準備は終えられて？」

「いやまだじゃ。これから茂親といっしょにするところじゃ。」

時氏が答えると、晃盛は大袈裟に、

「な、なんと、まだですとな！」

そういうと、茂親の方に向いた。

「ま、まだ時氏様の戦支度ができておらぬとは、こ、これは茂親殿、どういうわけで？」

茂親は何も答えない。

「こ、これは由々しきことですぞ。わ、わしならば、時氏様の戦支度なぞ、さっと、ささっと整えておるわ。」

茂親は相変わらず無言でいる。さらに晃盛は茂親に詰め寄ろうとしたが、時氏が間に入った。

「晃盛。茂親もわしも初めての戦じゃ。親父様を見習いながら自分で用意したい。そう思うておるのよ。」

晃盛は時氏に振り向くと、また愛想笑いを浮かべて言った。

「そ、その心掛け。さすがでございますなあ。で、えっと、では泰時様の代わりにわしがご指導させていただきましょうかな。」

一瞬眉を顰めて、茂親は小声で呟いた。

「泰時様の代わりですと？」

茂親は、ギロッと晃盛を睨むように見た。その視線に晃盛は言葉を詰まらせた。

「あ、あいや。えっと、えっとですな。泰時様はお忙しいで、あ、ありましょうから。」

「よい、晃盛。大丈夫、自分でできる。ならば、他の者たちを手伝ってやってくれ。」

時氏が言うと、晃盛は、

「はい！」

と、子供のような返事をした。

「で、ではお言葉に従いまして、この鎌田晃盛。戦準備の手伝いに、ま、まいります。」

そう言うと、名残惜しそうに時氏に何度も深いお辞儀をして、その場から離れていった。

晃盛が居なくなると、茂親は大きな溜め息を付いた。

「面倒な男だな。」

時氏が言う。

「時氏様に取り入りたいのでございましょう。」

「わしよりも、親父様に取り入った方が出世できるやもしれんぞ。」

茂親は、ニヤッと笑って答えた。

「時氏様はお優しい。しかし、泰時様ならば、一瞬で恫喝されて終わりです。それを、ちゃんと心得ている。」

「ああ。」

時氏は頷いた。

「卑怯な男です。」

茂親は吐き捨てるように言い切った。

二人は再び、三浦親長を見つけると、共に戦の準備に掛かった。

五月二十二日。

鎌倉方は、北陸道、東山道、東海道の三軍に分かれて京へと向かった。北条泰時、時氏らの東海道を進む軍は、当初わずか十八騎であったが、徐々にその数を増やし、最終的には十万騎。鎌倉軍は総勢十九万の軍勢となった。

その一方で、京方は鎌倉方が出陣してくるとは思ってもおらず、また兵も二万騎に満たない状態であった。

六月。

まずは、美濃国で布陣する京方と東山道軍が衝突。京方は早々に守りきれないと、宇治・瀬田に退却。また、東海道軍は墨俣《すのまた》の陣に攻め入った。わずかな京方が残っているだけの状態で、ほどなく京方の大敗。また北陸道を行く軍は砺波《となみ》山で京方を打ち崩し、京に向かった。

京。

後鳥羽上皇の許に届くのは、京方の敗戦の報ばかりであった。圧倒的な兵力の差と、鎌倉軍の勢いは、上皇の予測を遥かに超えていた。

眉間の深い皺とこめかみに浮き出た血管が、後鳥羽上皇の心の内を表していた。部屋の中を行ったり来たりしながら、上皇は考えを巡らしている。

周りの公家たちは、上皇の気に障らぬように、小さな声で隣の者と囁く程度だった。そこに、声を上げたのは守成帝であった。

「父上。兵が足りませぬ。」

「わかっておる。」

「こんなにも朝敵に加担する者どもがおろうとは。こうなれば、皆にも武装して戦にでてもらわねば。」

「いや。」

守成帝のその言葉に、その場にいた公家たちは顔を引き攣らせた。

後鳥羽上皇は立ち止まって言った。

「いいや、兵力ならばまだあろう？　比叡山に。」

「比叡山の僧兵どもですか？　しかし……」

守成帝は、言葉を濁した。

「なんじゃ？」

口籠る守成帝に代わって、その場にいる者の中から声がした。

「上皇様。何かと比叡山には厳しく取り締まってまいりました。ここで、叡山の僧に力を貸せと申しても……」

「なんじゃあ？　わしに力は貸せぬというか。」

皆は口籠って俯く。

守成帝が声を上げた。

「叡山の僧兵に話を付けに行く者はおらぬか？」

その場の者たちはさらに俯き、声を潜めた。

「よいわ！　わしが比叡山に行く。わしが直々に僧兵どもの指揮をしてやるわ。」

上皇を止める声は上がったものの、後鳥羽上皇は振り切るように戦支度に身を包み、守成帝にあとを任せ、御所を出た。

数人の供を連れ、上皇は比叡山に向かった。道中、戦に巻き込まれることを恐れた者たちが、右往左往するさまが見えた。もはや都全体に不安と恐れが充満していた。

比叡山の麓に着いた頃から、上皇は四方に向かって、声を掛け出した。

「玄洲！」

供の者たちには聞き慣れぬ名であった。

「玄洲！」

上皇の乗る馬が山門に着くという頃、その声が一段と大きくなった。

「玄洲！　近くにおるのであろう？」

返事は無い。

「玄洲！」

上皇が一段と激しくその名を叫んだ。すると、頭上の樹の枝が音を立てた。

「この先には行かれますな。」

低く絞り出すような声だった。

上皇はニタリと笑った。

「玄洲。」

声がした方に向かって、上皇は声を掛けた。しばらくは返事が無かったが、また樹の上から声がした。

「これよりは叡山の地。至る所に叡山の僧兵が潜んでおりましょう。上皇様、これより先には進まれますな。」

上皇は、声を上げて笑った。

「何を恐れておる？」

頭上の声は静かに続ける。

「ここでは上皇様の威光も通じませせぬ。むしろ、僧兵どもを殺気だたすのみ。」

姿を現さぬ声の主のその話を聞いて、上皇の供の者たちは、ざわつき出した。

上皇はその様子を見て、舌打ちをした。

「野武士ではあるまいに、藪から棒に襲っては来まい。それより姿を現せ、玄洲！」

ザザッと枝が擦れる音がすると、上皇の眼の前に男が現れた。痩せた頬に鋭い眼光は、紛れもなく玄洲であった。

「僧を隠れ蓑にした野武士。おのれの理念があっての者どもではありませぬ。説いて、味方に付くとは思えませせぬ。」

上皇はニヤリと笑った。

「その方が簡単じゃ。褒美をチラつかせれば良いだけじゃ。」

そう言うと、上皇は馬を進めようとした。玄洲はバッと馬の前に立ちふさがった。

「褒美で動くような者は、すぐに裏切りましょう。」

玄洲は、上皇の眼をじっと見据えて言った。

「ならばどうする？　兵が足らぬのじゃぞ。」

上皇の後ろでは、供の者たちがざわついている。この得体のしれない男が言うことが尤ものように思える。

上皇は玄洲に尋ねた。

「わしと叡山に登らぬか？」

しばらくの間、お互いに沈黙であった。その後、諦めたように玄洲が口を開いた。

「ならば馬をお降りくださりませ。馬上では弓矢の恰好の的。わしが馬を引いて、上皇様のすぐ前を行かせてもらいます。」

上皇は馬を下りると、手綱を玄洲に渡した。一行は、足早に山を登っていった。

やがて、根本中堂の大屋根が見えだした時、玄洲の頬を一本の矢が掠めた。続けて、後鳥羽上皇の足元に矢が数本突き刺さった。一行の後方から、悲鳴に近い声が上がった。気が付けば、木々の間から僧兵の白い裹頭《かとう》がちらちらと見える。玄洲は思わず舌打ちをした。

「玄洲、見よ。」

上皇は前方を指さした。そこに、数名の僧兵を従えた僧侶が立っている。

「敢えて矢は外しております。ここは寺ゆえ、殺生は許されませぬ。」

今度は上皇が舌打ちをした。

「誰か話のわかる者はおらぬか？」

「御用件は承知しております。その答えをたった今差し上げたところにございます。」

そう言うと、その僧は矢を指さした。

玄洲は上皇の前に立つと、大きな声で言い放った。

「話もせず、なぜ用件がわかる？」

僧は、ほほっと笑うと言った。

「山からは何でも見えまする。されど、俗世のことは山には関係ないこと。」

上皇は声を上げる。

「兵を出してもらおう。都を守るためじゃ。」

僧はちらっと上皇に眼をやったが、玄洲に向かって言った。

「我らは仏に仕える身。俗世の権力争いとは無縁でございます。」

「わしを誰だと思っておるのじゃ。」

僧は答えず、ほほっとまた笑った。

上皇の顔が段々と赤くなってきた。

「もう一度訊く。わしを誰だか知っておるのか！」

しばらく上皇と僧は睨み合っていたが、僧はくるりと踵を返すと、歩き出した。

「ぬうう！」

上皇の唸り声に弾かれ、玄洲はひらりと舞うように、その僧の前に立ち塞がった。

「お願いでございます。都のため、都に住まう人々のため、兵をお貸しくださりませ。」

そう言うと、玄洲はその場に伏した。僧は無言で玄洲を見下ろしている。やがて、その僧は口元に微笑みをたたえ、静かに言った。

「ご立派になられて。御山におられた頃は、まだまだ下げみづらのお可愛らしいご様子でしたのに。」

そして、ほほっと小さく笑った。

後鳥羽上皇は怒りに任せて、二人に近付こうと、歩き出した。その途端、数本の矢が足元に飛んできて、地面に突き刺さった。

「むうう！」

その様子を背中で感じながら、僧は玄洲に向かって言った。

「本当に人々のためであるならば、考えもしましょう。されど、所詮は己のため。あの御方はそういう御仁ですよね、玄洲殿。」

そう言い残して、振り向きもせず、僧は歩きだした。

「お待ちくださりませ。」

玄洲は僧に呼び掛けた。

「もう良いわ、玄洲！」

後鳥羽上皇は叫んだ。その声を合図に、その場に残っていた僧兵たちも消えていった。

「覚えておくが良い！　この戦のあとは、この叡山が戦場《いくさば》となるぞ！」

上皇は叫ぶと、くるりと振り向いた。そこには、怯えきった供の者たちの顔があった。

「帰る！」

吐き捨てるように言うと、馬に跨った。玄洲は傍に駆け寄ると、無言で手綱を引いた。一行は無言のまま、上皇の御所へと帰っていった。

六月十三日。

宇治川に陣を構えた京方は、ここで鎌倉軍を迎え撃つこととした。宇治川に架かる橋を落とし、また先日来の大雨で川が増水し、鎌倉軍の足を止めた。宇治川を挟んで、鎌倉軍の矢が容赦なく攻め続けたが、京方は耐えていた。


翌十四日。

鎌倉軍の陣。

「くそっ！　まいったの、これだけ増水していては、馬が怯えておる。」

北条泰時は吐き捨てるように言った。

「親父様、雨のあとには暑さがやって来ましょう。ぐずぐずしていては、兵たちも疲れてまいります。私に行かせてください。」

「なんじゃと？」

時氏とそのすぐ後ろに三浦茂親が控えている。

「私の馬はさほどこの川の水に怯えておらぬ様子。上手く渡って見せれば、兵も勢い付くというもの。」

茂親も頷いている。

「おいおい。二人で川を渡るつもりか？」

いつもは穏やかな流れの宇治川は、茶色く濁り、人が近付くことを拒んでいるようであった。

「待て待て。無茶はいかん。反対に川に流されてでもしろ、それこそ士気が下がるわ。」

泰時は川の対岸を指差した。

「あれを見よ。」

川の向こうには上皇の軍勢が見える。

「あそこには、後鳥羽上皇はおらぬ。戦に慣れておらぬ公家衆の指揮じゃ。遅かれ早かれ、崩れていくのは目に見えておる。何も二人で危険を冒すことはあるまい。」

泰時は、二人の若者を落ち着かせようとして言った。

「ならば尚のこと、早々に決着を付けましょう。」

時氏の言葉に茂親は頷く。

「となれば、泰時様、時氏様。わしがまず参りましょうかの。」

その声に、泰時と時氏は振り返った。そこには初老ながら、がっしりとした体格の男が、馬を連れて立っていた。

「信綱か。」

泰時が声を掛けたのは、幕府の近江守護・佐々木信綱であった。

「わしが先頭を行きますゆえ、お二人はゆるりと参られよ。」

と言うや豪快に笑いながら、馬に跨った。そして、そのまま泰時の返事も聞かず、馬を駆けさせた。

そのあとを信綱の家来が続く。

信綱は川岸まで来ると、家来に振り返り、大きな声で叫んだ。

「武運は我らに有り！　今こそ手柄を立てる時じゃ！」

信綱は馬に鞭を入れると、増水している宇治川へと入っていった。徒の兵も勢い付いて川へ入っていく。しかし川岸まで駆けていた馬の勢いも、茶色く渦を巻く川の流れに勢いを失い、信綱も、その家来たちも前に進むだけで精一杯であった。中には濁流に流されていく者さえいる。それでも信綱はあとに続いてくる兵を鼓舞し続けた。少しずつではあるが、信綱は宇治川の流れの中を対岸へと進んでいく。

それを見た京方は、一斉に信綱に向かって矢を放つ。激しい攻撃と濁流に、信綱は完全に川の真ん中で立ち往生してしまった。

「茂親！」

時氏の声に茂親は無言で頷き、二人は馬で駆け出した。

「おい！」

泰時が呼び掛けたが、返事は無かった。

激しい水飛沫をあげて、時氏と茂親は宇治川に入っていった。後に幾人かの者たちが続いたが二人は気付かず、信綱のところまで進んでいく。激しい川の流れは、想像以上に重く、加えて頭上からも前方からも矢が雨のように飛んでくる。抜いた刀で打ち払いながら、時氏は信綱に声を掛けた。

「信綱殿！　大事ないか？」

「なんの！　京方に矢の無駄遣いをさせておるだけのこと！」

そう言うと、豪快に笑った。

「ならば、このまま行きます！」

時氏と茂親は信綱を庇うように前にでた。飛んでくる矢の数が、さらに増えてきたように思える。

そのまま宇治川の対岸へと進んでいく。

泰時は時氏の姿を追い続けた。三浦親長が傍に立っていることにも気が付いていなかった。二人は無言のまま、若武者たちが矢を払いながら、果敢にも敵陣に向かって川を渡っていく姿をただ見つめていた。

一方、川へと向かう馬上の時氏と茂親を見つけた鎌田晃盛は、慌てて馬に跨り、あとを追った。時氏らに続き川へ入る者たちに遅れまいと張り切っていたが、いざ宇治川の濁流を見るや、馬を止めた。

「どうどう！　無茶はいかん。い、命あってのことじゃ。」

そう言うと、川岸から事の成り行きを見ていた。

やがて、時氏と茂親、信綱らは対岸に着いた。時氏と茂親はお互いの無事を確認し合った。

「さあて、鎌倉武士が如何なるものか。都の人々に見ていただこうかの。」

佐々木信綱はそう叫ぶと、京方の陣営に向かって駆け出していった。

「時氏様、参りまする！」

「おうよ！」

若い二人も信綱に負けじと駆け出していく。

大勢の鎌倉軍があとに続き、勢いそのままに京方に襲いかかっていった。

「やりおったわ、あの馬鹿が。」

泰時はふふっと笑いながら呟いた。

「泰時様！　我らも時氏様に続きましょう！」

あちらこちらから声が上がり、兵たちは一斉に川を渡り始めた。

「よし、親長。われらも行こう。」

泰時は、全ての兵を連れ、対岸に向かった。

京方の軍にしてみれば、鎌倉軍の行動は予想外であった。まさか増水した宇治川を渡ってくるとは思っておらず、その勢いのまま攻撃してくる鎌倉軍に、兵の動揺は凄まじく、一気に崩れていった。敗走する京方を追うように、鎌倉軍は京の都へと進んでいく。


橘芳房は、まんじりともせず夜明けを迎えた。今にも鎌倉軍が京の都に攻め入るやもしれぬ。じっとしておられず、身支度もそこそこに出掛けようとした。

「父上、どこに行かれます?」

「言わずとてわかるじゃろう? 為仁様のところじゃ。」

橘是房は父の頑固さをよく知っている。言っても聞き入れないとわかっていても、続けて言った。

「都に鎌倉の兵が襲ってくるやもしれず、そんな折になぜ出ていこうとなさるのです?」

「そんな時だからじゃ。為仁様を御一人にさせるわけにはゆかぬ。」

是房は溜め息交じりに言った。

「上皇様がたった御一人ということはござりませんでしょう? 父上、今外へ出るのは危のうございます!」

芳房は口をへの字に曲げ、何も言わずに歩き出した。

「父上! 心配しておるのですぞ!」

芳房は振り向き、息子に向かって言った。

「身を案じてくれる者がいるというのは有難い。本当にな。そういう者が為仁様にもおるとお伝えしに行く。それだけのことじゃ。こういう時だからこそ、お傍にいたいのじゃ。」

芳房はにこっと微笑むと歩き出した。是房はその後ろ姿を暫く見ていたが、思い直したように声を掛けた。

「父上、御帰りをお待ちしておりますぞ。」

芳房は振り向かぬまま頷き、手を振って見せた。

芳房の見た京の都は、あの美しい、いつもの都ではなかった。行き交う人々は命の危機を感じているのであろう。その表情はこわばり、泣きそうな者もいる。皆、安全なところへ逃げ出そうと必死であった。

「宇治に陣を張っていると聞いたが、さてどんな様子か。」

芳房は為仁帝の御所へと急いだ。

御所に着いてみると、やはりいつもとは違う緊張感が漂っている。芳房を見つけた為仁帝付きの者たちや女官やらが芳房の許に寄ってきた。

「芳房様！」

「為仁様は？　ご無事か？」

女官の一人が答える。

「はい、いつも通りに。ただ、」

「ただ、どうした？」

「御所の御門を開けよと、仰せられて。」

「？」

今度は男が答える。

「老若男女、身分も問わず、京方、鎌倉方さえも構わぬ。困っている者、傷付いている者に、ここを解放せよ、との仰せでございます。」

芳房は目尻を下げて、呟いた。

「如何にも、為仁様らしいのう。」

女官の一人が言う。

「そのようなことは恐ろしゅうて。」

と口を噤んだ。

「わかった、わかった。為仁様にお話しいたそう。」

芳房は、為仁帝の部屋へと向かった。御所の奥へと進むと、微かな伽羅が香ってくる。

「為仁様。」

小さく声を掛け、部屋の外に控えた。そこから、為仁帝の姿が窺える。文机に向かい、微動だにしない。白い顔が、今日はさらに白く、消えていくのではないかと思えるほどだった。

「為仁様。」

もう一度、呼び掛けた。衣擦れの音がした。

「芳房か？」

「はい。」

為仁帝から何も言われなかったが、いつものとおり、芳房は部屋の中に入っていった。

芳房の気配に振り向いた為仁帝の顔を見て、芳房は思った。

──なんという御顔の色じゃ。生きている人の顔色とは思えぬ。──

微かに微笑みながら、為仁帝は口を開いた。

「芳房、宇治川に陣を張っているそうじゃ。」

それっきり、黙ってしまった。

「はい、その後の戦況はまだ。」

芳房もその後の様子がまだわからない。黙っていたが、先程の女官の話を思い出して、為仁帝に問うた。

「為仁様、御所を解放なさるおつもりですか？　先程、女どもが怯えておりました。」

為仁帝は頷いた。

「為仁様の御身のことを大切に思えば、些かそれはどうかと思われまする。」

「ふうん。」

心だけがどこかに行ってしまっているような、そんな答えだった。

「御所は、開けませぬぞ。」

芳房は、そう言ってみた。

「ふうん……ならば、怪我人だけでも助けるわけにはいかぬか。」

芳房は小さな溜め息を付きながらも、思った。

──いくら止めても、この御方はこういうところは頑固じゃから。──

芳房は頷きながら言った。

「わかりました。そのようにいたしましょう。」

小さく為仁帝が微笑んだように見えた。梅雨の合間の空を見上げた。部屋の中からは小さな空でしかなかったが、それでも澄んだ青い空が見えた。

芳房はそんな為仁帝の横顔を見ながら、『おやつれになった』と感じた。

その為仁帝の横顔に、一瞬変化があった。

「為仁様？」

芳房の声とほぼ同時に、音も立てず、庭から簀子に飛び上がった黒い影のような男が現れた。

「！」

芳房は驚き、為仁帝の傍に駆け寄ろうとした。

「心配なさらずとも、危害は加えませせぬ。ふふっ。」

その男はゆっくりと顔を上げた。鋭い眼に落ち込んだ頬をしていた。玄洲であった。

「お久しゅうございますなあ、おりゐの帝。」

その声に為仁帝は簀子まで出てきた。

「烏じゃな？」

男は黙って頷いた。

芳房は為仁帝と得体の知れない男とを見比べた。

「為仁様、この者を御存じなのでございますか？」

為仁帝は微笑んで見せた。

玄洲は簀子に座り込んだ。そして、芳房の方を向き、声を掛けた。

「橘芳房様ですな、ふふふっ。おりゐの帝は、わしを烏と呼ばれたが、いろいろと名前がござっての。好きなように呼んでくだされて結構。」

そう言うと、ニヤリと笑った。

芳房は事情がわからず、ただ茫然と男の顔を見ている。

「芳房、構わぬ。この男は悪い男ではない。」

為仁帝がそうは言っても、得体の知れないこの男をどう扱えばよいのかわからない。芳房は成り行きを見届けることにした。もちろん、この正体不明の男が為仁帝に危険なことでもすれば、直ぐに飛び掛かるつもりにはしている。

そんな芳房の心の中を見透かしたかのように、玄洲は「ふふっ」と笑った。

「烏、何用じゃ？」

「宇治川の様子をお知らせに。」

「なんじゃと！」

先に声を上げたのは、芳房だった。玄洲は芳房の方に振り向きもせず、為仁帝に話し続けた。

「おりゐの帝。宇治に行かれますかな？」

「連れていってくれるのか？」

芳房は気を失いそうになるほど、驚いた。

「た、為仁様！　なりませぬ！」

芳房は為仁帝に縋るように訴えた。

「絶対になりませぬぞ！　なりませぬ！」

玄洲はニヤニヤしながらその様子を見ていたが、やがて口を開いた。

「ふふっ。橘様は土御門様を子供扱いじゃ。」

芳房はきっとなって、玄洲を睨み付けた。

「まあまあ。ほんとに連れては行きませぬよ。」

「だめなのか？」

為仁帝が残念そうに問う。

「為仁様！」

「橘様、大丈夫。わしも土御門様を戦場《いくさば》に連れていこうとは思わん。ただ、ちょっと土御門様のお気持ちを知りたかっただけじゃ。」

「おのれ！」

芳房は玄洲に掴み掛かろうとした。

「芳房、もうよい。烏、どういうことじゃ。」

為仁帝の言葉に、玄洲は答えた。

「まもなく都は戦場になる。そうなった時の御覚悟を知りたかっただけじゃ。」

芳房は眉間に皺を寄せた。

「宇治川の陣は？」

為仁帝の言葉に頷きながら、玄洲は話を続ける。

「増水した宇治川を挟んで、京方と鎌倉方が睨み合っているところまではご存じであろう？　鎌倉の北条時氏、三浦茂親、佐々木信綱が先頭に立ち、なんとその宇治川を渡り切りおった。その他大勢の名立たる武将がそのあとに続き、京方に襲いかかったのじゃ。」

芳房の眉間の皺はさらに深くなった。

「そうなれば、あっという間じゃ。京方は戦法に詳しい者はほとんどおらん。立て直すこともできず、散り散りになって逃げ出したわ。そして逃げ出した連中は、後鳥羽上皇に泣き付きにくることになる。それを追って、鎌倉方は京の都へなだれ込む。」

そこで玄洲は一息つくと、為仁帝を見上げ、ニヤリと笑った。

「都は戦火に見舞われることになる。」

為仁帝は黙って、玄洲の眼を見ていた。

「見ておったのか！」

芳房の問いに、玄洲はニヤッとしながら頷いた。芳房に怒りと恐怖が同時に襲った。

為仁帝は黙ったまま、立ち尽くしていた。目の前の全ての景色が遠く彼方へと飛び去っていくように思えた。微かな伽羅の香りが鼻の周りを通り過ぎた。簀子に座る玄洲の横に、白い童子が立っているのが見えた。

「こうしている間に、京方を追って、鎌倉方が都に攻め入りましょう。」

「父上のところへ参る。」

「なりませぬ！」

芳房は為仁帝の前に立ち塞がった。それを見ながら、玄洲は言った。

「わしに、後鳥羽様のことを任せてもらえんかの？」

為仁帝と芳房が同時に振り返った。

「以前、後鳥羽上皇に約束したのじゃ。例えどのような時であっても、わしは上皇の御味方であると。」

玄洲は言葉を切ったあと、静かに続けた。

「あの御方には拾われた恩が有りますのでな。」

玄洲は真っ直ぐに為仁帝の眼を見ていた。為仁帝もまた、この得体の知れない男の眼を見ていた。

「そなたは、父上の家来なのか？　……ならば、一緒に参ろう。」

「いいや。土御門様は橘様とここでお待ちくだされ。」

玄洲は一呼吸置くと、口元に微かな笑みを浮かべて言った。

「土御門様には命の恩がありますのでな。」

「？」

不思議そうに小首を傾げる為仁帝の眼を見たまま、玄洲は芳房に声を掛けた。

「橘様、土御門様を頼みますぞ。」

そう言うと、玄洲はすっと立ち上がった。そして、再び為仁帝の眼をじっと見つめた。

「烏。私はこんな大事は時に、国の一大事という時に、父上のことが心配なのだ。立場上、人々のことを第一に思わねばならぬはずなのに。恥ずかしいことじゃ。」

為仁帝は自分を憐れむように言った。そして、口の中で小さく呟いた。

「頼む。」

その小さな呟きが聞こえたのか、玄洲は大きく頷いてみせると、ぱっと、庭に下りた。

「今度こそ、本当におさらばじゃ。」

低い笑い声を残し、玄洲は消えていった。

残された二人は、消えていく声の方を見続けていた。

やがて、宇治川の戦いの様子を伝えに使者が来た。それは玄洲が語っていったことと同じであったが、京方贔屓に伝えられた。


宇治川から敗走してきた京方の将、藤原秀康《ひでやす》らは後鳥羽上皇の許へ向かった。上皇と共に御所で一戦交えるつもりであった。

その御所内で、兵を指揮して門を閉めさせている男がいた。

「玄洲！　わしはここで一戦交えるつもりじゃぞ！」

門がしっかりと閉じられていることを確認し終えると、玄洲は上皇に振り返った。

「戦況は不利。ここで戦ったとして、形勢が逆転するとは思えませぬ。」

言葉少なにそう言うと、玄洲は続けた。

「御命は守ってみせます。たとえ、卑怯と言われようとも。」

後鳥羽上皇は『卑怯』という一言が不愉快だった。ふんっと鼻を鳴らすと、自分の部屋に戻った。

そこには、怯えきった上皇派の公家たちが少しと、家臣が顔を揃えていた。

上皇はもう一度、「ふんっ」と鼻を鳴らし、どすどすと中へ入っていった。

「上皇様。藤原秀康らがこちらへと向かっているそうな。」

「となると、秀康を追って、鎌倉の軍勢がやって来るということ！」

その声に、全員がざわつき出す。すると、みるみる間に上皇の顔が赤くなってきた。どすんと座に付くと、一同をギロリと睨んだ。一瞬で、その場が静かになった。

「これほどまでに、兵力に違いがあったとは。」

絞り出すように守成帝は言うと、さらに続けた。

「父上。この上は、北条義時追討の院宣を撤回するというのはどうでしょう。」

「撤回だぁ？」

「その上で、話し合いで上手く折り合いをつける。」

守成帝の案にその場の一同は大きく頷いた。

後鳥羽上皇はギロリと眼を光らせた。

「一度口にした言葉を撤回せよと言うのか！」

守成帝は食い下がる。

「このままでは、都が、朝廷が。いいや、全てのことが根っこからひっくり返されてしまうやもしれませぬぞ。」

後鳥羽上皇と守成帝は眼を合わせたまま、動かなかった。

そうこうしているうちに、表が騒がしくなってきた。廊下をバタバタと走ってくる音がした。

「上皇様、御門前に、藤原秀康様がご到着です！」

部屋の中に、叫び声とも悲鳴ともわからない声が上がった。

「父上！　時間が有りませぬ！」

後鳥羽上皇は額に脂汗を流しながら、呻き声を上げた。

「ぬうう。」

「父上！」

「……」

「上皇様！」

「上皇様！　ご決断を！」

守成帝は父の眼をじっと見た。部屋の中の一同は、二人に視線を送り続ける。

「うぬぬ……北条……義時追討は取り消す。……次いで、藤原秀康らを捕えよ。」

後鳥羽上皇は喘ぐようにそう言うと、力尽きたように、ぐったりと脇息にもたれ掛った。

部屋にほっとした空気が流れたのは束の間で、守成帝は上皇の言葉を伝えるため、御所の門のところへ向かった。

門を挟んで、守成帝の言葉の受け方は全く違った。門の内側はほっとしたようなものだったが、門の外にいた藤原秀康や、あとから着いた三浦胤義《たねよし》らは、先程まで上皇の兵であったのに、一瞬で反逆者になってしまった。当然、その怒りは凄まじく、御所の門を叩き壊さんばかりの荒れようだった。怒号が飛びかう中、鎌倉方の気配を感じた秀康や胤義らはその場を去っていった。

その後、東寺で秀康らは鎌倉方と衝突。しかし、三浦胤義は自害、藤原秀康は敗走したものの、のちに鎌倉方に捕えられた。


上皇の御所の門を守っていた玄洲は、その場を離れ、ふっと姿を消した。

後鳥羽上皇は御所の中で、門前での秀康らの怒りの声を無言で聴いていた。ぐったりとしたその姿は、急に何歳も歳を取ったかのように見えた。

「父上。」

守成帝が声を掛けた。

「……」

守成帝の呼びかけに答えはしなかったものの、後鳥羽上皇は、『負け』を認めず、次の一手を模索していた。


上洛した鎌倉方の総大将は北条泰時であった。

梅雨明けを思わすような空を眺めながら、為仁帝は車の中で揺られていた。

――北条泰時に会ってみよう――

そう思い立った。朝一番に出掛けないと、このところ毎朝やって来る芳房に見つかってしまう。

「見つかってしまう、か。」

ふふっと、笑みがこぼれた。

コトコトと車は都大路を進んでいく。そこかしこに鎌倉の者であろう武士を見かけた。それは、今まで見なかった光景だった。

――この先のこの国のこと、民のこと。本来ならば帝が話すべきであろうが、まだまだ幼い。父の後鳥羽上皇や守成は、冷静に鎌倉方と話はできまい。ここはやはり、私しかおらぬ。――

為仁帝はこれから会うつもりでいる北条泰時という人物について、色々と思いを巡らしていた。


鎌倉方の陣。

そこに車がやって来た。明らかに位のある貴人の乗り物であることは、一目でわかる。降りてきた人物が誰かはわからなくとも、無下にしてよいとは思えない。そのまま奥へと通された。

「土御門様じゃと？　おいおい、今わしが会うわけにはいかんじゃろう？」

北条泰時は時氏に言った。

「取次の者が言うのには、御一人で来られているそうです。お会いになりませんか？」

「なんて言うんだ？　一条頼氏様に託されたお手紙は読んでませんでした。とでも言うのか？　それに三寅様のことを恩着せがましく言われてみろ。」

泰時はまだ続ける。

「大体、まだ戦の最中じゃぞ。後鳥羽上皇をどうしてくれようかという時に、なぜ土御門様が来るんじゃ！」

北条泰時は腕を組み、口をへの字に曲げた。

「しかし、追い返すわけにもいきませぬ。」

ふと泰時は思い付いた。

「時氏、お前がお会いしろ。」

「！」

「この先、こういう機会が増えるやもしれぬ。そうじゃ、そうじゃ。時氏、お前が会ってこい。わしは留守じゃからな。」

子供のような含み笑いをすると、泰時は時氏の背中を押した。

時氏は渋々、父の代理で会うこととした。帝の位にあった人と会うとは、なんともおこがましく思える。それでも、あまり長くお待たせもできない。時氏は腹をくって、土御門上皇が待っている部屋へと向かった。

近付くにつれ、いい香りが漂ってくる。部屋の前まで来ると、時氏は観念して中へ入った。入るや、上座に向かってひれ伏した。

「北条時氏にございまする。父・泰時は只今八瀬に出掛けております故、御勘弁願いたく。」

「ああ、時氏。久しいですねぇ。私を覚えていますか？」

「？」

「顔を上げて。」

時氏は、何のことやらわからぬまま、恐る恐る顔を上げた。そこには、柔和な笑顔の青年が座っていた。

「？」

「わかりませんか？　一度、私と話したことがあるのですよ。」

「？　？　？」

「あなた方が、雅成を鎌倉に迎えたいと言ってきた頃、私の御所の前でね。」

為仁帝は、クスリといたずらっ子のように笑った。

時氏は狐に抓まれたような顔をした。どうにもわからない。

「随分と前のことですからね。最初に三浦茂親が私に話し掛けてきたのですよ。馬があばれたりすれば、危ないからと。」

時氏は背中にどっと汗を掻いた。

そういうことがあった。確かにあった。誰とも知らずに、名乗ったことがあった。

「あの時の！」

「ふふっ。思い出してくれましたか？　これで私たちは友ですよ。」

為仁帝はコロコロと笑った。

「あ、あの時は、誰とも知らず失礼いたしました。そ、それと、一条頼氏様に託された文は、あの、確かに父・泰時に届きましたが……その……。」

時氏は言葉に詰まった。

為仁帝はしばらく時氏の様子を見ていたが、やがて座り直し、真顔で話し出した。

「わかっております。頼氏は無事に鎌倉に着けたのですね。」

為仁帝は大きく頷いた。

「頼氏に託した文には、戦を回避してくれとお願いしました。私の思いもあれば、そちらの思いもありましょう。致し方ないことです。泰時が留守なのは残念。しかし、これだけは伝えてもらいたいのです。」

為仁帝は言葉を切った。しばらく思いを巡らしているようであったが、やがて口を開いた。

「ここまでにも充分血が流れました。どうかこれ以上は流さず、国の為、民の為、お互いの知恵を寄せ合って、共に進んでまいりましょう、と。」

時氏はひれ伏した。

「朝廷の政は、いつしか驕りに近いものとなっていたのでありましょう。人々の暮らしにも、国の行く末にも思いを巡らすこともなく、ただ私欲に走っていたのかもしれませせぬ。けれども、だからと言って人が血を流して良いわけはありません。一度、戦が始まれば、止めどなく悲しみや怒りが繰り返されましょう。」

　そして、控えめに続けた。

「そして……そしてどうか父・後鳥羽上皇のことも、配慮願いたい、と。」

　発した言葉を噛み締めるように、為仁帝はゆっくりと瞬きをした。

　やがて、為仁帝はすっと立ち上がると、時氏の傍に歩み寄った。そして、時氏の肩に手を掛けると、静かに言った。

「時氏。頼みます。」

　時氏の肩に乗せた手を離すと、為仁帝は、

「長居は無用でしょう。帰ります。」

　そう言うと、部屋を出ようとした。

「土御門様。必ず父・泰時にお伝えいたします！」

　時氏の呼びかけに、為仁帝は微笑んで見せた。

　微かな伽羅の香りを残し、為仁帝は帰っていった。

　暫くの間、時氏はひれ伏したまま動けなかった。じわりと熱いものが込み上げ、涙がポタリと落ちた。

　隣の間で聞いていたのか、泰時が現れた。

「なかなかの御仁じゃったな。」

　珍しく感心したように言った。

　時氏は涙を拭いながら、泰時に言った。

「あの御方だけは、絶対にお守りせねばなりません。」

泰時も素直に頷いた。

「わしが会わずにおいたのは正解だったわ。直接、声を掛けられたなら、気持ちが揺らぐところじゃった。」

二人は消えていく残り香を感じながら、頷きあった。

為仁帝は、再び車に乗ると、後鳥羽上皇の御所へと回り道をした。宇治川の戦いの後、藤原秀康や三浦胤義に、後鳥羽上皇がした行為は余りに酷い。上皇を信じていた人々を裏切った事は、どんな言い訳も許されない。

だが、その上皇を鎌倉に突出し、全てを終わりにしようとは考えられない。

後鳥羽上皇の御所の周りには、思ったほどの人はいなかった。御所の警備と思われる者も意外と少なく、どことなく荒れたようにも見える。

何度も車を止めようと思ったが、ふと、あの時の烏の言葉が蘇る。

「後鳥羽様のことを任せてもらえんかの？」

正体不明ではあるが、あの男の言葉は信じて良い気がする。

為仁帝は後ろ髪を引かれる思いがしつつも、その場に止まらず、帰途についた。


その翌朝。夜が明けて、辺りは明るくなってきた。本来ならば、都大路には人の往来が増え始める頃だったが、今は、鎌倉方の動きを警戒して、人通りは少なかった。

鎌倉方は後鳥羽上皇の御所へと向かった。為仁帝の願いも虚しく、北条泰時を総大将とした鎌倉幕府軍は、今回の乱の首謀者として後鳥羽上皇の身柄を拘束しに赴いた。

御所の周りには数十名の兵がいたものの、その勢いは乏しく、一時上皇を取り巻いていた公家や家臣の姿は僅かになっていた。

鎌倉軍は、北条泰時・時氏を先頭に、静かに御所の門前に着いた。

「鎌倉幕府総大将・北条泰時でございまする。後鳥羽上皇。早々に御門を開けて、出てまいられよ。」

その泰時の声を上皇の部屋で聞いた玄洲は、後鳥羽上皇と守成帝に向かって言った。

「もはや時間がありませぬ。再三、申し上げていた計画を実行できるのはこれが最後ですぞ。今は逃げたと言われようが、命があってのこと。また機会をみて都に戻ってくればよい。」

後鳥羽上皇は眉間に皺を寄せたまま、微動だにしなかった。

「父上。」

守成帝は上皇に声を掛けた。

「なぜ逃げねばならぬ?」

絞り出すような声だった。

「わしはここで最後まで戦ってやる。この国は帝の治める国じゃ。東夷如きに何ができる。わしに指一本触れさせぬ。そうであろう?」

玄洲は無言だった。守成帝は父の言葉を聞いて、眉間に皺を寄せた。覚悟を決めたかのように大きく息を吸うと、言った。

「いいえ、父上。これは完全に我らの負けです。兎も角、今は一刻も早く都を離れ、身を隠すべきです。その後のことは、」

守成帝の言葉を最後まで聞かずに、後鳥羽上皇は立ち上がった。

「父上！　兄上のおっしゃったとおりです。鎌倉と戦にすべきでなかった。」

「為仁のことは言うな！」

守成帝を払うように、腕を振った。

「為仁のことは言うな！」

二度同じ言葉を口にしたあと、また上皇は黙ってしまった。

守成帝は困り果てながらも、父の傍を離れがたく、その場に座り込んだ。

玄洲は二人を見つめていたが、そっとその場を離れ、門の方に向かった。その向こうには、北条泰時らの鎌倉軍がいる。その門を守る兵の一人から弓矢を借りると、矢を番えた。


「後鳥羽上皇。この泰時の声をお聞きか！」

北条泰時は再び御所の内に向かって声を掛けた。その時、ヒューっと風を切る音がしたかと思うと、御所の中から、天に向かうかのように高く矢が放たれた。大きく放物線を描きながら、その矢は泰時の頬を掠めた。鎌倉の兵はざわついたが、それを時氏が戒めた。

「それがお答えと言うことですな。」

泰時は門の向こうに聞こえるように叫んだ。そして、腕を大きく振ると、鎌倉の兵は一斉に門を打ち破りに掛かった。

玄洲はその音を聞くや、後鳥羽上皇の部屋へと戻った。

ドーン、ドーンという門を破ろうとする音を　後鳥羽上皇は御所の奥の部屋で聞いていた。

玄洲は上皇に気付かれぬように、守成帝に耳打ちをした。

「守成様。乾の御門の近くに被布《かずき》と市女笠を御二人分用意してあります。隙を見て、女に成りすまし、御門を出られませ。門の外に馬を待たせております。白川沿いに峠を越え、近江国に。そこでわしの知り合いが待っております。その者が山城から大和国まで送ってくれる算段となっております。遠回りじゃがその方が安心じゃ。」

守成帝は頷いたが、ふと気が付いた。

「玄洲、お前は？　一緒ではないのか？」

玄洲はニヤリと笑うと、言った。

「ここで北条を食い止めますのでな。ちと、遅くなりますな。」

守成帝は大きく頷いた。

御所の門が軋む音がする。そしてまたドーンと門を打つ音が響くと同時に、今までに聞いたことが無いような音を上げて、門が壊された。そして、一気に鎌倉の兵が門の中へと押し寄せた。

「むっ。」

後鳥羽上皇は弓を手にした。

「守成様！」

玄洲は守成帝を促した。

守成帝は大きく頷くと、上皇の腕を掴んだ。

「父上、逃げますぞ。」

「なんじゃあ！」

そう叫ぶと、上皇は守成帝の腕を払った。

「臆したか！　守成！」

「御命が大事！」

「くそっ！」

上皇はそう叫び、守成帝を突き飛ばした。

「父上！」

その声が聴こえなかったのか、後鳥羽上皇は簀子に出ると、矢を番えた。

「守成様は先に乾の御門へ！　後鳥羽様はわしがお連れします！」

そう叫ぶと、玄洲は後鳥羽上皇の許に駆け寄った。

守成帝は玄洲の言葉に頷き、部屋をあとにした。


鎌倉軍が門を打ち壊したあと、雪崩のように門の中へと兵が動いた。その中で、北条時氏は大きな声で叫んでいた。

「決して人を傷つけてはならぬ！　後鳥羽上皇を探すのじゃ！」

時氏の傍には三浦茂親がいた。

「奥へ！」

二人は悲鳴と怒号の中、奥へと進んでいく。

泰時は門の中に入ると、そこで立ち止まり、事の成り行きを見届けていた。その少し後ろで、鎌田晃盛が物陰に潜んでいた。

「こ、これだけ兵がおるのじゃ。わしの出番はないな。」

そう呟きながら、誰にも見つけられぬように願っていた。

蝉の声が聴こえだした。

「なんじゃ、胸騒ぎが。」

為仁帝のその呟きに答えるかのように、一人の男が駆け寄ってきた。

「土御門様！」

「？」

男は後鳥羽上皇の御所から抜け出してきた者だった。肩で息をしながら、為仁帝に呼び掛けた。

「只今、鎌倉の兵どもが上皇様の御所の御門を破ろうとしております。」

「なんじゃと！」

「御所の周りをぐるりと、鎌倉の兵が取り囲み、上皇様を捕えに。」

そこまで言うと、男は泣きだした。

すっと血の気が引いていくのがわかった。あとは、どうしたのか覚えていない。気が付けば、父の御所に向かって走っていた。

足に痛みを感じて見てみると、裸足だった。そのまま走り続け、御所に着いた時には、御所の大きな門は壊されていた。鎌倉方の武士や京方の兵が入り乱れているのが見える。

「父上！」

中に入り奥へと進もうとした時、袖を引っ張られた。

「どうしてここに？」

玄洲だった。

「父上！」

玄洲は為仁帝の腕を掴むと、辺りを見渡した。そのまま、人気の少ない方に引き摺るように連れていった。

「上皇のことはお任せくだされと申しましたぞ。」

為仁帝は何かを言おうしたが、言葉にならない。

玄洲は小さく舌打ちをすると、近くにいた御所の警備兵を数名呼んだ。

「土御門様を御所までお送りいたせ。お前らは、そのまま好きにせい。」

兵らは為仁帝を連れて出ていこうとした。

「ま、待て。父上に会いたい。」

玄洲は首を振って、兵たちを促した。

「早う、無事に送り届けよ！」

抵抗する為仁帝を、兵たちは両腕を抱えるようにして、歩き出した。

「土御門様。どうぞ、こちらに。」

「待て！　違う！　烏！　父上に会わせてくれ！」

子供のように泣きじゃくりながら、為仁帝は訴えた。それを見送りながら、玄洲は大きく溜息をついた。

玄洲は再び御所の奥へと向かうと、後鳥羽上皇の許に行こうとした。上皇は簀子の上から自ら矢を放ち、刀を振り、鎌倉方の兵を近づけさせないでいた。

「後鳥羽上皇様！　御静まりくださりませ！」

北条時氏の声だった。傍らには茂親もいる。時氏は刀も抜かず、ゆっくりと近付いていったが、それを見つけた上皇は、高く刀を振り上げた。思わず時氏は刀を抜いた。その時、上皇と時氏の間に黒い影が入ってきた。

「わしが誰だかわかるかのう？」

ニヤッと笑うその顔を見て、茂親が叫んだ。

「玄洲！」

「！」

玄洲はニヤニヤと笑いながら、簀子の上から、時氏たちを見下ろしている。

「やはりお前は上皇の！」

時氏の声に、玄洲はただ笑っている。

「どけ！　玄洲。わしがこの小僧を成敗してくれるわ！」

後鳥羽上皇の声が聴こえなかったのか、玄洲は上皇の前から動かない。

「玄洲。上皇とともに、我らと来てもらおう。」

時氏の呼びかけに、玄洲はニヤッと笑って答えた。

「それはできぬ相談じゃ。」

いつの間にか手にしていた刀を構え、玄洲はすっと音もなく簀子から下り、時氏・茂親の二人と向き合った。玄洲の顔からは笑いが消え、凄まじい殺気を纏っている。

遠くからこちらに駆けてくる人の姿が眼に入った。為仁帝だった。

「ちっ！」

と、玄洲は舌打ちをした。いつの間にか、鎌倉、上皇双方の兵が集まってきている。

後鳥羽上皇は矢を番え、狙いを定めて、的確に相手を射ている。

「玄洲！　鎌倉の兵の数は圧倒的じゃ。刀を捨てて、大人しくしろ！」

茂親が叫んだ。

「小僧。その口、百年早いわ！」

玄洲ではなく、簀子の上から上皇が叫んだ。

無数の兵の間から、北条泰時が悠々と現れた。

「後鳥羽上皇。ほとんどの兵が鎌倉に投降いたしましたぞ。」

「おのれ！」

上皇は真っ赤な顔で辺りを睨み付けながら、刀を振り上げた。玄洲はさっと簀子に飛び上がった。

「上皇様、走りますぞ。」

玄洲は上皇に耳打ちをし、腕を掴んだ。

「なんじゃとぉ！」

上皇は玄洲を振り払った。その時、玄洲には庭から上皇を狙う矢が見えた。ひゅっと音を立てて放たれた矢を払おうとしたのか、上皇の前に立ちはだかった。その玄洲の眼に、為仁帝が兵の間を掻き分けながら、すぐそばまでやって来ているのが見えた。

次の瞬間、どぉんと音を立てて、簀子の上に玄洲が倒れた。

「何！」

後鳥羽上皇は倒れている玄洲を見て叫んだ。

「誰じゃ！　矢を射た者は！」

怒りをこめて、時氏が叫んだ。

泰時の指図で上皇を捕えるべく、兵が簀子に上がっていく。振りかざす刀が数名の兵を傷つけたが、腕を掴まれた上皇は刀を落とした。そこへ、わっと四、五人の鎌倉の兵が上皇に覆いかぶさった。

「うおおおぉ！」

最後の抵抗の叫びだった。

鎌倉の兵が幾人も上皇を押さえつけるようにして、縄を掛けた。

「おのれ、北条如きが！」

泰時は兵を促すと、上皇を連行していった。

時氏と茂親は簀子に駆け上がると、玄洲の傍に駆け寄った。

うつ伏せに倒れている玄洲は、背中にまで矢が貫通していた。抱きかかえるように起こしてやると、意外なことに穏やかな死に顔だった。眼からは、最後に流したのであろう涙がまだ乾かずに頬を伝っていた。

「玄洲。」

時氏は静かに呼び掛けてみた。今となっては、一体何者であったのか問うこともできない。時氏と茂親は、重いものを胸に押し当てられたような、遣り切れなさを感じずにはいられなかった。

「参りましょう。」

茂親は静かに言った。

「まだまだやるべきことが残っています。」

時氏は小さく頷いた。簀子から見下ろすと、荒れ果てた庭に、ポツンと立ち尽くす人影があった。呆然と立ち尽くす為仁帝だった。

時氏も茂親も、声を掛けることさえ憚られる様子だった。

為仁帝の眼には二人の姿が映っていなかった。ただ、荒れた御所の庭と、誰も居なくなった虚しさしかなかった。

時氏らは、玄洲の亡骸を静かに寝かすとその場を去っていった。

たった一人になった為仁帝はその場に座り込んだ。嗚咽が込み上げてきた。手で顔を覆うと、絞り出すように呟いた。

「父上!」

小さな声がやがて慟哭となっていった。いつまでもその声が響き続けた。


七月。

鎌倉幕府への反乱首謀者として、後鳥羽上皇は隠岐への流刑と決まった。

絶海の孤島。海も空もただ青く、彼の愛した京の都は、もはやどちらの方角かもわからなかった。海を臨む岸壁に、後鳥羽上皇は立った。見渡す限りの青い海に、何の感情も湧かなかった。涙を流すことさえ忘れ去っていた。

「ぐおおおおおぉ。」

獣の咆哮にも似た叫びが、いつまでも木霊《こだま》していった。

延応元年（一二三九年）二月。

隠岐で十八年。ついに都に帰ることなく、崩御。


守成帝は、あの日、一人で乾門へ走っていった。あとから必ず玄洲が父を連れてくると信じて疑わなかった。玄洲の言った通り被布と市女笠が置いてある。それに手を伸ばした時、ギラリと鈍く光る刀が首元に当たった。

「順徳上皇様ですな？」

答える間もなく、あっという間に捕えられてしまった。

そして、守成帝は佐渡へ流されることになった。

父・後鳥羽上皇の死後四年、仁治三年（一二四二年）九月。

都への帰還の望みを無くし、断食後、最後は自ら命を絶って亡くなったという。


橘芳房は、鎌倉軍が都に入ってきた日以来、一日も欠かさず、為仁帝の許に通い続けていた。本当は御所に泊まりたい気持ちだったが、

「家の者も心配するであろう。」

という為仁帝の言葉で、通いとなっていた。

朝は為仁帝が目覚める頃に。夜は床に入るまで、ずっと為仁帝の傍で過ごした。それなのに、その日に限って寝過ごしてしまった。疲れがたまっていたのかもしれない。ハッと気が付くと、陽が高く昇っている。急いで御所に駆けつけると、後鳥羽上皇の御所から使いが来て、「慌ただしく出掛けられた」という。

芳房はそれを聞くや、馬に跨って駆け出した。

「上皇様の御所じゃ！」

芳房が後鳥羽上皇の御所に着いた時、辺りは異様な空気が流れていた。警備の兵はおらず、門が無残な様子で壊されている。それを人々が遠巻きに覗いていた。

芳房は馬から下りると、恐る恐る中に入っていった。手入れされていた庭は無残に踏み荒らされ、人気が感じられない。奥へと進むと、微かに人の声がする。泣き声だった。芳房は声の方に駆けていくと、庭に膝を付き、手で顔を覆い泣いている為仁帝がいた。

芳房は暫く動けなかった。そのまま泣き続ける為仁帝の姿を見ていた。

見渡せば、本当にあの後鳥羽上皇の住まいだったのかと思うような荒れようだった。

「なんとも無残な。」

この先、帝や朝廷はどうなっていくのか。

深い溜め息が自然と出た。その自分の溜め息に、ハッとして我に返った。

「為仁様！」

芳房は為仁帝の傍にそっと寄り添った。

「為仁様。」

返事は無い。

「為仁様。」

もう一度、声を掛けた。

「私は、父上に追い付きたかった……。父上のように。……よう頑張ったと褒められたかった。……父上。」

芳房は、その震える背中を擦りながら、声を掛けた。

「帰りますぞ。帰って、たっぷり話を聞きまする。」

芳房は泣きじゃくる為仁帝を抱き起こすと、ゆっくりと歩き出した。足取りは重かった。為仁帝を何とか馬に乗せると、自分は手綱を持ち、ゆっくりと為仁帝の御所へと向かった。


その夜、為仁帝は夢を見た。暗い夜の海に漂っている夢だった。深く黒い海と星の無い真っ暗な空。湧き上がる不安と恐怖に押し潰されながら、漂い続けていく。そんな夢だった。


その日から数日経って、為仁帝は北条泰時と向かい合っていた。

「土御門様。今一つ、わしには理解できないのでございますがな。」

都での幕府の仮拠点としている寺院でのことだった。すっかり日も暮れた頃に、為仁帝はそこに現れた。群青の空に、白い月が輝き出していた。

為仁帝は庭から差し込む月の明かりを受けながら、静かに座っている。

「私のお願い。いいえ、私の罪も裁いてもらわないといけませぬ、と。」

「土御門様の罪、というものがわかりませぬ。」

泰時は本当に困っているように見える。同席していた時氏が口を開いた。

「土御門様。どういうことでございましょう？」

為仁帝は、たった今気が付いたかのように月を見上げた。そして、溜め息を付くと、語り始めた。

「私は、父・後鳥羽上皇を御止めすることができませんでした。恥ずかしながら、父上と私の間には深い溝が有りました。勿論、私の望んだものではありません。長い時間を掛けてもその溝は埋まらず、私は埋め方さえ見つけられず、最後は全てを受け入れ、諦めてしまった。それ故、父上とも深く話し合うことができなかった。」

もう一度、溜め息をついた。再び続ける。

「あなた方、鎌倉幕府という新しい力と、なぜ人々がそれを望んだのか。父上は一度もお考えにならなかった。何度もそれを問い、理解を求めましたが、上皇様にとって、帝という位と朝廷は絶対的なものでした。」

そこで、為仁帝は自嘲的な笑いを含んだ。

「私の考え方は、父上にとっては異端だったのでしょう。益々、話し合いなぞできず。」

為仁帝は言葉を詰まらせた。じわじわと目頭に熱いものが込み上げてくる。つうっと涙が頬を伝った。

「父上を止められなかった。」

そのまま、為仁帝は月を見上げたまま動かなかった。

泰時も時氏も無言のまま、動けないでいた。

「臆せず、父上を止めていたならば、いいや、話し合いさえできていれば、戦になぞさせなかったものを。」

月に語りかけているかのようだった。

静かに時氏が口を開いた。

「それが土御門様の罪と？」

為仁帝は頷いた。そして一息つくと、静かに言った。

「私も流刑に。」

「！」

「！」

泰時も時氏も驚きのあまり、言葉を失った。慌てて泰時が言った。

「それはできませぬ！　土御門様は我らに対して弓を引いておられぬ。むしろ、後鳥羽上皇を止めようとされていた御方。流刑などと！」

「そうです！」

時氏も堪らず叫んだ。

「何度も何度も、後鳥羽上皇を止めようとなされていた。流刑の必要など、どこにもありません！」

為仁帝も応える。

「帝の位にいた者が、戦を止められなかったのですよ。」

「いや、しかし！」

為仁帝は、寂しげに微笑んで言った。

「父が都を追われたのに、おめおめと今まで通りの暮らしを続けていられますか？　上皇様の子として、私はできない。」

為仁帝の眼に再び光るものがあった。

「わかっていいただけますか？　時氏、泰時が都を追われたとしたら、あなたはじっとしてはいられませんでしょう？」

為仁帝は真っ直ぐ泰時に向かって、再び言った。

「どうぞ流刑に。」

為仁帝は深々と頭を下げた。

上皇に頭を下げられた泰時は、さすがに動揺した。

――これはどうしたものか。――

泰時は暫く無言だった。時氏は泰時の顔を覗き込んだ。泰時も時氏の顔を見た。お互いに、困惑しているのが見て取れる。

暫くして、泰時が口を開いた。

「土御門様。余りに思いがけないお話で、正直困惑しております。事は重大。わし一人では決めかねまする。父・義時と協議いたしてからでないと、とてもお答えの仕様がございませぬ。」

為仁帝は頷いた。時氏はまだ何か言いたげであったが、口を閉じた。

月は少し動いたものの、相変わらず白く光っている。その月をおりゐの帝は再び見上げた。その白い光が、月世界へと誘《いざな》ってくれるのを待っているかのようだった。

しばらくすると、為仁帝はさっと立ち上がった。

「では、よろしく頼みます。」

そして、時氏に向かって言った。

「時氏。父御様を大切に。」

そう言い残し、帰っていった。

泰時も時氏も、じっとしたまま黙っていた。随分と時間が過ぎてから、時氏が口を開いた。

「親父様。」

「ああ？」

「いい歳をしてと言われるかもしれませんが、こうして親父様と過ごせていることが、有難く、幸せに思います。」

「……ふん！」

泰時の鼻を啜る音がした。

月は白く、ひとりぼっちで浮かんでいた。


為仁帝の意思は固く、幕府の方が折れる格好で流刑となった。行く先は土佐。何度も鎌倉幕府は都に留まるように促したが、為仁帝は頑として譲らなかった。

為仁帝の御所。

手入れされている庭の先に、為仁帝の部屋がある。その中から、芳房の声が聞こえてきた。

「流刑ですと！　なぜでござります？　それもご自分から言い出したとは！　この爺になんの御相談

も無く！」

為仁帝の足元に縋りつくように芳房が跪いている。

「芳房。」

「為仁様とはいえど、このようなこと、断じて許せませぬ。おお、そうじゃ！　今すぐ、北条に撤回の話を付けてこねば。」

芳房は、立ち上がろうとした。

「芳房。話を聞いておくれ。」

「いいや、お断りいたします。まずは、流刑の撤回が先ですじゃ！」

「芳房、私に一生悔やみ続けろというのか？」

芳房は、驚いたように為仁帝の顔を見た。

「父上の居ない都でのうのうと暮らし、忘れてしまえば良いというのか？」

為仁帝は静かな声で続ける。

「父上を止められず、戦になってしまったことも忘れろと？　私にはできない。流刑になっても、心が静まるわけではなかろう。でも、今まで通りに過ごすことは、絶対にできないのだよ。」

為仁帝は芳房の眼をじっと見つめた。芳房も為仁帝の眼を見つめていたが、じわじわと湧いてくる涙が視界を滲ませた。

「わかっておくれ。」

芳房の涙がどっと溢れ、声を上げて泣きだした。

「すまない。」

「た、為仁様。では、この爺もお連れくださいまし。足手纏いは重々承知。されど、幾分かの慰めにはなりましょう。」

為仁帝は首を振った。

「罪のないそなたは連れては行けぬ。」

芳房は口を開きかけたが、為仁帝は話を続けた。

「孫が生まれて、可愛い盛りじゃろう。子守をせい。その子が私の代わりじゃ。そして、これが私の最後の願いじゃ。世話になったな、芳房。」

涙も鼻水も芳房の顔を濡らし続けた。何度も何度も為仁帝の名を呼びながら、子供のように泣きじゃくった。

為仁帝は芳房の背中をずっと擦り続けた。その日は月が天高く昇る夜遅くまで、笛の音が響いていた。


十月。

為仁帝は、京の都を出発した。播磨《はりま》国・室津《むろつ》から船出。屋島沖を通って、阿波国の南、海岸から陸路で土佐へと入った。

とはいえ、幕府としては為仁帝を流刑にすることに抵抗があったのか、再三、京への帰還を打診した。しかし、為仁帝の返事は相変わらずであった。ならばせめてもっと京に近いところがよろしかろうと、阿波国に移るように提案した。さすがに、これも断るのはどうかと折れた為仁帝は、土佐に来て一年半後、阿波国に移ることとなった。幕府は阿波の守護・小笠原長経《ながつね》に御所の造営を命じ、不自由なく過ごせるよう配慮した。

山並を背に、そして遠くに大きな川を望んだ場所に御所は建てられた。京の都の御所とは全く比べものにはならなかったが、それでも為仁帝は有難く受け入れた。

「有難いことです、長経。私は罪人なのです。あまり気を使わないように。」

小笠原長経は恐縮して、深々と礼をした。為仁帝よりも一回り以上年上であったが、帝の穏やかな佇まいにすっかり魅了された。あれこれと用を見つけては、御所を訪ねた。

御所には他に数名の下働きがいた。流刑の身を嘆くことも、愚痴ることも、ましてや威張り散らすことなど無い為仁帝に、皆、心から仕えた。

月は、阿波でも輝きに変わりは無かった。満月の夜、遠くに見える川面がきらきらと白い光を反射している。

簀子で月夜を楽しんでいると、為仁帝の鼻先に懐かしい香りがすっと通った。

「随分と久しいのう、童子。」

庭から簀子を見上げる白い水干姿の童子が立っている。

「そういえば、都を離れて、随分とバタバタしておった。ゆっくりと月を眺めることもなかった。漸う落ち着いた頃に姿を見せてくれたのじゃな。」

童子が頷いたように見えた。

ナァーン、と鳴き声がする。

童子がぬっと、為仁帝の方に腕を伸ばした。

「何？」

「ナァ」

童子の伸ばした腕に、雉猫が一匹。為仁帝も腕を伸ばして、猫を受け取った。猫は為仁帝の腕から
さっと飛び降りると、足元に擦り寄った。

「ナァ」

「阿波の国では、猫は『ニャア』ではなく、『ナァ』と鳴くのか。」

為仁帝は笑いだした。その声に下働きの男が顔を出した。

「どうかなされなしたか？」

男は為仁帝の足元に、猫が喉を鳴らしながらじゃれているのを見ると、慌てて言った。

「その猫は、最近御所の周りをうろついておった猫にございます。すぐに摘まみ出します。」

「いやいや。構わぬ。」

「しかし、野良でございます。お裾が汚れまする。」

「野良か。」

そう言うと、為仁帝はひょいと猫を抱き上げた。

「今宵からは、私の猫じゃ。」

ナァ、と鳴く。

為仁帝は言った。

「猫も了承してくれたようじゃ。」

男も笑って、応えた。

「わかりました。なんぞ猫の好みそうなものをご用意させていただきましょう。」

そう言って、出ていった。

「お前の名はなんとしようか。」

そう言って、夜空を見上げた。

青白く輝く月が、こちらを見下ろしている。為仁帝は暫く考えたあと、呟いた。

「青い月夜に、ナァと鳴いた子じゃ。あおね、そう藍音としよう。」

猫の顔を見て、訊いた。

「藍音じゃ。良い名じゃろ？」

「ナァ」

為仁帝は笑った。

その様子を見ているかのように、白い童子が簀子に座っていた。


その夜から、為仁帝の傍を藍音は離れなかった。長い間飼っていた猫のように膝に乗り、寝る時は床に潜ってきた。傍目には、猫一匹がずっと為仁帝の傍にいるように見えていたが、為仁帝には、そこに白い童子も見えていた。

藍音を構おうとするかのように腰を屈める白い童子。姿の見えない童子の気配だけを感じた藍音は、尻尾を膨らませながら、童子の周りをくるくると回っている。

為仁帝は可笑しそうに見ていた。

穏やかで、ゆっくりと時間が過ぎていく。時に都の事が気になることもあるが、藍音がいると、それもすぐに消え去った。

北条泰時は承久三年の乱から三年後、執権となった。それまでいた京の六波羅探題での職を時氏に譲り、鎌倉へと戻った。

時氏は三浦茂親と共に、乱後の荒れた京を元通りに戻すべく働いた。その傍には、鎌田晃盛もいた。晃盛は、事あるごとに時氏に伺いをたて、その存在を示した。とはいえ、実のある仕事ぶりは見られず、茂親は時氏に彼を鎌倉に戻すべきだと主張した。

「それはそうなんだがな。」

時氏も多少辟易していた。

「時氏様。晃盛に舐められておりますぞ。」

茂親は冗談交じりに言った。

「なかなかの厚顔っぷりじゃ。」

晃盛に対しての茂親の評価だった。

その晃盛、このところ咳が止まらない。悪寒がするでもないが、咳が出る。

「ゆっくり休め。」

と、皆から言われるが、休んでいる間に、誰かが時氏に取り入って、気に入られては大変。

それでなくても、三浦茂親がいる。咳をしながらも、仕事をしていた。そのうち関節が熱を持って軋む感じがする。

「いいや、まだまだ。」

到頭、本当に熱が出てきた。咳をし、鼻水を垂らし、尿に血さえ交じってくる。どこをどう見ても、病人だった。それでも、時氏の仕事についてくる。最前列で、咳をしながら、時氏の指示を仰いでいる。さすがに茂親が怒った。

「晃盛殿！　はっきり言って、皆に迷惑じゃ。今すぐ戻られよ。」

「ごほっ！　め、迷惑なのはそっちじゃ。わしの前を　な、何度も横切りおって。ごほっ」

「時氏様に、その咳が掛からんようにするためじゃ！」

いつも静かな茂親が本気で怒っている。

「よい、茂親。」

時氏が割って入った。晃盛は『勝った』とばかりにへらへらと笑っている。

「晃盛。今日は帰れ。」

驚いた晃盛が叫んだ。

「し、しかしですな。」

「帰れ！　それでは仕事にならぬ。」

時氏の言葉に晃盛は渋々戻っていった。

それから数日後、時氏に変化が現れた。だるい。どうしようもなくだるい。気が付けば、晃盛がしていたような咳が出ている。酷い咳のあと、吐血していることさえあった。

「晃盛の病がうつったのやもしれませぬ。」

茂親の心配が現実味を帯びてきた。

「時氏様、無理をなさってはなりませぬ。お休みくださりませ。」

茂親の言葉に、時氏は後ろ髪を引かれる思いをしながら、休みを取った。少し元気になると、仕事に戻り、また休むと言った状態だった。その傍には、茂親がずっと寄り添っていた。

一方で、すっかり元気になった晃盛はあっけらかんとして、時氏を見舞おうとやって来た。茂親が無言で追い払うと、家に戻ってから、茂親の悪態をつきまくった。

茂親は時氏の様子を鎌倉の泰時に報告した。報告を受けた泰時は、直ちに鎌倉に戻るように命じた。

悔し涙を流す時氏を、茂親は励ました。

「病を治して、また京に戻ればよろしゅうございます。鎌倉の風に当り、ゆっくりと静養なされば、すぐに病など、どこかに行きましょう。」

力なく頷く時氏の手を握り、茂親は鎌倉までずっと励まし続けた。

鎌倉に着くや、待ちかねていた泰時が時氏の為に加持祈祷を行った。それでも衰えていくのは明らかで、医者でさえ匙を投げだした。

寛喜二年（一二三〇年）六月。

北条時氏は回復することなく、旅立った。

二十八歳であった。

誰よりも愛し、将来を楽しみにしていた息子。その急な死に、泰時は人目も憚らず、号泣した。

すっかり力尽きたような泰時に、茂親は寄り添っていた。時氏の傍にずっといた茂親は、泰時にとってもう一人の息子のようであり、思い出話のできる男であった。口数の少ない茂親であったが、それが今の泰時には丁度よい具合であった。

茂親にとっても、ずっと傍にいた時氏を失ったことは衝撃であった。助けられなかった無念さを、泰時の傍にいることで、少しでも晴らそうとしているかのようだった。

泰時と傍に寄りそう茂親、言葉少なではあるが、それだけでお互いが癒されていた。

そこへ鎌田晃盛が弔問にやって来た。時氏の死は残念ではあるが、「また出世への道を探り直せばよい」というぐらいのものだった。ましてや、時氏の病は自分がうつしたものだとは、これっぽちも思っていなかった。

てっぷりとした腹を揺すりながら、晃盛は泰時の前に出た。他の家臣は随分前に弔問に来ていたが、身分の余り高くない晃盛はやっとこの機会を得た。

「え、えっと、えっと、この度はぁ。」

既に茂親のこめかみがぴくぴくしている。泰時は晃盛のことなど、ほとんど眼に入っていなかった。

「誠に、ま、誠に残念なことでぇ。」

そう言う晃盛の唇の端に笑みが浮かんだ。泰時に自分を売り込む機会だ。その気持ちが顔に出てしまった。

「まあ、と、時氏様は利発な御子を残されてぇおりますしぃ。執権様の……」

「？」

ぼんやりと晃盛の話を聞いていた泰時は、突然、どすんという音に我に返った。そこに、首から血を流し、絶命している晃盛がいた。ふと振り向くと、涙を流しながら血まみれの刀を握る茂親がいた。

「茂親！」

「申し訳ございませぬ。執権様の家来を斬ってしまいました。どのような御処分もお受けいたします。」

そのまま刀を投げ出し、顔を覆って号泣した。

「余りにこの男の腐った性根が許し難く……」

感情をむき出しに泣く茂親を泰時は抱きしめた。

「お前が斬っておらねば、わしが斬っておった。茂親、お前まで時氏のあとを追うようなことは絶対にするな。わかったな！」

茂親は泰時の胸の中で、何度も頷いた。


阿波国に来て、幾度も季節が過ぎていった。為仁帝の傍には、猫の藍音と白い童子。そして、時々訪ねてくる小笠原長経がいた。

春には花が、夏には蛍が、秋の月、そして冬の雪が、ここの暮らしに変化を与えていた。

ただただ、日々穏やかであった。

時折、龍笛を取り出しては、童子と藍音を相手に楽しんだ。

しかし、このところ朝起きることが苦痛になってきた。気が付けば、陽が高くなってようやく床から出てくるような始末だった。体が重い。時に目眩も感じた。龍笛を構えることさえ、重く感じられる。

「はて、既にここにも長い。水が合わぬというわけでもないだろうに。」

――気分を変えてみよう。――

御所の門を抜け、広い野原に立った。藍音があとから付いてきている。鼻先に伽羅の香りがし、そこに童子もいるのが感じられる。

秋の風が吹いている。遠くの川が陽の光を纏っている。

「ナァーン」

「よしよし。」

為仁帝は藍音を抱き上げた。飽きずにずっと景色を眺めていたが、為仁帝の姿が見えないことを心配した長経が探しにやって来た。

「風が冷たくなってまいりましたな。」

為仁帝は頷くと、皆で御所へと帰っていった。


その夜。

寝床に月明かりが差し込んでいる。月を眺めながら床に就くのが好きだった。

藍音は為仁帝の夜具に潜り込んでいた。小さな寝息を立てながら、もう眠ってしまっている。為仁帝は藍音を撫でながら、うつらうつらしていたが、ふと視線を感じて眼を開けた。白い水干姿の童子が枕元で正座して、こちらを見下ろしている。

「童子か。」

微睡みながら、童子に話し掛けた。

「童子よ。そなたのことがわかってきたぞ。」

ふふっと微笑んだ。

「そなたは私だったのだな。私の寂しさが、その姿となって現れたのじゃ。だから、いつでも私の傍にいた。幼い頃、父上に疎まれていると感じたあの頃から、ずっとそばにいた。」

為仁帝は眼を開けて、童子の顔を見た。いつもは顔の様子がわかりづらったが、今日は誰かの顔に見える。

――やはり私、いや、若い頃の父上か？――

「どうじゃ、童子？」

そう言うと、為仁帝はふうっと大きく息を吐いた。

「疲れたな。」

童子は為仁帝に手を伸ばした。為仁帝も腕を伸ばし、その手を握った。すうっと体が浮くような感覚があった。重い体からするりと抜けていくような感じだった。童子と手を繋ぎながら、空に舞い上がっていく。床に寝ている自分が見えた。御所の屋根も、遠くの川も、月の青い光を浴びて光っているのが見える。自分もまた、月の光を浴びて白く輝いている。童子の方を見た。その瞬間、為仁帝と童子は一つになり、一羽の白い鷺《さぎ》となって東の空へと飛び去っていった。


その翌朝、京の橘芳房が眼を覚ますと、部屋の前の簀子に、一羽の真っ白な鷺がいるのを見つけた。その鷺はじっと芳房の部屋の中を覗いているように見える。芳房は不思議に思い、簀子に出た。鷺は怯えることもなく芳房を見ると、一声啼いた。そして、その翼をさっと広げると微かな伽羅の香りを残し、朝焼けの空へと飛び立った。

「隠岐にでも行くのか。」

その時、咄嗟にそう思った。

なぜそう思ったのか芳房は不思議に感じながらも、その鷺の姿が見えなくなるまで、ずっと見送り続けた。

寛喜三年（一二三一年）十月。

為仁帝こと土御門上皇　崩御　三十七歳であった。

【著者紹介】

萬 卓子（よろず たかこ）

1962年大阪府生まれ。大阪芸術大学卒業。在学中、脚本家・依田義賢氏に師事。

藍月記《らんげつき》 ——土御門帝《つちみかどてい》 もう一《ひと》つの『承久《じょうきゅう》の乱《らん》』——

2021年11月24日 第1刷発行

著 者 — 萬 卓子《よろずたかこ》

発行者 — 佐藤 聡

発行所 — 株式会社 郁朋社《いくほうしゃ》

〒101-0061 東京都千代田区神田三崎町2-20-4
電 話 03（3234）8923（代表）
ＦＡＸ 03（3234）3948
振 替 00160-5-100328

印刷·製本 — 日本ハイコム株式会社

装 丁 — 宮田麻希

落丁、乱丁本はお取り替え致します。

郁朋社ホームページアドレス http://www.ikuhousha.com
この本に関するご意見・ご感想をメールでお寄せいただく際は、
comment@ikuhousha.com までお願い致します。

 ISBN978-4-87302-745-6 C0093